§《雍親王題書堂深居圖屏》中的一幅。品茶是歷朝文人士大夫的風雅之事，賈府中的貴族男女常常是杯不離手，茶不離口，書中每一章回都要有五、六個「茶」字出現。
圖中女子手持紈扇品茶，圖中月亮門內有一黑漆描金書架，是當時較典型的家具，大觀園裡黛玉、寶釵、探春房中均有書架。用劉姥姥的話說：「這那像個小姐的繡房，竟比那上等的書房還好！」

§《雍親王題書堂深居圖屏》中的一幅。圖中女子手持精美的琺瑯表坐於書案旁。桌上瓶中插有菊花。背景牆上懸掛著明代董其昌的詩句。不遠處几案上有西洋天文儀器，康、雍、乾時期，使用奢侈舶來品成為一種時髦，從曹雪芹筆下可知，自鳴鐘、懷表已出現在當時的生活中。

§《雍親王題書堂深居圖屏》中的一幅。圖中女子坐於斑竹椅上，身側環繞陳設各種器物的多寶槅。多寶槅上擺放的青銅觚、玉插屏等，均為康熙至雍正時期盛行的陳設器物，映襯出當時貴族女子博古雅玩的閨中情趣。

§《雍親王題書堂深居圖屏》中的一幅。圖中女子臨窗而坐，觀雪賞梅。女子頭戴貂皮帽，由於其戴在頭頂頗似一隻俯臥的小兔，故也稱為「臥兔」。這種女帽在明清兩代上層婦女中廣為流行。

§清陳枚《月曼清遊圖》中的一幅「圍爐博古」，描繪了清代貴婦們閒時聚在一起欣賞書畫的場景。左側一張上接霸王棖下踩內馬蹄足的畫案，裡屋一張三面圍屏鑲大理石的羅漢床，床前火盆顏色明亮，貴族生活的奢華考究可見一斑。

§清禹之鼎《女樂圖》局部。圖中這吹簫、調琴、擊拍的三個女子都披著雲肩，在康熙、乾隆時期是相當普遍的服飾。《紅樓夢》第二十四回寫鴛鴦脖子上的花領子應是雲肩。

§明陳洪綬《斜倚熏籠圖》局部。「麝月便開了後房門，揭起氈簾一看，果然好月色。晴雯等他出去，便欲唬他玩耍，仗著素日比別人氣壯，不畏寒冷，也不披衣，只穿著小襖，便躡手躡腳的下了熏籠，隨後出來。」此段所述的熏籠是一種取暖用的組合家具，和圖中所用應略不同。

§清焦秉貞《耕織圖》局部。賈府中的太太小姐們，包括男主人公賈寶玉，衣著極盡奢華，就連丫鬟的「制服」也頗為講究，小說中的絲織物名目多達幾十種。《耕織圖》詳實記錄耕作與蠶織，形象生動、細膩傳神地描繪了清代耕作與蠶織的場景和詳細生產過程。

向賈寶玉學做上流人

看紅樓夢中的物質世界

侯會——著

代前言

《紅樓夢》——貴族文化的精讀本

有一個字眼在社會生活中消失快一個世紀，近一、二十年又捲土重來——「貴族」。

在中國，時下有一種標準，誰若擁有千萬豪宅、百萬香車、名表巨鑽、過億的財產，每年零用錢在人民幣五百萬元以上，就可以甩掉「平民」的帽子，跨入「貴族」的門檻。據說這樣的「貴族」在中國多如過江之鯽，數量還在不斷膨脹。

然而也有人對此嗤之以鼻：不就是口袋裡有幾個錢嗎？頂多算是「暴發戶」而已。翻翻《漢語大詞典》，看看什麼是「貴族」：

貴族：奴隸社會、封建社會的統治階級中享有政治、經濟特權的階層。在封建社會，指具有世襲爵位和領地的各級封建主，主要是皇室的宗族子弟和功臣，亦指顯貴的世家大族。……後亦泛指社會上享有特權的階層。

由此看來，「享有特權」才是貴族不可或缺的要素。有了特權，貴族才能高高在上、一言九鼎、廣聚財富、養尊處優。除此之外，貴族多為世襲，代代相沿，不免形成一套獨特文化：衣食住行，享受著那個時代最高水準的物質文明；待人行事，遵循著一套繁縟的規矩禮節。即使有一天家族衰敗，子孫星散，但那累代積養的積習風範，卻還迴別於人。這跟撿了彩券一夜暴富的流浪漢大不相同，後者可能在物質上一步登天，但那流浪漢的積習、見識，卻是至死也難改變。

晉朝大將軍王敦入贅公主府，初次如廁時，見一隻漆箱裡盛著棗乾，以為是廁中零食，便隨手揀來吃個淨盡。又見侍女捧著一碗水、一碗豆麵，以為是廁中加餐，也兌在一起一股腦兒喝個乾淨。他哪裡知道，那棗子是貴族家中用來塞鼻孔、防異味的；水和豆麵（即「澡豆」，作用如同今天的肥皂）則是用來洗手的。結果他的舉動被當成笑柄，記錄在《世說新語》中。王敦出身士族，在貴族府第尚且如此「露怯」，何況一般百姓。因此有人說：「一夜可以造就一個暴發戶，三代才能培養出一個貴族。」一點也不錯。

「三代出貴族」的名言據說出自英國大戲劇家莎士比亞（William Shakespeare）之口。沒錯，莎士比亞對貴族十分熟悉，他的劇本裡塑造了不少貴族形象：國王、王子、元老、公爵、將軍、領主……。只是莎士比亞本人並非顯貴。未發跡時，他曾在劇場替人牽馬看車；劇本走紅後，他當上了「國王的供奉」，但仍被譏刺為「暴發戶式的烏鴉」，摒除於貴族行列之外。

遍觀古今中外的文壇，寫貴族生活，且又有著貴族生活經驗的作家，為數不多。俄國小說家列夫・托爾斯泰（Leo Nikolayevich Tolstoy）名列其中。托爾斯泰出身名門貴族，他的代表作《戰爭與和平》（*War & Peace*）等，也主要寫貴族人物和故事。不過托翁寫作此書時，已是十九世紀下半葉。早在前一個世紀上半葉，中國的小說巨著《紅樓夢》就已經問世，那同樣是一部貴族作家所寫的貴族題材作品。作者曹雪芹（約一七一五至一七六三年）比托翁早生了一百多年，幾乎與托翁爺爺的爺爺並世。《紅樓夢》也成為世界上最早的一部貴族寫貴族的小說。

眾所周知，曹雪芹生在清代前期一個貴族之家，祖上三代做著織造、巡鹽御史、通政使司等高官。曹雪芹的幼年是在極盡奢華的貴族家庭中度過。儘管當其著書時，家族早已衰敗，他自己也跌落到「舉家食粥酒常賒」的地步，然而幼年的貴族生活留給他難以磨滅的印象，家族中的貴族積習尚在，身邊的親友又常常叨念起舊日的好時光，他跟這個家族的感情真可謂剪不斷、理還亂。

於是在窮困潦倒中，他提起筆來追念往事，創為小說。其間自不免美化人物、虛構情節、感歎命運、宣洩情愫……歷經「批閱十載，增刪五次」的艱辛歷程，終於鑄就這部曠世奇書。

小說問世至今有兩百六、七十年❶，數以千萬計的讀者為之癡迷傾倒。人們關注的角度各有不同：愛情的、倫理的、社會的、哲學的、歷史的、宗教的、藝術的、語言的……其實從小說內容和作者身分來看，《紅樓夢》還是一部貴族文化的精讀本。書中對貴族生活，尤其是物質生活的描寫，活色生香、細緻入微；衣食住行、銀錢經濟，無所不及。這本書的前兩部，即涉及這些內容。讀者中無論是迷戀貴族文化的，還是憎惡封建體制的，都可以從中找到感興趣的部分。

當你翻看本書第三部「真相曹家」時，還會發現小說背後曹家的一些真實故事。作為貴族，曹家在當時並非最顯赫，然而其物質生活絕對一流。一來，曹家供職於內務府，專門負責皇家的衣食供給，「近水樓臺先得月」，曹家的衣食器具也多為「上用」（即皇上專用）；二來，曹寅身任織造及兩淮巡鹽御史，衙署所在的南京、揚州，都是當時奢侈風氣的策源地。厲倡節儉的雍正皇帝就曾在大臣噶爾泰的奏摺上批示說：

> 諸凡奢侈風俗，皆從織造、鹽商而起！❷

這條批示從旁說明了曹家在當時是引領奢侈潮流的先驅，衣食住行的奢華程度很可能已超越皇家！反映到小說中，《紅樓夢》向我們展示的正是當時最奢華的貴族生活場景。

至於貴族之家的禮數規矩，小說中也多有展現。舉個例子來看：賈府的家樂戲班解散後，女優芳官被分配到怡紅院做丫鬟。芳官的「乾娘」得罪了怡紅院大丫頭晴雯等，時時找機會討好怡紅院眾人。小說第五十八回，她來怡紅院送飯，見寶玉哄著芳官替他吹湯降溫。這「婆子」見機不可失，便自顧自跑進院門：

> （芳官乾娘）跑進來笑道：「他不老成，仔細打了碗，讓我吹罷。」一面說，一面就接。晴雯忙喊：「出去！你讓他砸了碗，也輪不到你吹。你什麼空兒跑到這裡槅子來了？還不出去！」一面又罵小丫頭們：「瞎了心的，他不知道，你們也不說給他！」小丫頭們

都說：「我們攆他，他不出去；說他，他又不信。如今帶累我們受氣！你可信了？我們到的地方兒，有你到的一半，還有你一半到不去的呢。何況又跑到我們到不去的地方還不算，又去伸手動嘴的了！」一面說，一面推他出去。階下幾個等空盒傢伙的婆子見他出來，都笑道：「嫂子也沒用鏡子照一照，就進去了。」羞的那婆子又恨又氣，只得忍耐下去。

嚴守等級，是貴族府第的鐵律，各種身分的人，有各自的活動範圍。錯走一步，就要受到呵斥和恥笑。

人們都說《紅樓夢》是一部「反封建」的作品，主人公賈寶玉崇尚平等理念，具有博愛思想。他的男性朋友中既有王爺、貴族，也有寒門子弟乃至戲子優伶；對於女孩子，無論是堂姐表妹、貴族千金，還是丫鬟使女、女優下人，他都一視同仁、關懷備至。

然而寶玉又是最軟弱的「叛逆者」，他的平等觀念不但不能對社會、家族產生任何影響，就是在小小的怡紅院裡，也無法付諸實施。怡紅院的棠蔭花徑看似平坦，卻處處有著不可逾越的「槅子」和鴻溝。哪裡是大丫頭的活動範圍，哪裡是小丫頭的可到之處，都有著嚴格的規定。禮數由貴族主子規定並代代相沿，又由丫鬟奴隸們自覺維護著。

賈寶玉對此也視為正常。在寶玉的字典裡，已婚女人「婆子」是被打入另冊的。儘管出於悲憫之心，他常囑咐丫鬟們：「你們是明白人，耽待他們是粗笨可憐的人就完了。」（第五十四回）然而他又說：「奇怪，奇怪，怎麼這些人（指『婆子』）只一嫁了漢子，染了男

人的氣味，就這樣混帳起來，比男人更可殺了！」（第七十七回）

寶玉、晴雯等人的言行，實際上代表了作者曹雪芹的立場。不懂「內幃規矩」的「婆子」當眾遭到羞辱，你不難從字裡行間讀出作者的譏笑與嘲弄。沒錯，曹雪芹連同他筆下的寶玉、黛玉、晴雯等，血管中流淌著叛逆的血液，然而這種「叛逆」遠未昇華到某些現代學者所拔高的程度。

說到底，曹雪芹畢竟是沒落貴族子弟，對貴族家庭懷著難以割捨、藕斷絲連的情感。他對這個家族有反思，有怨恨，但更多的是追念，是眷戀。他帶著欣賞和陶醉的筆調摹寫著一去不返的家族生活，在創作一部偉大文學作品的同時，也為後世留下了關於貴族生活的真實紀錄。

正是在這個意義上，我們說《紅樓夢》是一部貴族文化的精讀本。

註釋：

❶《石頭記》甲戌（一七五四年）抄本中已有「披閱十載、增刪五次」的話，故曹雪芹的創作應始於十年前，即乾隆甲子年（一七四四年）前後，距今約兩百六十至兩百七十幾年。

❷中國第一歷史檔案館編，《雍正朝漢文朱批奏摺彙編》，江蘇古籍出版社，一九八九年。

目錄

第一部　衣食住行

第二部

銀錢經濟

第三部

真相曹家

向賈寶玉學做上流人

看紅樓夢中的物質世界

第一部

衣食住行

一臠傳佳話，美味不在多

作為世情小說，《紅樓夢》跟《金瓶梅》相似，擅長用細膩的筆調敘寫書中人物的衣食住行。不過兩部書的寫作風格卻又有所不同，《金瓶梅》寫的是市井財主家的生活，採用的是老百姓習慣的平鋪直敘，細細道來的風格。如第三十四回寫西門慶家書童有求於主母李瓶兒，拿出一兩五錢銀子請李瓶兒吃酒：

教人買了一壇金華酒，兩隻燒鴨，兩隻雞，一錢銀子鮮魚，一肘蹄子，二錢頂皮酥果餡餅兒，一錢銀子的搽穰卷兒，送到來興兒屋裡，央及他媳婦惠秀替他整理，安排端正。

《金瓶梅》的讀者群多半是市井俗人，他們「墨水」少、見識淺，對鄰家財主的家長裡短、吃喝穿戴最感興趣。作者笑笑生深諳讀者心理，因此談及財主家的衣飾、飲饌、居室、陳設，也總是一五一十、如數家珍。每及一物，必書價格，因為他知道，這才是升斗小民心心念念關注的。

《紅樓夢》則不同，書中雖然也彌漫著濃郁的生活氣息，作者卻擅長用富於詩意的手法來表現。寫到日常生活場景，一反《金瓶梅》的面面俱到、絮絮叨叨（那也是一種風格），常常是東鱗西爪、信手點染，看似不經意，實則處處隱含著細密的文心、匠意的安排，令讀者不知不覺沉醉其中，常生不知今夕何夕之感——這又是貴族文學與市井文學的大區別。

如《紅樓夢》中描寫飲宴吃喝的場面不下數十處，寫法卻有詳有略，或虛或實，無一雷同。你認為應該大書特書的地方，作者偏偏一筆帶過，卻又在一些細微處精雕細描，盡顯貴族飲饌的與眾不同。

即如貴妃省親，場面何等隆重。然而寫到飲宴，卻只有寥寥數語：「大開筵宴，賈母等在下相陪，尤氏、李紈、鳳姐等捧羹把盞。」（第十八回）至於席上的珍饈美味、玉液瓊漿，竟不著一字。只是在下一回開頭補寫數句，說元妃去後，榮寧二府「又將園中一應陳設動用之物收拾了兩三天方完」，當日筵席之盛、排場之隆，盡在不言中。

而在某些章回，作者敘寫家庭的內部宴飲，卻又不吝篇幅、不惜筆墨。小說第四十、四十一回「史太君兩宴大觀園」就很典型。此番宴飲非年非節，亦非祝壽迎賓大排筵宴，僅僅是賈母為湘雲還席的家中聚餐，再加上有個不請自來的「女清客」劉姥姥參與，於是一場氣氛輕鬆的家庭飲宴，便成為賈府飲食文化的一次大展示。

遊園、宴飲活動從早至暮，持續了一整天。單就宴飲而言，又分早飯、正餐和晚飯。早飯的食饌是裝在「一色攝絲戧金五彩大盒子」裡，由幾個婆子捧來的。聽賈母一聲吩咐，就擺在探春秋爽齋的曉翠堂上。鳳姐、鴛鴦有意拿窮親戚取樂，開筵時教劉姥姥說了一段「老劉老劉，食量大如牛」的「開場白」，逗得眾人笑作一團。鴛鴦又故意拿一雙沉得像「鐵掀（鍬土的鐵器）」的「老年四楞象牙鑲金的筷子」給劉姥姥，讓她去夾小巧滑溜的鴿子蛋，結果又是一場喧嘩笑鬧。

在這裡，作者並未鋪敘滿案菜肴，只簡簡單單寫了一味鴿子蛋，東西不算貴重，卻是百姓飯桌上不常見的。鳳姐又誇說這東西「一兩銀子一個」，以致鴿子蛋掉到地上，讓劉姥姥好不心疼：「一兩銀子，也沒聽見響聲兒就沒了！」這一切，配合著非金即銀的餐具——「象牙鑲金」、「烏木鑲銀」的筷子，足以烘托出貴族之家飲食的精緻、器具的講究。

正餐則設在綴錦閣。與以往宴會不同，此次由寶玉出主意，不設統一菜單，採「自助」形式，「誰素日愛吃的，揀樣兒做幾樣」。屆時不用「桌席」，而是分餐，每人跟前擺放雕漆高几，或兩張，或一張：

> 也有海棠式的，也有梅花式的，也有荷葉式的，也有葵花式的，也有方的，也有圓的，其式不一。一個上面放著爐瓶，一分攢盒，一個上面空設著，預備放人所喜食物。……攢盒式樣，亦隨几之式樣。每人一把烏銀洋鏨自斟壺，一個什錦琺瑯杯。

美食美器，形式別致。

眾人在綴錦閣這裡觥籌交錯，對岸藕香水榭，賈母早已安排了眾女優在那裡演奏樂曲，「只聽得簫管悠揚，笙笛併發。正值風清氣爽之時，那樂聲穿林渡水而來，自然使人神怡心曠」。貴族之家「鐘鳴鼎食」的景象，在這裡呈現得如此自然。

席間飲酒行令，劉姥姥自然又成為大家取笑的對象。其間賈母、薛姨媽讓鳳姐給劉姥姥布菜，由此引出關於「茄鯗」的描寫：

薛姨媽又命鳳姐兒布了菜。鳳姐笑道：「姥姥要吃什麼，說出名兒來，我搛了喂你。」劉姥姥道：「我知什麼名兒，樣樣都是好的。」賈母笑道：「你把茄鯗搛些喂他。」鳳姐兒聽說，依言搛些茄鯗送入劉姥姥口中，因笑道：「你們天天吃茄子，也嘗嘗我們的茄子弄的可口不可口。」劉姥姥笑道：「別哄我了，茄子跑出這個味兒來了？我們也不用種糧食，只種茄子了。」眾人笑道：「真是茄子，我們再不哄你。」劉姥姥詫異道：「真是茄子？我白吃了半日。姑奶奶再喂我些，這一口細嚼嚼。」鳳姐果又搛了些放入口內。劉姥姥細嚼了半日，笑道：「雖有一點茄子香，只是還不像是茄子。告訴我是個什麼法子弄的，我也弄著吃去。」

鳳姐笑著向劉姥姥披露了「茄鯗」的製作祕方：

這也不難：你把才下來的茄子把皮籤了，只要淨肉，切成碎釘子，用雞油炸了，再用雞脯子肉並香菌、新筍、蘑菇、五香腐干、各色乾果子，俱切成釘子，拿雞湯煨了，將香油一收，外加糟油一拌，盛在瓷罐子裡封嚴，要吃時拿出來，用炒的雞瓜一拌就是。

劉姥姥聽了，搖頭吐舌感歎說：「我的佛祖！倒得十來隻雞來配他，怪道這個味兒！」

這道菜肴的做法，透過鳳姐之口細細道出，給人留下十分深刻的印象。然而這卻是全書中唯一一道詳細解說的肴饌，除此而外，全書幾十處飲食描寫，除了列舉菜名，曹雪芹再未就菜肴的內容、烹調做過文章。這當然是由小說的文學品位決定的，《紅樓夢》畢竟不是貴族之家的食譜大全。

不過由於這一味茄鮝描摹得十分精彩，竟給人留下無窮的遐想空間，並由此及彼，將這一「個別的經驗」擴展到賈府鐘鳴鼎食的全部生活，讓人得出貴族之家食不厭精、膾不厭細的印象。曹雪芹的摹寫手法，正可謂以一敵百、虛勝於實。

可笑的是，後來的商家竟借一部《紅樓夢》發展出整套的「紅樓宴」、「曹家菜」來，真想借問一聲：各家的菜譜祕方是從何處挖掘來的？

果子狸，賈府貴族已先嘗

賈府的珍饈美味，貴族主子們早就吃膩了。史太君在大觀園吃罷酒席散步時，丫鬟抬來兩張食几，端上兩隻小捧盒。這是飯後的點心：

揭開看時，每個盒內兩樣：這盒內一樣是藕粉桂糖糕，一樣是松瓤鵝油卷；那盒內一樣是一寸來大的小餃兒，賈母因問什麼餡兒，婆子們忙回是螃蟹的。賈母聽了，皺眉說：

「這油膩膩的，誰吃這個！」那一樣是奶油炸的各色小麵果，也不喜歡。因讓薛姨媽吃，薛姨媽只揀了一塊糕；賈母揀了一個卷子，只嘗了一嘗，剩的半個遞與丫鬟了。倒是劉姥姥見小麵果子玲瓏可愛，揀了一朵牡丹花樣的，笑說：「我們那裡最巧的姐兒們，也不能鉸出這麼個紙的來。我又愛吃，又捨不得吃，包些家去給他們做花樣子去倒好。」賈母允諾：「家去我送你一罈子。你先趁熱吃這個罷。」

看來，賈府的飲食早已超越了大魚大肉、饜甘飫肥的世俗層次，講究的是新鮮細巧。小說中不時提到一些菜肴，聽名目就讓人悠然神往：「燒野雞」（第二十回）、「野雞崽子湯」（第四十三回）、「炸鵪鶉」（第四十六回）、「牛乳蒸羊羔」（第四十九回）、「糟鵪鶉」（第五十回）、「鴨子肉粥」（第五十四回）、「棗兒粳米粥」（第五十四回）、「酸筍雞皮湯」（第八回）、「火腿鮮筍湯」（第五十八回）……樣樣逗人食欲。

在賈府，「綠色」食物、山林野味最受歡迎。書中第三十七回，襲人因替史湘雲做了些針線活計，派人送去，捎帶著饋送些果子、吃食，裝在兩個小掐絲盒子裡，「先揭開一個，裡面裝的是紅菱和雞頭兩樣鮮果；又那一個，是一碟子桂花糖蒸的新栗粉糕」。

「紅菱」即菱角，「雞頭」是芡實，二者都是水生植物。菱角生於水下淤泥中，兩隻尖尖的彎角，頗似展翅之燕，敲開紫褐色的硬殼，裡面是白色細膩的清香果肉。芡為蓮科，果實狀如尖嘴朝天的雞頭，殼內有白米如珠，稱「雞頭米」。這兩樣原是尋常之物，然而襲人讓人捎話說：「這都是今年咱們這裡園裡新結的果子……」所以新鮮可喜。而那一碟糕是用

「新栗粉」蒸的，也都取其新鮮。

一些採自田野的瓜果菜蔬，也成為受貴族歡迎的調劑食品。摸透了貴族心理的劉姥姥二進榮國府時，就帶了不少「棗子、倭瓜並些野菜」之類。她對平兒解釋：「好容易今年多打了兩石糧食，瓜果菜蔬也豐盛。這是頭一起摘下來的，並沒敢賣呢，留的尖兒孝敬姑奶奶姑娘們嘗嘗。姑娘們天天山珍海味的也吃膩了，這個吃個野意兒，也算是我們的窮心。」（第三十九回）這些東西果然受歡迎，劉姥姥臨走時，平兒特意叮囑她：「……到年下，你只把你們曬的那個灰條菜乾子和豇豆、扁豆、茄子、葫蘆條兒各樣乾菜帶些來，我們這裡上上下下都愛吃。」（第四十二回）

此外就是山林野味。冬日天寒，鳳姐跟賈母、王夫人商議讓公子小姐們在大觀園中另起爐灶，王夫人表示贊同，並說：「……新鮮菜蔬是有分例的，在總管房裡支去，或要錢，或要東西；那些野雞、獐、狍各樣野味，分些給他們就是了。」（第五十一回）第五十三回，莊頭烏進孝趕來送年貨，單子上也有大鹿、獐子、狍子、野豬、野羊、野雞、兔子、熊掌、鹿筋、鹿舌等等。烏莊頭還另外「孝敬哥兒姐兒」一些活物，包括活鹿、活兔、活錦雞。

在清代，滿洲貴族對鹿情有獨鍾，皇家御苑、圍場中多養鹿。除了取鹿茸為藥材外，鹿肉、鹿血也都有健體延生之效。著名的滿漢全席中，就有烤鹿脯、蒸鹿尾等滿族菜肴。皇上還常常把鹿肉賜給大臣，以示恩寵。曹雪芹的祖父曹寅就曾收到康熙賜予的「鹿舌、鹿尾、鹿肉條等」❶那可能是用來獎勵曹寅刊刻《全唐詩》之功吧。

《紅樓夢》中還專門寫了吃鹿肉的情景。一次，性情豪爽的湘雲聽說廚房來了新鮮鹿肉，便約了寶玉向鳳姐討了一塊生的，讓婆子們拿了鐵爐、鐵叉、鐵絲蒙，到園中雪地上自烤自吃，一時香氣四溢，引得平兒、探春、鳳姐也都來大快朵頤。湘雲還招呼在旁觀望的寶琴：「傻子！過來嘗嘗。」寶琴嫌髒不肯，寶釵從旁攛掇：「你嘗嘗去，好吃的。你林姐姐弱，吃了不消化，不然她也愛吃。」（第四十九回）這一回叫「脂粉嬌娃割腥啖膻」，是書中的別樣宴席。現代人喜歡的野外自助燒烤，賈府年輕人早已嘗試在先。

野雞也是賈府飯桌上的新鮮美味。一次，寶玉的奶媽李嬤嬤在怡紅院無故找碴、發脾氣，鳳姐來個「調虎離山」，引誘她說：「我家裡燒的滾熱的野雞，快來跟我吃酒去。」把個李嬤嬤一陣風「撮」了去（第二十回）。另一回，賈母身體不適，鳳姐特意送去「野雞崽子湯」，賈母嘗了很受用，說：「若是還有生的，再炸上兩塊，鹹浸浸的，吃粥有味兒。」（第四十三回）

再如第四十九回天降大雪，李紈發起詩社，寶玉格外興奮，等不及開飯，「只拿茶泡了一碗飯，就著野雞瓜齏忙忙的咽完了」。「齏」字的本意，是搗碎的薑、蒜、韭菜等；「野雞瓜齏」便是用野雞肉丁加醬瓜及薑蔥筍乾等製作而成的佐餐小菜。❷到了程高本中，大概整理者不知「野雞瓜齏」是何物，便逕自改為「野雞瓜子」了。

在賈府中，賈赦、賈政雖不同賈母同桌用飯，卻時常給母親的餐桌上添些時鮮可口的菜肴，這是「各房另外孝敬的舊規矩」。比如第七十五回，各房送來的就有「椒油蓴齏醬」、「雞髓筍」、「風醃果子狸」等。

「椒油蓴齏醬」的主料蓴菜是一種南方水生植物，採其未出水面的嫩葉做羹，清香滑嫩。以椒油調味，製成齏醬，也是爽而不膩的佐餐佳品。至於「雞髓筍」，有人說是春天孵雞雛時生長的嫩筍，也有人說是取雞之骨髓與筍同烹❸，不知孰是。總之，從菜名看，這兩味菜肴別致清新，是王夫人、賈政特意送來給賈母品嘗的，作者也藉此寫出供食者的品味與孝心。

賈赦也送來兩樣菜，但在鴛鴦口中卻是「這兩樣看不出是什麼東西來，大老爺送來的」。想想此前賈赦對鴛鴦的所作所為，讀者不難想像鴛鴦說話時的心情和神態。

賈母特意囑咐把桌上那盤「風醃果子狸」留給黛玉、寶玉。果子狸又名「花面狸」、「玉面狸」，因嗜食果子而得名，入秋後果實收穫，果子狸也格外肥美。清代美食家袁枚在《隨園食單》中說過：

果子狸，鮮者難得。其醃乾者，用蜜酒釀蒸熟，快刀切片上桌。先用米泔水泡一日，去盡鹽穢，較火腿嫩而肥。

說的正是此味。近年來南方曾有人因吃果子狸而患病；令人談虎色變的「非典型性肺炎」（即 SARS），相傳就是由果子狸傳播的。其實此物在《紅樓夢》時代已是有名的野味，賈府貴族早已品嘗過了。書中所謂「風醃果子狸」，就是袁枚所說的風乾醃製的吃法。

不過在程高本中，整理者卻把脂評本中「這一碗筍和這一盤風醃果子狸給顰兒、寶玉兩個吃去」改成「（賈母）又指著這一盤果子『獨給平兒吃去』」，殊為可笑。一盤「果子」本不是什麼新鮮物事，又無緣無故拿來賞給孫媳屋裡的丫鬟吃，更是師出無名。顯然，小說整理者高鶚、程偉元不知「果子狸」為何物，逕自改為「果子」；又因果子為物太輕，不宜賞給心愛的孫子、外孫女，只有賞給鳳姐的丫鬟了。

總之，我們看《紅樓夢》中的飲饌描寫，多是這裡一味，那裡一味，點到而止，卻又給人帶來很多聯想，書中罕有《金瓶梅》式的鋪排菜單。然而有意思的是，書中唯一一張完整的菜單，竟是怡紅院的丫頭芳官獨自加餐時開出的。

那天是寶玉的生日，大家飲酒行令，冷落了剛到怡紅院不久的芳官。她獨自一個回房悶睡。寶玉發現後，哄她一起「桌上吃飯」，芳官說：「我也不慣吃那個麵條子，早起也沒好生吃。才剛餓了，我已告訴了柳嫂子，先給我做一碗湯，盛半碗粳米飯送來，我這裡吃了就完事……」

說話間，柳嫂的食盒已經送到，丫鬟小燕接過打開：

裡面是一碗蝦丸雞皮湯，又是一碗酒釀清蒸鴨子，一碟醃的胭脂鵝脯，還有一碟四個奶油松瓤卷酥，並一大碗熱騰騰碧熒熒蒸的綠畦香稻粳米飯。

而芳官的反應竟是：「油膩膩的，誰吃這些東西！」只吃了一碗湯泡飯，又揀了兩塊醃鵝，就不吃了。倒是寶玉聞著香，吃了個卷酥，讓小燕也泡湯吃了半碗飯。小燕還收起兩個卷酥，說：「留著給我媽吃。」

這真是稀奇的寫法：貴妃的省親大宴、賈母的壽誕筵席，都被作者一筆帶過；一個得寵丫頭的「加餐」，卻寫得如此詳實鄭重，豈非本末倒置？其實，作者如此設計，含義頗多。一是用來襯托貴族生活的奢華靡費：一個小丫頭尚且如此，賈母、王夫人的食案，可想而知；二是寫出寶玉在府中的特殊地位，連他屋裡的丫鬟也跟著沾光，備受柳嫂的巴結逢迎；三則突出了芳官性格的不羈與驕縱，其中又別有深意——水滿則溢、物極必反，這是《紅樓夢》貫穿始終的核心題旨。從芳官頗為「越格」的驕蠻言行中，讀者已隱隱感到悲劇的腳步正悄悄向她逼近。

尤氏的米飯與賈府的規矩

徒有金錢的暴發戶同樣可以做到食不厭精、膾不厭細；然而貴族之家的那套用餐規矩，卻不是一時半會兒便能養成的。

劉姥姥初進榮國府，未見鳳姐，已先見識了貴族家的吃飯規矩。當時劉姥姥被引進鳳姐居所的東邊側屋，等候鳳姐回來：

只見小丫頭子們齊亂跑，說：「奶奶下來了。」周瑞家的與平兒忙起身，命劉姥姥：「只管等著，是時候我們來請你。」說著，都迎出去了。

劉姥姥屏聲側耳默候，只聽遠遠有人笑聲，約有一二十婦人，衣裙窸窣，漸入堂屋，往那邊屋內去了。又見兩三個婦人，都捧著大漆捧盒，進這邊來等候。聽得那邊說了一聲「擺飯」，漸漸的人才都散出，只有伺候端菜的幾人。半日鴉雀不聞之後，忽見二個人抬了一張炕桌來，放在這邊炕上。桌上碗盤森列，仍是滿滿的魚肉在內，不過略動了幾樣。

這不過是鳳姐在自己屋中用便飯，供飯者如何捧盒，在何處等候，聞命後又如何擺飯、伺候，用罷又如何收拾、殘羹置於何處，一切都訓練有素、井然有序。實則飯菜只「略動了幾樣」，但「形式」遠大於「內容」。

至於賈母用飯，規矩就更大。書中第四十回，寫劉姥姥隨賈母等逛大觀園，在藕香榭用早飯。賈母帶著寶玉、湘雲、黛玉、寶釵坐一桌；王夫人帶著迎春、探春、惜春三姐妹坐一桌。劉姥姥是客，挨著賈母單坐一桌。薛姨媽已吃過早飯，故只坐在一邊喝茶。鳳姐獨自用飯時何等排場，但此刻作為孫媳，只能與李紈在一旁站立陪侍，為長輩捧菜添飯。

賈母等吃畢，收拾了殘桌，這才「又放了一桌」，由李紈、鳳姐對坐用飯。鳳姐又拉鴛鴦坐下，說：「你和我們吃了罷，省得回來又鬧。」鴛鴦是丫鬟，然而她的主子是府中級別最高的「老太太」，因此在其他主子面前，她格外有面子，甚至敢跟鳳姐開玩笑，連賈璉也要趕著她叫一聲「好姐姐」。有了鳳姐的特別邀請，她是可以跟主子同桌而食的；若不邀請她，她也有資格「鬧」上一「鬧」。

主子吃不了多少，剩下的便散給眾丫鬟、婆子們。她們伺候多時，同樣沒吃早飯。然而也還是有規矩：

鴛鴦便問：「今兒剩的菜不少，都那去了？」婆子們道：「都還沒散呢，在這裡等著一齊散與他們吃。」鴛鴦道：「他們吃不了這些，挑兩碗給二奶奶屋裡平丫頭送去。」鳳姐兒道：「他早吃了飯了，不用給他。」鴛鴦道：「他不吃了，喂你們的貓！」婆子聽了，忙揀了兩樣拿盒子送去。鴛鴦道：「素雲那去了？」李紈道：「他們都在這裡一處吃，又找他作什麼。」鴛鴦道：「這就罷了。」鳳姐兒道：「襲人不在這裡，你倒是叫人送兩樣給他去。」鴛鴦聽說，便命人也送兩樣去……

正如劉姥姥所說，「禮出大家」。貴族之家就是散發剩菜，也要尊卑有序。「二奶奶」鳳姐是府中的大管家，平兒是她屋裡的大丫鬟，相當於府中的「副總管」，又有著妾的名分，自然該得頭份。就是吃過了，也還是要送，這也是對鳳姐的尊重。素雲在丫鬟群中默默無聞，然而她是「大奶奶」李紈的丫鬟，因此鴛鴦也要禮貌性地照應一聲。襲人是怡紅院的大丫頭，因寶玉的緣故而格外有臉面，因此鳳姐特地吩咐給她送兩樣去。在禮數之外，這裡面還摻雜著微妙的人情關係。

第七十五回，寧國府賈珍的妻子尤氏來看賈母。用飯時，賈母跟寶琴（當時她正跟賈母同住）以及前來請安的探春先上桌，尤氏則站在一邊替賈母捧粥端飯。賈母吃罷，又吩咐將桌上的兩三碗時鮮好菜送去給黛玉、寶玉、賈蘭等，這才向尤氏說：「我吃了，你就來吃了罷。」

尤氏告坐。探春、寶琴二人也起來了，笑道：「失陪，失陪。」尤氏笑道：「剩我一個人，大排桌的不慣。」賈母笑道：「鴛鴦、琥珀來趁勢也吃些，又作了陪客。」尤氏笑道：「好，好，好，我正要說呢。」賈母笑道：「看著多多的人吃飯，最有趣的。」又指銀蝶（尤氏的隨侍丫鬟）道：「這孩子也好，也來同你主子一塊來吃，等你們離了我，再立規矩去。」尤氏道：「快過來，不必裝假。」賈母負手看著取樂。

因見伺候添飯的人手內捧著一碗下人的米飯，尤氏吃的仍是白粳米飯，賈母問道：「你怎麼昏了，盛這個飯來給你奶奶？」那人道：「老太太的飯吃完了。今日添了一位姑娘，所以短了些。」鴛鴦道：「如今都是可著頭做帽子了，要一點兒富餘也不能的。」王夫人忙回道：「這一二年旱澇不定，田上的米都不能按數交的。這幾樣細米更艱難了，所以都可著吃的多少關（關：領取）去，生恐一時短了，買的不順口。」

賈母笑道：「這正是『巧媳婦做不出沒米的粥』來。」眾人都笑起來。鴛鴦道：「既這然，就去把三姑娘的飯拿來添也是一樣，就這樣笨。」尤氏笑道：「我這個就夠了，也不用取去。」鴛鴦道：「你夠了，我不會吃的。」地下的媳婦們聽說，方忙著取去了。一時王夫人也去用飯，這裡尤氏直陪賈母說話取笑。

姑娘可以跟老祖宗同桌而食，媳婦卻要捧碗伺候，這是榮國府的規矩。寧國府的孫媳過來，也不能破例。至於丫鬟，因有賈母特許，也可跟主人同桌而食。賈母說得好：「等你們離了我，再立規矩去。」然而媳婦不能頭輪上桌，這個例卻是不能破的。

飯菜也有等級。主子們吃的是「白粳米飯」，奴僕們吃的是「下人的米飯」。添飯的人因粳米飯不夠，要給尤氏添「下人的米飯」，被賈母責問：「你怎麼昏了！」讓主子吃「下人」的飯，這是壞規矩的事，偶一為之也不能允許。

賈府主子的主食同菜肴一樣講究。單是米，前後就提到多種，如御田粳米（第四十二回）、綠畦香稻粳米（第六十二回）、紅稻米（第七十五回）等等。第五十三回莊頭烏進孝送來的年貨中，就有「御田胭脂米二石，碧糯五十斛，白糯五十斛，粉粳五十斛……下用常米一千石」。前四項都屬於「細米」，是供主子吃的。所謂「粉粳」，大概就是「白粳米」吧。粳米是稻米，北方的稻米因生長期長，格外好吃，但產量也低，所以烏莊頭只送來五十斛。古代兩斛為一石，一斛約重三十五、六公斤，五十斛也只有一千七、八百公斤，對於榮寧兩府而言，實在不算多。而「下用常米」則是供「下人」吃的劣等米，供應的數量要多得多，一千石約合今天的七萬公斤，不但供府內下人吃用，族中的窮親戚大概也能分到一些。

程甲本於尤氏添飯一段，改為「賈母見尤氏吃的仍是白米飯，因問說：『怎麼不盛我的飯？』丫頭們回道：『老太太的飯完了，今日添了一位姑娘，所以短了些。』」這裡尤氏碗中的「白米飯」似乎已是「下人的米飯」了。其實脂本寫得很清楚，尤氏吃的仍是「白粳米飯」，不過再添已是沒有了，故添飯的人捧著一碗「下人的米飯」在旁伺候著。脂本的描寫，更能體現貴族之家對等級的在意。

此外，從禮儀上講，同樣的東西，品嘗時也要有先後次序。等主子嘗了，奴僕才能吃。一次，襲人從園子裡過，向管理果樹的「老祝媽」傳授護果經驗，老祝媽很感激，說：

「今年果子雖遭踏了些，味兒倒好，不信摘一個姑娘嘗嘗。」襲人正色道：「這那裡使得！不但沒熟吃不得，就是熟了，上頭還沒有供鮮，咱們倒先吃了。你是府裡使老了的，難道連這個規矩都不懂了。」老祝忙笑道：「姑娘說得是。我見姑娘很喜歡，我才敢這麼說，可就把規矩錯了，我可是老糊塗了。」襲人道：「這也沒有什麼。只是你們有年紀的老奶奶們，別先領著頭兒這麼著就好了。」

現代讀者聽了襲人的話，不免要嗤之以鼻，認為她不是奴性太強，就是虛偽太過。其實這很符合襲人的馴順性格。社會人群中永遠有兩種基本性格類型，一類循規蹈矩、偏於保守；另一類不安現狀、個性十足。襲人顯然屬於前者。尊卑有序是封建時代的倫理基石，襲人的認知在當時看來並沒有錯。你無法要求一個大宅門裡的丫鬟有什麼超越時代的思想認知。至少，曹雪芹在這裡並無貶損襲人之意。

現代學者往往關注書中的平等意識，以為這是作者進步觀念的反映。其實曹雪芹的思想頗為複雜。他一方面歌頌平等，禮讚敢於挑戰秩序的「卑賤者」；同時又對貴族之家的往昔生活、舊日習俗懷想留戀、低迴不已。有時說到書中主人公的小小特權，還流露出十分得意的情緒。如第五十四回元宵開夜宴，寶玉離席解手，回來由丫鬟伺候著洗手。

> 來至花廳後廊上，只見那兩個小丫頭一個捧著小沐盆，一個搭著手巾，又拿著漚子（漚子：相當於現代的潤膚露）壺在那裡久等。秋紋先忙伸手向盆內試了一試，說道：「你越大越粗心了，那裡弄的這冷水？」小丫頭笑道：「姑娘瞧瞧這個天，我怕水冷，巴巴的倒的是滾水，這還冷了。」
>
> 正說著，可巧見一個老婆子提著一壺滾水走來。小丫頭便說：「好奶奶，過來給我倒上些。」那婆子道：「哥哥兒，這是老太太泡茶的，勸你走了舀去罷，那裡就走大了腳。」秋紋道：「憑你是誰的，你不給？我管把老太太茶吊子倒了洗手！」那婆子回頭見是秋紋，忙提起壺來就倒。秋紋道：「夠了！你這麼大年紀也沒個見識，誰不知是老太太的水？要不著的人就敢要了。」婆子笑道：「我眼花了，沒認出這姑娘來。」

寶玉是老太太的心尖，是賈府的公侯冢子。為了他的健康，用了老太太泡茶的熱水，也是天經地義的。這是賈府人人皆知的「真理」，也成為一種規矩之外的規矩。難怪秋紋說得那般理直氣壯。

在如此生活化的細節描寫中，曹雪芹顯然抱著欣賞的態度，立場明顯偏在秋紋一邊。人們在解析小說思想主旨時，不僅要關注寶玉口中那幾句離經叛道的話，同時也要看看這類有趣的細節，才能更全面理解作者、讀懂小說。

誰是唯一喝了燒酒的人？

無酒不成席。榮寧二府無論是節日慶典、壽誕宴席，還是寶玉與姐妹們吟詩小酌，都離不開酒。書中與酒相關、靠酒推進的情節，也有不少：鳳姐若非醉酒，也便無從發現丈夫賈璉的祕密，並由此引發「潑醋」大鬧；劉姥姥誤入怡紅院，在寶玉蘭榻上酣睡，也是為酒所誤；湘雲醉臥芍藥茵的場景，竟成了民間年畫的題材。而薛蟠醉酒無狀，遭柳湘蓮痛打；焦大醉酒謾罵，被塞了一嘴馬糞，也都是酒惹的禍。

小說作者曹雪芹對酒有著特殊的偏愛，這從他的名號也能看出。曹雪芹號「夢阮」❹，大概是對魏晉名士阮籍格外仰慕。阮籍嗜酒如命，聽說步兵營中藏有美酒三百石，於是求為步兵校尉，因此人稱「阮步兵」。❺他曾經痛飲六十天，醉得不省人事，藉此躲過政治上的諸多麻煩。

曹雪芹好飲不亞於阮籍。朋友詩中詠及他的生活，有「賣畫錢來付酒家」、「舉家食粥酒常賒」等句。一次他在朋友宅邸碰到同來做客的好友敦誠，時值清晨，主人未出，曹雪芹「酒渴如狂」，敦誠慨然解下腰間佩刀質錢買酒，供他痛飲。曹雪芹感激之餘，當場賦詩答謝。可見酒在曹雪芹生活中是不可或缺的。一部《紅樓夢》，是否就是曹雪芹在小醉微醺的狀態中完成的呢？

《紅樓夢》中的酒有兩類：黃酒與燒酒。賈府上下日常飲用的，多為黃酒，又稱南酒，也叫老酒、米酒。這是一種釀造酒，用大米、糯米或黍米等，加入麥麴、酒母，糖化發酵而成。酒精度較低，只有十五、六度，比起動不動就五、六十度的烈性白酒，要柔和得多，故有人稱之為「中國啤酒」。古代詩人所謂「會須一飲三百杯」、「李白鬥酒詩百篇」，多半是指此類酒。

《紅樓夢》中提到的惠泉酒、紹興酒，便都是黃酒。如第十六回寫賈璉攜黛玉回南方為林如海送喪，歸後，恰逢賈璉的乳母趙嬤嬤來探視。鳳姐吩咐人添菜，又說：「媽媽，你嘗嘗你兒子帶來的惠泉酒。」

惠泉在江蘇無錫的惠山，泉水清冽甘醇，被唐人陸羽譽為「天下第二」。後人以惠泉之水釀酒，因名惠泉酒，在當時是有名的好酒。曹雪芹的父祖以及與曹家有姻親關係的李煦，曾分別擔任江寧織造、蘇州織造，他們向康熙皇帝進貢的禮品中，就有「惠泉酒」。在當時人眼中，惠泉酒的品牌大概不亞於今日的「茅臺」、「五糧液」吧。

小說第六十二回，女優出身的丫鬟芳官也提到惠泉酒，她自炫酒量說：「我先在家裡，吃二三斤好惠泉酒呢。如今學了這勞什子（指學戲），他們說怕壞嗓子，這幾年也沒聞見。乘今兒我是要開齋了。」這天是寶玉的生日，怡紅院眾人晚間要給寶玉過生日，芳官指的就是這天的夜宴。

然而當晚筵席上沒有惠泉酒，芳官喝的是紹興酒。紹興酒是黃酒的正宗，傳說山陰、會稽之間的水最宜釀酒，紹興酒由此得名。著名的紹興酒有女兒紅，又稱花雕，儲藏年代愈久，酒味愈佳。當地人家生育女兒，便釀酒數尊，埋於地底，待一、二十年女兒長成出嫁，將酒起出開封，其味香醇，漿可掛杯，號稱「女兒紅」。

「壽怡紅群芳開夜宴」時，襲人事先跟平兒商量，「抬了一壇好紹興酒藏在那邊」，一夜之間被赴宴眾人喝得滴酒不剩。芳官更是喝得「兩腮胭脂一般，眉梢眼角越添了許多丰韻，身子圖不得（圖不得：指困倦得不能動彈），便睡在襲人身上」，後來在寶玉床上擠了一夜，竟不自知。

黃酒酒液黃褐，色如琥珀，貶之者稱為「黃湯」。第四十四回，賈璉因在鳳姐生辰逞兇胡鬧，事後向老太太請罪說：「昨兒原是吃了酒，驚了老太太的駕了，今兒來領罪。」賈母啐道：「下流東西，灌了黃湯，不說安分守己的挺屍去，倒打起老婆來了！……」那日鳳姐因撒潑也誤打了平兒，事後李紈以玩笑形式安撫平兒，佯罵鳳姐：「昨兒還打平兒呢，虧你伸的出手來！那黃湯難道灌喪了狗肚子裡去了？氣的我只要給平兒打抱不平！」這裡說的「黃湯」，便是指黃酒。

黃酒味微酸。書中賈政在中秋節講笑話哄賈母高興，說一個怕老婆的人因給老婆舔腳而作嘔，卻謊稱：「並不是奶奶的腳髒；只因昨晚吃多了黃酒，又吃了幾塊月餅餡子，所以今日有些作酸呢。」（第七十五回）這是民間借黃酒味道編出的笑話，從賈政嘴裡說出，格外有喜劇效果。

《紅樓夢》中也偶爾提到燒酒。燒酒屬於蒸餾酒，也是以糧食為原料，只是在發酵後又置於特製蒸鍋中蒸燒，酒精度極高的蒸汽凝結成液，便是燒酒了。因其無色透明，有別於黃酒，因此又稱「白酒」，又有「燒刀子」、「燒鍋酒」、「白乾」等別名。關於白酒的由來，其說不一。有人說唐代時已有；也有人考證，燒酒製法是元代從域外傳來的。

《紅樓夢》第三十八回，黛玉作菊花詩時，想喝一點酒，斟了半盞，看看卻是黃酒，於是說：「我吃了一點子螃蟹，覺得心口微微的疼，須得熱熱的喝口燒酒。」寶玉連忙回答：「有燒酒。」便令人把「合歡花浸的酒」燙一壺來。

螃蟹性寒，體弱多病的黛玉食後不適，所以要喝口「勁大」的燒酒暖暖胃。不過寶玉命人拿來的不是純燒酒，而是浸泡了合歡花的燒酒。合歡是一味中藥，有舒鬱理氣、安神活絡的功效。用合歡花泡酒，不但可以解鬱，還能明目。庚辰本在此處有一條脂批道：「傷哉！作者猶記矮幽（頁）舫前以合歡花釀酒乎？屈指二十年矣！」可見曹家確曾以合歡花製藥酒，脂硯齋和年幼的曹雪芹大概還參加過製酒活動。然而酒拿來，「黛玉也只吃了一口，便放下了」。燒酒太辣，弱不禁風的林妹妹又如何經受得起？何況這酒裡帶著藥味，也未必好喝。這也說明，曹家一般不喝燒酒，否則，席上便有，何必拿藥酒來？

這在書中還有旁證。第七十五回賈政講了吃黃酒的笑話，賈母笑道：「既這樣，快叫人取燒酒來，別叫你們受累。」可見燒酒在賈府是不上臺盤的。

小說在鳳姐「潑醋」那一回，也提到了燒酒。該回寫襲人把受了委屈的平兒拉到怡紅院，寶玉替鳳姐賠不是，又說：「可惜這新衣裳也沾了，這裡有你花妹妹的衣裳，何不換了下來，拿些燒酒噴了熨一熨。把頭也另梳一梳，洗洗臉。」燒酒酒精濃度高，用來泡藥材，易於萃取藥材中的有效物質；又因易揮發，拿它來噴衣服，再用熨斗加熱，容易去除衣服上的汙跡。這也是中國人自創的「乾洗」之法。在曹家，燒酒的用途大概也僅止於此吧。

黃酒是南方特產，為南方人所鍾愛。燒酒更適合北方人飲用，南方人喝不慣。曹雪芹本人大概主要喝黃酒。清人裕瑞《棗窗閒筆》記錄了一段有關曹雪芹的傳聞：

又聞其嘗作戲語云：若有人欲快睹我書不難，惟以南酒燒鴨享我（享我：犒勞我），我即為之作書云。

這裡所說的南酒，即黃酒。曹家雖為北方人，但三代在南京做官，生活習慣早已南方化。受家族影響，曹雪芹自然也是嗜飲黃酒的。今日若有人借曹雪芹的家族品牌釀酒盈利，一定先要搞清曹雪芹喝的是什麼酒。

不但曹雪芹嗜飲黃酒，小說中上自貴族，下至奴僕，也都嗜飲黃酒。因此，問起《紅樓夢》中誰是唯一喝了燒酒的人，答案不是薛蟠、不是焦大，竟是弱到極點、雅到極致的林妹妹！這又是讓人意想不到的。

茶於紅樓：豈可一日無此君

賈府上下最常用的飲料是茶，府中的貴族男女常常是杯不離手、茶不離口。書中每一章回都要有五、六個「茶」字出現。人們飯前要喝茶，酒後要喝茶，飯後、睡起還要用茶鹵漱口。「茶鹵」是指濃釅的茶汁，飲用時一般要兌水；而用茶鹵漱口，則兼有清潔口腔、去除異味的作用吧。如第五十六回寶玉午睡起來，便有丫鬟捧過「漱盂、茶鹵」伺候他漱口。

茶不僅用來解渴潤喉，還有禮儀上的功能。有客人到，要獻茶招待；客人將去，要端茶送客。有時親友小聚，不設酒肴，只用「茶果」。

第三回，林黛玉初進榮國府，就見識了賈府用茶的規矩。那日黛玉先見過賈母眾人，歸座後「丫鬟們斟上茶來」，大家飲茶聊天。過了片刻，鳳姐登場，一陣寒暄後，「擺了茶果上來」，這才是正式的迎客之禮。其間「熙鳳親為捧茶果」，極表歡迎、親近之意。隨後黛玉奉賈母之命到兩位舅母屋中拜見。來到王夫人處，也有「本房內的丫鬟忙捧上茶來」招待。不過此前到邢夫人屋，卻沒人獻茶，微小的差別中，寓示著兩位舅媽親疏有別。

晚飯是隨著老太太、王夫人及眾姐妹同用的。飯畢，「各有丫鬟用小茶盤捧上茶來」。從前黛玉在家接受的教育是吃過飯不能立即飲茶，「飯後務待飯粒咽盡，過一時再吃茶，方不傷脾胃」；如今卻不得不入鄉隨俗，「因而接了茶」。然而此茶卻是用來漱口的，「早見人又捧過漱盂來，黛玉也照樣漱了口」。然後是洗手，接著又捧上茶來，「這方是吃的茶」。貴族府中的禮節真是繁縟，難怪黛玉一到賈家便「步步留心，時時在意，不肯輕易多說一句話，多行一步路，唯恐被人恥笑了他去」。

賈府奴婢成群，凡事都有丫鬟、婆子、小廝伺候，主子們自可垂手而坐。可是若有長輩在場，晚輩卻要親自捧茶。如王夫人、邢夫人，鳳姐、尤氏等，都曾在賈母跟前捧過茶。第四十一回賈母遊大觀園至瀟湘館歇息，林黛玉也「親自用小茶盤捧了一蓋碗茶來奉與賈母」。

茶還可以用來祭天地、奠亡靈。如第六十二回寶玉過生日，清晨起來梳洗已畢，先出至前廳院中，有隨從李貴等設下「天地香燭」，寶玉炷香行禮，「奠茶焚紙」、祭拜天地。這裡用的是茶，而不是酒。

另一次，唱戲的藕官在園中燒紙祭奠故去的好友葯官，引來看園婆子的謾罵。憐香惜玉的寶玉替藕官解圍，把過錯攬在自己身上。事後他讓芳官捎話給藕官：

以後斷不可燒紙錢。這紙錢原是後人異端，不是孔子的遺訓。以後逢時按節，只備一個爐，到日隨便焚香，一心誠虔，就可感格了……隨便有清茶便供一鐘茶，有新水就供一盞水，或有鮮花，或有鮮果，甚至葷羹腥菜，只要心誠意潔，便是佛也都可來享……（第五十八回）

寶玉自己也是這樣做的。晴雯死後，寶玉親撰《芙蓉女兒誄》長文以悼念。於月明之夜，備了四樣晴雯所喜之物，命小丫頭捧至芙蓉花前，把誄文掛於芙蓉枝上，行了禮，泣涕誦念，前序後文，洋洋灑灑，感人肺腑。讀畢，「遂焚帛奠茗」（第七十八回）。這裡用的也是茶。

茶在古代還有特殊用途，書中鳳姐的一句玩笑，便說到此事。先是鳳姐派人給黛玉送去

「兩小瓶上用新茶」（第二十四回）。事後鳳姐見到黛玉，又提及此事，說：「那是暹羅進貢來的，我嘗著也沒什麼趣兒，還不如我每日吃的呢。」聽說黛玉喜歡，鳳姐便道：「你要愛吃，我那裡還有呢。……我打發人送來就是了。我明兒還有一件事求你，一同打發人送來。」林黛玉笑道：「你們聽聽，這是吃了他們家一點子茶葉，就來使喚人了。」鳳姐笑道：「倒求你，你倒說這些閒話，吃茶吃水的——你既吃了我們家的茶，怎麼還不給我們家作媳婦？」（第二十五回）

原來，舊時女子受夫家之聘，叫「受茶」，也叫「吃茶」。明人郎瑛在《七修類稿》中解釋說：

> 種茶下子，不可移植，移植則不復生也。故女子受聘謂之「吃茶」。

聘媳婦以茶葉為禮，暗示女方一旦接受，便如「種茶下子」，不容變更。清人福格《聽雨叢談》中也說：

> 今婚禮行聘，以茶葉為幣，滿漢之俗皆然，且非正室不用。近日八旗納聘，雖不用茶，而必曰「下茶」，存其名也。❻

鳳姐的玩笑，在當時是人人能懂的。

古人重視飲茶，無論沏茶、飲茶，都有一套規矩技藝，謂之「茶道」。茶具也十分講究，無論是賈政、王夫人的起居所，還是諸小姐的閨房，到處擺放著茶奩、茶具。例如在素雅簡潔的寶釵閨房中，案頭除了一個花瓶、兩部書，便只有茶奩、茶杯了。茶奩是安放茶杯的盤架，有竹木的，也有陶製的，一般為兩層，在沏茶瀝水時，有下層承接，水不會流得滿案都是。

第三十八回湘雲在園中請客，寶釵幫她安排，除了正席，還特地在藕香榭欄杆外安放了兩張竹案，「一個上面設著杯箸酒具，一個上頭設著茶筅、茶盂各色茶具。那邊有兩三個丫頭煽風爐煮茶……」賈母看了很高興，說：「這茶想的到，且是地方，東西都乾淨。」這裡說的「茶筅」，是一種竹製刷帚，取一節竹子，把一端劈出細絲，用來刷洗茶具上的茶垢，十分便捷。正月十五元妃送燈謎讓眾人猜，猜中者可獲獎，獎品之一就是「一柄茶筅」（第二十二回）。

沏茶要用滾水，大觀園各屋中都設有茶爐。如怡紅院中的茶爐，就由小丫鬟輪流值班點燃，在北方，生爐火謂之「熾」。寶玉屋的小丫頭紅玉（後來改名小紅）因受鳳姐差遣，在園中跑腿，引起大丫頭晴雯的不滿。書中寫道：

晴雯一見了紅玉，便說道：「你只是瘋罷！院子裡花兒也不澆，雀兒也不喂，茶爐子也不熾，就在外頭逛！」紅玉道：「昨兒二爺說了，今兒不用澆花，過一日澆一回罷。我喂雀兒的時侯，姐姐還睡覺呢。」碧痕道：「茶爐子呢？」紅玉道：「今兒不該我熾的

班兒，有茶沒茶別問我。」（第二十七回）

由此可見點茶爐燒開水，是各屋丫鬟必做的功課。茶在貴族日常生活中，實在是「豈可一日無此君」！

各屋自行燒水泡茶，是取其方便。賈府中還設有茶房，總體負責燒開水、煮藥以及收儲茶具、酒具等。這似乎是仿照皇宮中的制度。清宮內務府設有御用茶房，專門負責皇帝、後妃及諸皇子的茶水供應，兼及煮參湯、熬藥等事務。

曹雪芹的一位親戚曹頎（應當是他的叔叔輩）就在御茶房擔任「茶上人」，後來又升為「茶房總領」。這個差使不好當，一次，因有人向康熙反映皇子的「奶子茶」與皇上喝的質地不同，康熙親自過問，曹頎等還因此受到「降三級」、「罰俸一年」的處分❼。曹雪芹在書中對茶格外關注，還為賈府設計了「茶房」，是否有受這位親戚的影響？

妙玉的香茗與晴雯的「甘露」

今天人們眾口交譽的好茶有龍井、毛峰、雀舌、鐵觀音……《紅樓夢》中提到的好茶，則是楓露、六安、老君眉、普洱、女兒茶……

一日清晨，寶玉命丫鬟沏了一盞楓露茶，據說此茶沏過三四次後才「出色」。然而寶玉去看寶釵的當口，茶被寶玉的乳母李嬤嬤喝掉了。寶玉事後聽說，不覺大怒，摔了手裡的杯子，小丫頭茜雪也因此「吃了瓜絡」，被趕出怡紅院。（第八回）

據考所謂楓露茶，應當與楓樹有關。《本草綱目．木部》介紹說：

楓樹……葉圓而有岐，有三角而香，俗呼香楓。二月有花，白色。以其花葉作露點茶，蓋取其香氣也。或云：楓上生木耳，人食之笑不止，以楓露點茶，或恐有此皆大歡喜之意耳。

本來寓意「皆大歡喜」的一盞茶，卻引來寶玉發怒、茜雪被逐，李嬤嬤聽說後也憤憤不已，還遷怒於襲人，正可謂樂極生悲了。

普洱茶在近年風靡一時，那原是雲南普洱一帶產的茶。茶的製作方式與他處不同，發酵後成團儲存，小的如棋子，大的如人頭，可重達數斤；也有製成圓餅狀的。別的茶以新為貴，此茶獨耐保存，雖儲存百年，猶能飲用。據《本草綱目》介紹：

普洱茶膏黑如漆，醒酒第一，綠色者更佳，消食化痰，清胃生津，功力尤大也。

小說第六十三回，怡紅院的丫鬟們準備瞞著家長為寶玉慶生日、開夜宴。黃昏時分，林之孝家的帶了管事的女人來查夜，催寶玉早睡。寶玉謊稱：「今日因吃了麵，怕停食，所以多玩一回。」林之孝家的囑咐襲人：「該泡些普洱茶吃。」襲人、晴雯忙說：「泡了一茶缸子女兒茶，已經吃過兩碗了……」

林之孝家的建議泡普洱茶，是取其能「消食」、「清胃」。而襲人回說泡了「女兒茶」，意思是我們已經做了，因為女兒茶正是普洱茶的一種。清人張泓《滇南新語》云：「普茶珍品，則有毛尖、芽茶、女兒之號。」賈府貴公子喝普洱，自然要喝「珍品」。

關於女兒茶，還有另外的解釋，說泰山一帶沒有好茶，於是人們摘取青桐芽泡茶，取名「女兒茶」。❽或說生長在田野中的一種野菜「牛筋子」，經過蒸曬，可以泡茶，也名「女兒茶」。❾結合前後文來看，後兩種說法與書中情節不符。寶玉的茶杯中，怎麼會沏著山民飲用的青桐芽或野地裡採來的「牛筋子」呢？

「六安茶」和「老君眉」都出現在櫳翠庵品茶一回中。本回寫賈母為湘雲還席，在大觀園中宴飲後，又到櫳翠庵喝茶小憩。庵主妙玉「親自捧了一個海棠花式雕漆填金雲龍獻壽的小茶盤，裡面放一個成窯五彩小蓋鐘」，捧與賈母。賈母道：「我不吃六安茶。」妙玉笑說：「知道。這是老君眉。」

六安茶是江北名茶，產自安徽霍山縣，因霍山舊屬六安郡，由此得名。在當時，有「六安茶為天下第一」❿之號。其中「六安毛尖」是貢品，每年必得四月初八進貢後，民間才得發售。⓫一般只有權貴之家才能享用。仕宦之家以此待客，也算是很恭敬的了。不過講究生活品位的賈母不喜歡喝六安茶，精於茶道的妙玉自然也不會落此俗套，她捧出的是「老君眉」。

老君眉產自湖南洞庭湖的君山上，由未曾舒展成葉的肥嫩芽頭製成，色鮮味甘，香氣高爽，在唐代即為貢品，以後代代相沿，至清代已不易得。「老君」即古代先賢老子，相傳他活了一百六十歲，也有說二百歲的。此茶狀若銀針，名「老君眉」，一是象形，二則取其長壽之意。妙玉以此茶招待賈母，賈母當然很高興。

古人飲茶十分講究用水，所以賈母接過茶鐘，又問用的什麼水。妙玉笑回：「是舊年蠲的雨水。」那是指南方梅雨天收集的雨水，經過長期儲藏、澄清，用來烹茶，已是很好的了。不過妙玉把寶釵、黛玉兩個邀入耳房去喝「梯己茶」，用的水又有不同。

黛玉因問：「這也是舊年的雨水？」妙玉冷笑道：「你這麼個人，竟是大俗人，連水也嘗不出來！這是五年前我在玄墓蟠香寺住著，收的梅花上的雪，共得了那一鬼臉青的花甕一甕，總捨不得吃，埋在地下，今年夏天才開了。我只吃過一回，這是第二回了。你怎麼嘗不出來？隔年蠲的雨水那有這樣輕淳，如何吃得！」

在程高本中，此節回目為「賈寶玉品茶櫳翠庵」，著眼點放在跟進來「砦」茶喝的寶玉身上。而在庚辰本中，此回目原為「櫳翠庵茶品梅花雪」，突出了烹茶所用之水，強調了妙玉的品位高雅。

茶道講究茶具，在這一回中也有集中體現。例如前述妙玉為賈母奉茶，用的是「成窯五彩小蓋鐘」，放在一個雕漆茶盤中。成窯是明代成化年間景德鎮官窯，所燒製的瓷器極為精美，至清代已不易得。賈母而外，其他人則「一色官窯脫胎填白蓋碗」。這裡說的官窯，應該是指康熙年間由官府撥款並監督燒造的瓷窯，所製瓷器也十分精緻，多供宮中及達官貴人家使用。

不過在妙玉眼中，這些還都是「俗器」。賈母等一干「俗人」也只配用這個。寶釵、黛玉和寶玉是妙玉所器重的不俗之人，因此她單獨為他們準備了「不俗」之器：寶釵的那只杯子「旁邊有一耳，杯上鐫著『瓟斝』三個隸字，後有一行小真字是『晉王愷珍玩』，又有『宋元豐五年四月眉山蘇軾見于秘府』一行小字」。想來這只經過歷史上大貴族王愷及大文豪蘇軾賞鑒品題的杯子，至少應是漢魏舊物了，比成窯杯又不知貴重多少倍。至於黛玉，則得到一隻「形似缽而小」的杯子，同樣有一個古雅的名字，鐫著「點犀䀉」三個「垂珠篆字」。而寶玉得到的是妙玉自己用的一隻綠玉斗。後來妙玉又拿出「九曲十環一百二十節蟠虬整雕竹根的一個」來，也是件古董級的器具。

作者不惜筆墨細寫茶水之美，茶具之精，其實還是用來烘染妙玉其人。此段情節充分展示了妙玉的孤傲脫俗、目中無人，連黛玉在她眼中也成了「大俗人」，寶玉也被她調侃輕誚，比作「蠢物」。此外她高潔太過，瀕於病態。那只成窯五彩杯只因被劉姥姥接過去喝了幾口，她便命人「別收了，擱在外頭去罷」。

不過作者在不動聲色之中，也暗寫了妙玉對寶玉的感情。劉姥姥是個女人，她用過的杯子尚且棄置不用；可妙玉給寶玉用的，卻是自己唇吻相接的杯子。此中含義，還用細說嗎？

《紅樓夢》中不但寫了貴族之家的佳茗美器，也寫了底層百姓的茶水茶具。小說第七十七回，晴雯被逐出大觀園，臥病在家。寶玉背著眾人來看她。晴雯一見寶玉，一把攥住他的手，咳個不住，說：「阿彌陀佛，你來的好，且把那茶倒半碗我喝。渴了這半日，叫半個人也叫不著。」以下寫道：

寶玉聽說，忙拭淚問：「茶在那裡？」晴雯道：「那爐臺上就是。」寶玉看時，雖有個黑沙吊子，卻不像個茶壺。只得桌上去拿了一個碗，也甚大甚粗，不像個茶碗，未到手內，先就聞得油膻之氣。寶玉只得拿了來，先拿些水洗了兩次，復又用水汕過，方提起沙壺斟了半碗。看時，絳紅的，也太不成茶。晴雯扶枕道：「快給我喝一口罷！這就是茶了。那裡比得咱們的茶！」寶玉聽說，先自己嘗了一嘗，並無清香，且無茶味，只一味苦澀，略有茶意而已。嘗畢，方遞與晴雯。只見晴雯如得了甘露一般，一氣都灌下去了。

這是老百姓日常解渴潤喉所喝的茶，與貴族品用的香茗完全是兩種東西。曹雪芹生長於溫柔富貴鄉，後半生又受夠了底層社會的饑寒交迫，這兩種茶，他都喝過。他的小說常常以如此鮮明的對比，宣洩著胸中的感慨，有意無意傳遞著人生無常、「好就是了」的哲學理念，小說也因此籠罩著一層悲涼之霧。

曾有一位作家兼學者對「櫳翠庵品茶」一段進行分析。他說，此段文字只有一千三百五十個字，妙玉出場後只說了十二句話，這個人就「站」了出來，性格就凸顯出來，很了不起。⓬這話說得不錯。其實此段中的道具，包括老君眉以及那些俗與不俗的杯盞茶具，也都在說話，共同烘托出一個活生生的妙玉來。

只是這位作家後面的考證卻有可待商榷之處。他說從賈母聲明不吃六安茶以及妙玉回答是老君眉這一段，可以推測賈母過去跟妙玉家打過交道，因此妙玉深悉賈母的飲茶習慣。進而推論說，妙玉的父親可能曾在蘇州做官，官職大概跟茶葉的生產貿易稅收等有關。只可惜這些結論沒有任何可靠文獻的支持，完全是一種臆測，因而難以服人。

賈母的修養和見識不同一般，妙玉同樣是超凡脫俗的人。她們在品茶方面心有靈犀，都不喜歡貴重而俗氣的六安茶，這並不奇怪。曹雪芹正是透過簡單的兩句對話，一筆寫出兩個不凡的女人來。若由此理解為兩人曾相識相知，實在是辜負了曹雪芹的一片文心。至於說妙玉父親是茶葉官，就更不知所云。妙玉除了精於茶道，還擅長修整花木，照這位作家的邏輯，妙玉的父親肯定同時又是一位手藝高超的園丁花匠嘍？

緞匹清單的背後祕密

榮國府曾一度由探春、寶釵、李紈三人代鳳姐掌家，適逢「江南甄府」的家眷進京朝賀，順便遣人來賈家請安，還送上貴重的禮物。探春、李紈看禮單時，乃是：

上用的妝緞蟒緞十二匹，上用雜色緞十二匹，上用各色紗十二匹，上用宮綢十二匹，官用各色緞紗綢綾二十四匹。（第五十六回）

這份禮物十分可疑：一來，全是清一色的高檔絲織品，並無其他珠寶、文玩之類；二來，分量很重，有七十二匹之多。這裡究竟有何名堂？

此處所說的「上用」、「官用」，是指專門供應皇家或官府的「特供品」。而「妝緞」、「蟒緞」則是當時的頂級絲織品。「妝緞」即「妝花緞」，是在江南雲錦紡織技術的基礎上，把緯絲、提花等技術巧妙地糅合進去，織出的錦緞色彩鮮明豔麗，圖案精美絕倫。

妝緞上的圖案若織為龍紋，就叫「蟒緞」了。蟒緞的龍紋各有不同，有「滿地風雲龍」、「坐龍」、「立蟒」等不同花色。又有等級區別：皇帝、王爺用的是五爪龍，三品以下官服用的是四爪龍。

《紅樓夢》中北靜王出場時，就穿著一件蟒緞縫製的「江牙海水五爪坐龍白蟒袍」，這裡的「江牙海水」是岩崖挺立、海水振盪的圖案，象徵著江山永固；「五爪坐龍」是龍身蟠屈、龍首側視的一種圖案，龍為五爪，正合北靜王的王爺身分；「白蟒」則是白色地子上織金龍，這樣一件蟒袍，視覺效果當然是燦爛奪目的。而與北靜王會面的賈寶玉，穿的是一件「白蟒箭袖」，同樣也是用蟒緞製成。二人的服飾交相輝映，煞是好看。（第十五回）

妝、蟒緞匹還被賈府用來做居室裝飾。如王夫人的起居處，「臨窗大炕上鋪著猩紅洋罽，正面設著大紅金錢蟒靠背，石青金錢蟒引枕，秋香色金錢蟒大條褥」。所謂「金錢

蟒」，皆指蟒緞。五色繽紛的蟒緞，再配上猩紅的「洋罽」（外國毛毯），滿室生輝，一副皇家氣派。（第三回）

有使用，自然也有收儲。小說第二十八回，寶玉去看林妹妹，路過鳳姐院門前，鳳姐正蹬著門檻拿耳挖子剔牙、看著小廝們挪花盆。見到寶玉，笑說：「你來的好。進來，進來，替我寫幾個字兒。」寶玉跟進去，鳳姐讓他寫的是：

大紅妝緞四十匹，蟒緞四十匹，上用紗各色一百匹，金項圈四個。

寶玉感到奇怪：「這算什麼？又不是帳，又不是禮物，怎麼個寫法？」鳳姐說：「你只管寫上，橫豎我自己明白就罷了。」顯得十分詭祕。

這批綢緞數量驚人，有一百八十匹之多，卻未入賈府公帳。是鳳姐的體己私藏，還是府中的祕密庫存？背後是否也有什麼不可告人的隱祕？

小說作者曹雪芹的家族，世代供職於江寧織造處，職責正是為皇家織造御用綢緞。清代設在江南的織造機構有三處：江寧織造、杭州織造和蘇州織造。對於三織造的分工，內務府有明文規定：江寧織造主要承辦「大紅蟒緞、大紅緞、片金、拆纓等項」，杭州織造主要承辦「紡絲綾、杭綢等項」，蘇州織造主要承辦「毛青布等項」。⑬

江寧織造地處南京，這裡正是妝緞工藝起源發展的核心區域，因此由曹家來承造皇家所需的妝、蟒緞匹，也便順理成章。至今北京故宮博物院清宮檔案中，還保存著雍正年間內務府驗收江寧織造處所交妝蟒緞匹的奏摺，其中包括「上用滿地風雲龍緞一匹，大立蟒緞六十九匹，蟒緞十一匹……妝緞一百四十匹……」⓮值得注意的是，那種「上用滿地風雲龍緞」只有一匹，顯然是為皇帝裁制龍衣預備的「特供」品種，貴重程度可想而知。

「近水樓臺先得月」，江寧織造處既然是皇家妝蟒緞匹的生產基地，曹家隨意使用、截留乃至拿來送禮，也就有了獨具的便利。這是否就是《紅樓夢》中甄家送禮及鳳姐藏緞的素材背景呢？

靈活運用素材，是曹雪芹寫小說的一大特點。書中故事真真假假，虛虛實實，很難把握其中的對應規律。如書中既有「長安賈家」，又有「江南甄家」。有人認為「甄家」就是歷史上的曹家，「賈家」則是曹家的文學投影；也有人認為「甄家」是指蘇州李家（曹家姻親、蘇州織造李煦家），「賈家」故事本是李家家史⓯……如此認定，都犯了膠柱鼓瑟的毛病。事實上，「甄家」不一定「真」，賈家也不一定「假」。無論哪一家，都不能與歷史上的曹家、李家劃上等號；反之，哪一家的故事裡也少不了曹家、李家乃至其他仕宦之家的素材影響。總之，「考據家」丁是丁卯是卯的「邏輯推理」，一遇到文學家萬花筒式的靈活思維，沒有不碰釘子的。

只是在這段情節中，「江南甄府」大概的確是在影射曹家。因為禮單上的「上用的妝緞、蟒緞」，正是江寧織造獨有的標誌性產品。且一份禮物全是絲織品，也足證送禮者的「織造」身分：這些東西都是「家中」自產，無須他求，要多少有多少。

令人驚訝的倒是，甄家這份禮物太過豐厚，名貴的緞料竟有七十二匹之多。即便是貴族之間互通有無，這個禮也太重了。這不像送禮，倒像是轉移、寄存財物了。

甄家與賈家過從甚密，小說中不止一次提到兩家的禮尚往來。如第七回鳳姐曾向王夫人彙報：「今兒甄家送了來的東西，我已收了……」至第七十五回甄家犯了事，在「抄沒家私、調取進京治罪」的當口，甄家人又突然出現在賈家，還帶了些「東西」來，同王夫人關門密談，顯然是在商量轉移家財、逃避查抄等事。那麼第五十六回甄家送來的這七十二匹上用緞匹，是否也是以送禮為名，行寄存之實呢？

封建時代，「伴君如伴虎」，當臣僕發現某種危機苗頭時，將家財陸續轉移、寄存到親朋家中，也是無奈之舉。賈家不是也有五萬兩銀子寄存在江南甄家嗎（第十六回），是否也出於這樣的考慮呢？

歷史上，曹家在抄家前也曾轉移過家財。雍正皇帝下令查封曹家財產的上諭中就說過：

江寧織造曹頫，行為不端，織造款項虧空甚多。朕屢次施恩寬限，令其賠補，伊倘感激朕成全之恩，理應盡心效力，然伊不但不感恩圖報，反而將家中財物暗移他處，企圖隱蔽，有違朕恩，甚屬可惡！……⑯

因此我們有理由相信，在甄家送禮情節的背後，大概暗藏曹家轉移家財的歷史隱祕。

再回到鳳姐讓寶玉記的那篇「又不是帳，又不是禮物」的清單，那是否也是替甄家所寄存的財物？《紅樓夢》是一部未完成的作品，作者既然在前八十回中留下這樣的「啞謎」，後面肯定還要揭出謎底。可惜書未完而作者已逝，鳳姐的這張清單，也便成了永久的謎團。

然而鳳姐的這一百八十匹「上用」綢緞的來源，肯定與織造衙門有關。無論是替他人隱匿的，還是自家截留的，同樣罪在不赦。前者是替「犯官」隱匿財物以逃避「天譴」，後者是濫用職權、中飽私囊、欺君枉上。無論哪一條，都夠賈家「喝一壺」的！

在曹雪芹所設想的小說結尾中，這是否也是導致賈家被抄的罪名之一呢？

男裝女飾、顛倒陰陽

《紅樓夢》是一部詩情畫意的小說，而衣飾描摹最能傳達帶有詩意的圖畫之美，可以恰切地烘托人物的身分、性格和氣質。去掉這些描寫，書中畫面也便黯然失色。此外，服飾描寫涉及衣裙的衣料、樣式、裁制工藝等等，格外能體現貴族生活的奢華考究，這也是舊時讀者最喜看的地方。

再者，曹家祖孫三代供職江寧織造，跟絲織物打了六十年交道，作者耳濡目染，對各種織物十分熟稔、頗感興趣，因此一涉及衣料服飾的話題，往往講得頭頭是道、如數家珍。

數一數書中的絲織物名目，就有妝緞、蟒緞、青緞、羽緞、宮綢、羽線綢、繭綢、齊紈、羽紗、羽線縐、蟬翼紗、輕煙羅、姑絨、猩猩氈、洋緞、洋縐、洋錦、西洋布、倭緞、哆羅呢、雀金呢、洋線番羓絲、洋罽、氆氌……其中有不少「上用」之物或舶來品。

除了這些人工織物，書中衣飾還涉及天然毛皮之類，陸續提到的，就有貂皮、白狐腋、海龍皮、天馬皮、雲狐皮、猞猁猻、羊皮……

至於衣服的款式色彩、工藝細節等，更是繁縟複雜，雖只是文字描述，卻能給讀者帶來豐富的聯想。對於專門研究傳統服飾的專家，《紅樓夢》也無異於「要一奉十」的資料寶庫。

跟飲食描寫相似，小說中的衣飾描寫，也很難總結出規律來。照一般人的想法，如花似玉的「十二釵」應當是服飾描寫的重點吧？其實不然。我們前後翻翻書，眾人之中穿得最漂亮的，不是黛玉、寶釵等貴族小姐，反而是男主人公賈寶玉！相關的描寫散見於各回，不下七八處。

寶玉初次登場是在第三回，作者一上來就不吝筆墨，接連寫了寶玉兩番裝束。當時黛玉初來，隨賈母吃過飯，正在聊天，聽丫鬟報告「寶玉來了」：

> 忽見丫鬟話未報完，已進來了一位年輕的公子：頭上戴著束髮嵌寶紫金冠，齊眉勒著二龍搶珠金抹額，穿一件二色金百蝶穿花大紅箭袖，束著五彩絲攢花結長穗宮絛，外罩石青起花八團倭緞排穗褂，登著青緞粉底小朝靴……項上金螭瓔珞，又有一根五色絲絛，繫著一塊美玉。

你看他頭上戴著「束髮嵌寶紫金冠」，這就是連環畫中三國人物呂布一類英武小生戴的那種束髮冠，是由紫金打造，嵌著珠寶，作用是把頭髮紮束在頭頂上。「抹額」則是束額的頭巾，上面用金線繡著二龍戲珠的圖案，與束髮冠配合使用。身上穿的「箭袖」本是一種便於射箭的窄袖袍服，而寶玉的這一件格外豔麗：大紅的底子，上面用深淺兩色的金線繡著百蝶穿花的圖案。腰間束著宮廷式樣的五彩絲條，外面罩著長穗羊皮的馬褂短衣，面料是織有團花的石青色倭緞。石青是一種近乎海藍的醒目顏色，倭緞則是產自日本的名貴緞料。再配上腳下青緞粉底的朝靴，這一身裝束真是漂亮極了！

寶玉向賈母行禮請安，又回房見過母親，再出來時，已換了家常裝束：

頭上周圍一轉的短髮，都結成小辮，紅絲結束，共攢至頂中胎髮，總編一根大辮，黑亮如漆，從頂至梢，一串四顆大珠，用金八寶墜角；身上穿著銀紅撒花半舊大襖，仍舊帶著項圈、寶玉、寄名鎖、護身符等物，下面半露松花撒花綾褲腿，錦邊彈墨襪，厚底大紅鞋。越顯得面如敷粉，唇若施脂，轉盼多情；語言常笑。天然一段風騷，全在眉梢；平生萬種情思，悉堆眼角。

換上的常服雖是「半舊」的，但顏色的搭配依然鮮豔醒目。由於摘去束髮冠，黛玉注意到寶玉的辮子：由眾多小辮歸攏到頭頂，總編成一條「黑亮如漆」的大辮子，綴以四顆大珠和金飾，珠光寶氣，格外打眼。

對於寶玉的髮辮，在後面的第二十一回又再度細描。此回寫寶玉求湘雲替他梳頭，「湘雲只得扶過他的頭來，一一梳篦。在家不戴冠，並不總角（總角：指古代未成年男子把頭髮紮成髮髻），只將四圍短髮編成小辮，往頂心髮上歸了總，編一根大辮，紅絛結住。自髮頂至辮梢，一路四顆珍珠，下面有金墜腳」。只是四顆珍珠此時已丟了一顆，由此還引起黛玉的猜忌。

寶玉的裝束到底是哪朝哪代的？這個問題，曾引起紅學家的討論。看看寶玉所穿的「箭袖」及頭上的辮子，倒很像是清代裝束。不過清代男子的辮子是結於腦後，順勢下垂的，與寶玉的髮辮大不相同。且清代男子的額髮是剃光的，這樣一來，「束髮紫金冠」及「抹額」也都用不上了。

不過這種非滿非漢的裝束，大概正是曹雪芹的刻意設計。為了躲避政治是非，作者有意迴避現實，於小說開篇就宣稱書中故事「朝代年紀，地輿邦國」都「失落無考」；又借空空道人之口一再強調書中「無朝代年紀可考」、「並無大賢大忠理朝廷治風俗的善政」，「上面雖有些指奸責佞貶惡誅邪之語，亦非傷時罵世之旨……毫不干涉時世」。有鑑於此，連人物的裝束也都難辨朝代和民族了。

更有學者提出，寶玉的裝束很可能參照了戲裝。據明代人說，束髮冠本是仿照「戲子所戴者」製作的，與之相配合的「額子」（就是「抹額」吧），也是戲裝。⓱我們看，寶玉的束髮冠上還有一顆絨制「簪纓」那應是戲劇舞臺上英雄額頭的那顆絨球吧？有一回下雪，寶玉出門要戴斗笠，黛玉見小丫鬟粗手笨腳，便親自替寶玉戴，「用手整理，輕輕籠住束髮冠，將笠沿掖在抹額之上，將那一顆核桃大的絳絨簪纓扶起，顫巍巍露於笠外」（第八回）。斗笠是大紅氈的，配著這顆絳色絨球，真是不折不扣的戲裝打扮了。

舞臺上的戲裝總要比臺下人的常服鮮豔漂亮得多，正因如此，作者筆下寶玉的穿戴，也總是那麼豔麗華美。即如雪天這回，寶玉頭戴斗笠，外披蓑衣，裡面穿的是「半舊紅綾短襖，繫著綠汗巾子，膝下露出油綠綢撒花褲子，底下是掐金滿繡的綿紗襪子，靸著蝴蝶落花鞋」；紅襖綠褲、繡襪花鞋，若再放下頭上那條大辮子，簡直跟女孩兒沒什麼兩樣。一個貴族家庭中備受呵護、嬌生慣養的公子哥兒形象，已是躍然紙上。

男孩兒作女兒裝束，女孩兒反作男兒打扮。書中不止一位女性喜著男裝。如史湘雲，不但性格豪爽如男孩兒，裝扮也常學男子。第四十九回雪天賦詩，眾姊妹都換上「一色大紅猩猩氈與羽毛緞斗篷」。湘雲的打扮卻與眾不同，「穿著賈母與他的一件貂鼠腦袋面子、大毛黑灰鼠裡子、裡外發燒大褂子，頭上帶著一頂挖雲鵝黃片金裡、大紅猩猩氈昭君套，又圍著大貂鼠風領」。招得黛玉笑說：「你們瞧瞧，孫行者來了！他一般的也拿著雪褂子，故意裝出個小騷達子來！」

湘雲自己也很得意，說：「你們瞧我裡頭打扮的。」

一面說，一面脫了褂子。只見他裡頭穿著一件半新的靠色三鑲領袖秋香色盤金五色繡龍窄褙小袖掩衿銀鼠短襖，裡面短短的一件水紅裝緞狐肷褶子，腰裡緊緊束著一條蝴蝶結子長穗五色宮絛，腳下也穿著麀皮小靴，越顯得蜂腰猿背，鶴勢螂形。眾人都笑道：「偏他只愛打扮成個小子的樣兒，原比他打扮女兒更俏麗了些！」

性別錯位、陰盛陽衰，是曹雪芹反覆宣說的話題之一。寶玉裝束女性化，是貴族生活的寫實，還是社會風習的薰染，抑或作者審美的偏好，我們已很難判斷。不過有一點可以肯定：女孩兒氣十足的寶玉可以在賈母、王夫人膝下承歡，卻很難讓男性家長滿意。一心期待寶玉繼業興邦、有所作為的賈政，從兒子的穿戴上已經看到了令人沮喪的消息。

極簡與極繁：黛玉與鳳姐的衣飾

著名女作家張愛玲對《紅樓夢》有著特殊的愛好，說世上有三件恨事：一恨鰣魚多刺，二恨海棠無香，三恨《紅樓夢》未完。[18]她的作品除了被讀者熟知的小說、散文外，還有一部《紅樓夢魘》，專寫讀紅心得。「夢魘」即入夢很深，難以掙醒的意思，可見她對《紅樓夢》的癡迷程度。

出自作家之手，書中自有許多獨特的視角和感受，與一般學術著作不大一樣。例如她注意到，曹雪芹很少寫林黛玉的衣裙裝飾。翻翻《紅樓夢》，她的話的確不錯。小說第三回，曹雪芹的一支筆細寫了鳳姐、寶玉的衣飾穿戴。然而輪到眾人看黛玉：

見黛玉年貌雖小，其舉止言談不俗，身體面龐雖怯弱不勝，卻有一段自然的風流態度。

對她的衣飾卻無一字涉及。小說評點者脂硯齋最先注意到這一點，他在甲戌本眉批中說：「從眾人目中寫黛玉。草胎卉質，豈能勝物耶？想其衣裙皆不得不勉強支持者也。」他是從「弱不勝衣」的角度來解釋個中原因的。

後來從寶玉眼中見到的黛玉是：

兩彎似蹙非蹙罥煙眉，一雙似泣非泣含露目。態生兩靨之愁，嬌襲一身之病。淚光點點，嬌喘微微。閒靜時如姣花照水，行動處似弱柳扶風。心較比干多一竅，病如西子勝三分。

仍未寫她的衣裙穿著。脂硯齋於此又道：「不寫衣裙妝飾，正是寶玉眼中不屑之物，故不曾看見。」

奇怪的是，黛玉後來無數次出場，小說只在極個別的場合點染她的裝束。如第八回黛玉去看寶釵，恰遇寶玉也在。寶玉見她「外面罩著大紅羽緞對襟褂子」，因問：「下雪了麼？」這裡寫的是雪裝，不是常服。另一次也是雪天，眾姐妹都換了裝，黛玉也「換上掐金挖雲紅香羊皮小靴，罩了一件大紅羽紗面白狐狸裡的鶴氅，束一條青金閃綠雙環四合如意絛，頭上罩了雪帽」（第四十九回），寫的仍是雪天的穿戴。

換了今天的小說人物，如果只寫下雨天身穿雨衣，卻不寫內著西服還是唐裝，你也很難判斷他的身分、職業、氣質、品位……張愛玲就說，雪天的裝束「沒有鑲滾，沒有時間性……『世外仙姝寂寞林』應當有一種縹緲的感覺，不一定屬於什麼時代」。又說：「寫黛玉，就連面貌也幾乎純是神情，唯一具體的是『薄面含嗔』的『薄面』二字。通身沒有一點細節，只是一種姿態，一個聲音。」19。或許是曹雪芹格外珍愛黛玉這個人物，寧願讓她活在朦朧的詩意中吧。具體描寫一旦落在實處，也便不能免俗。

脂硯齋認為衣裙妝飾「是寶玉眼中的不屑之物，故不曾看見」，也是這個意思。可笑續書作者賣弄聰明，偏要替曹雪芹補出「疏漏」之處，於小說第八十九回，讓寶玉盯著林妹妹的衣飾細看：

> 但見黛玉身上穿著月白繡花小毛皮襖，加上銀鼠坎肩；頭上挽著隨常雲髻，簪上一枝赤金扁簪，別無花朵；腰下繫著楊妃色繡花綿裙。真比如：亭亭玉樹臨風立，冉冉香蓮帶露開。

一段惡俗描寫，足以粉碎讀者此前獲得的縹緲脫俗的印象——筆者一向認為《紅樓夢》後四十回中有曹雪芹的殘稿，不過這段黛玉穿戴肯定是他人續貂，不是曹雪芹的原文。

其實小說中關於寶釵的衣飾描寫，也不多見。比較集中的是在第八回，因寶釵身體欠安，寶玉來探視她：

> 只見吊著半舊的紅紬軟簾。寶玉掀簾一邁步進去，先就看見薛寶釵坐在炕上作針線，頭

上挽著漆黑油光的鬢兒，蜜合色棉襖，玫瑰紫二色金銀鼠比肩褂，蔥黃綾棉裙，一色半新不舊，看去不覺奢華。唇不點而紅，眉不畫而翠，臉若銀盆，眼如水杏。罕言寡語，人謂藏愚；安分隨時，自云守拙。

此一段，其實重在寫寶釵的不尚奢華：作為貴族千金，衣飾以深淺不同的黃褐色為基調，襯以深紫色；而且無論衣裙，「一色半新不舊」。就是那塊「珠寶晶瑩、黃金燦燦」的瓔珞金鎖，也是掩在懷中，先得「解了排扣」，才能從「裡面大紅襖」中掏出來。這也正合寶釵低調行事的性格。後面說到她的臥室裝飾，也同樣的樸素無華，還因此受到賈母的「批評」。有人說曹雪芹這樣寫，是有意彰顯寶釵俗氣，恐怕不盡然。

在眾多賈府女性中，穿戴最講究的是王熙鳳。書中三次細寫她的衣飾，都是從別人的眼中看出的。初次亮相，是借黛玉的眼睛觀看：

這個人打扮與眾姑娘不同：彩繡輝煌，恍若神妃仙子。頭上戴著金絲八寶攢珠髻，綰著朝陽五鳳掛珠釵，項上戴著赤金盤螭瓔珞圈；裙邊繫著豆綠宮縧，雙衡比目玫瑰佩，身上穿著縷金百蝶穿花大紅洋緞窄裉襖，外罩五彩刻絲石青銀鼠褂，下著翡翠撒花洋縐裙。一雙丹鳳三角眼，兩彎柳葉吊梢眉，身量苗條，體格風騷。粉面含春威不露，丹唇未啟笑先聞。

小說家在此格外突出鳳姐的飾物：頭上戴著「金絲八寶攢珠髻」、「朝陽五鳳掛珠釵」，項圍「赤金盤螭瓔珞圈」，腰懸「雙衡比目玫瑰佩」，金玉交輝，遍體琳琅。而「朝陽五鳳掛珠釵」還暗示著她的「命婦」身分。古代官員的妻子受封為「誥命夫人」，可佩戴特殊飾物。如清代皇族命婦頭戴九支鳳釵，其他級別可戴五支。鳳姐是誥命夫人，她的丈夫賈璉捐有同知在身，此官相當於知府的副手，在清代為正五品。故鳳姐頭戴「朝陽五鳳掛珠釵」。

首飾之外，衣裳也富麗考究：「洋緞」、「洋縐」都是進口貨，皮衣則以昂貴的白貂為裡；「窄裉襖」是一種掐腰拘身的時髦樣式，全身服飾色彩豔麗、做工精細，珠光寶氣、耀人眼目。

鳳姐未登場就先聲奪人，在院子裡笑稱：「我來遲了，不曾迎接遠客！」一現身又是如此光彩照人，一下子就充滿了整個畫面，這個形象緊緊抓住黛玉，也從此抓住了讀者。

另一次細寫鳳姐穿戴，是在第六回，這回是由鄉村老嫗的眼中看出的。劉姥姥來賈府告幫，幾經周折，終於在陳設奢華的內室見到這位年輕的管家娘子：

那鳳姐兒家常帶著秋板貂鼠昭君套，圍著攢珠勒子，穿著桃紅撒花襖，石青刻絲灰鼠披風，大紅洋縐銀鼠皮裙，粉光脂豔，端端正正坐在那裡，手內拿著小銅火箸兒撥手爐內的灰。平兒站在炕沿邊，捧著小小的一個填漆茶盤，盤內一個小蓋鐘。鳳姐也不接茶，也不抬頭，只管撥手爐內的灰，慢慢的問道：「怎麼還不請進來？」

此刻正是冬日，故鳳姐一身冬裝打扮：「秋板貂鼠昭君套」、「石青刻絲灰鼠披風」、「大紅洋縐銀鼠皮裙」，全是質地上乘、色彩鮮明、式樣新異的毛皮華服，在劉姥姥眼中，雍容華貴的鳳姐無異於畫圖中的仙姝神女。

小說第三次寫鳳姐的穿戴，是第六十八回。此前賈璉瞞著鳳姐偷娶尤二姐，養在小花枝巷。鳳姐聞訊，趁賈璉外出公幹，甜言蜜語把尤二姐哄回家中共住，實則暗藏殺機。此處寫鳳姐親自來接尤二姐進府，尤二姐心中忐忑，出屋相迎：

> 至門前，鳳姐方下車進來。尤二姐一看，只見頭上皆是素白銀器，身上月白緞襖，青緞披風，白綾素裙。眉彎柳葉，高吊兩梢，目橫丹鳳，神凝三角。俏麗若三春之桃，清潔若九秋之菊。

一向珠光寶氣的鳳姐，為何如此打扮？原來此時正值東府家長賈敬下世未久，榮寧兩府子侄輩尚在居喪期間，再加上前不久朝中有一位老貴妃薨逝，因此家喪加上國喪。後來鳳姐與賈璉、賈珍鬥法，攛掇尤二姐前夫張華去官府告狀，所控罪名便是「國孝家孝之中，背旨瞞親……停妻再娶」，在封建時代，這是欺君背親的大罪過。

鳳姐首飾用銀、衣履素色，正是居喪服飾。只是如此打扮與平日的濃妝豔飾、貴氣逼人雖有不同，卻同樣的光豔照人，又平添了樸素親切的色彩，令初次見面的尤二姐產生錯覺，認為鳳姐並非如傳說中那樣悍妒可怕；又聽鳳姐哭天抹淚、滔滔不絕的一席軟話，更認定她是個「極好的人」，於是喪失警惕、隨之入府，自蹈死地而不自知，實在可發一歎。

鳳姐前後三番的服飾穿著，是從三個人眼中看出的，讀者也隨著親戚家的女孩兒、鄉村老嫗及情敵寵妾，見識了穿戴、風度不斷變化的鳳姐，進而被她所深深吸引。這是個「百變鳳姐」，時而詼諧活潑、熱情似火，時而端莊雍容、高高在上，時而又貌似寬宏、溫柔體貼……而這還遠不能概括鳳姐的全部面目，在表象的背後，還有一個殺伐決斷、男人不如的鳳姐，吃醋撒潑、瘋狂報復的鳳姐，口蜜腹劍、借刀殺人的鳳姐……

不能想像一部沒有鳳姐的《紅樓夢》：缺少鳳姐，這部小說也就少了許多賞心悅目和驚心動魄；也不能想像省略了衣飾描寫的鳳姐：一個缺少華麗外表的鳳姐是可厭乃至可怕的，失去了風情萬種的外在魅力，這個女人也便只剩下縝密的心機和凜然殺氣！

哪位丫鬟不穿「制服」？

跟貴族男女的衣飾有所區別，賈府中丫鬟的衣服雖也講究，但卻簡單得多。黛玉初進賈府時，一位老嬤嬤引她到正室東耳房拜見王夫人。正坐著吃茶，一個穿「紅綾襖青緞掐牙背心」的丫鬟走來笑著說：「太太說，請林姑娘到那邊坐罷。」黛玉初來，當然不認得丫鬟是誰，想來不是金釧兒，就是彩雲吧？身為大家的丫鬟，所穿衣裙無論用料、式樣還是做工，也都很講究。「掐牙」是一種精緻的縫製工藝，用錦緞雙疊成細條，嵌在衣服的夾邊上，僅露出一點牙邊作裝飾。只是這套服飾的色彩有些暗淡，一襲背心以青緞為面料，掩住了紅綾襖的鮮豔色彩，跟男女主子們的豔麗華服形成鮮明對照。

第二十四回，讀者透過寶玉的眼睛，又看到另一位體面大丫鬟的裝束。當時鴛鴦來寶玉屋與襲人切磋針線：

寶玉坐在床沿上，褪了鞋等靴子穿的工夫，回頭見鴛鴦穿著水紅綾子襖兒，青緞子背心，束著白縐綢汗巾兒，臉向那邊低著頭看針線，脖子上戴著花領子。

關於鴛鴦的裝束，在小說第四十六回還有描摹。那是賈赦要討鴛鴦做小老婆，派妻子邢夫人前來「保媒拉縴」。邢夫人藉口要看鴛鴦手裡的針線活，眼睛卻朝鴛鴦「渾身打量」，只見她：

穿著半新的藕合色的綾襖，青緞掐牙背心，下面水綠裙子。蜂腰削背，鴨蛋臉面，烏油頭髮，高高的鼻子，兩邊腮上微微的幾點雀斑。

和前次相比，綾襖的顏色微有變化，但那件「青緞子背心」（此處作「青緞掐牙背心」）卻依然如故。

怡紅院大丫頭襲人的裝束又如何？小說第二十六回，賈芸來看望寶玉，一邊與寶玉閒聊，一邊用眼溜著端茶來的丫鬟，只見她：

> 細挑身材，容長臉面，穿著銀紅襖兒，青緞背心，白綾細折裙。——不是別個，卻是襲人。

三個丫鬟都不約而同穿著「青緞（掐牙）背心」，且鴛鴦兩次穿著同樣的背心，這恐怕不是作者隨意點染，而是有意為之吧？青緞背心應當是賈府丫鬟的統一「制服」。

作為印證，我們再看黛玉丫鬟紫鵑的衣飾。小說第五十七回，寶玉去看黛玉，紫鵑正在迴廊上做針黹，「穿著彈墨綾薄棉襖，外面只穿著青緞夾背心」——「彈墨綾」是一種印花絲織物，書中未提何種顏色；而外面罩的同樣是青緞背心，與鴛鴦、襲人及王夫人屋裡的丫鬟無異。可知這確是賈府丫鬟的「工作裝」無疑。

丫鬟們有時暫離崗位，也可改換裝束。如第五十一回襲人回家探母，臨走時鳳姐喚她來見。此刻襲人頭上戴了幾枝「金釵珠釧」，身上穿著「桃紅百子刻絲銀鼠襖子，蔥綠盤金彩繡綿裙，外面穿著青緞灰鼠褂」；這三件都是王夫人賞賜的。不過鳳姐嫌青緞灰鼠褂「太素了些」，穿著也冷，說：「你該穿一件大毛的。」襲人回說沒有，鳳姐便命平兒把自己一件「石青刻絲八團天馬皮褂子」拿來賞給襲人。

那是一件「出風毛」的「大毛」皮袍：如前所說，「石青」是一種近乎海藍的漂亮顏色；「刻絲」即「緙絲」，是用經緯線織出花紋圖樣的特殊工藝；「八團」是指在緞料上加繡八個圓形圖案；「天馬皮」即沙狐腹部的皮，毛最細密厚實，屬「大毛」。「出風毛」即「出鋒毛」，是指皮袍以緞料為面，在領子、袖口、衣襟、下擺等邊緣露出毛來，顯得美觀而富麗。

鳳姐又順帶給了襲人一件「玉色綢裡的哆羅呢的包袱」，包著一件雪褂子，並讓平兒拿來一件「半舊大紅猩猩氈」給襲人，那是貴族小姐冬天用來擋雪的斗篷，可見鳳姐已是把襲人當作姨娘打扮了。

怡紅院中的晴雯是否也穿著那樣一件青緞背心呢？書中沒提。晴雯多次出場，作者卻很少描繪她的衣裝。只有一次寫清晨起床，晴雯、麝月與芳官等在炕上打鬧嬉戲，「那晴雯只穿蔥綠院綢小襖，紅小衣紅睡鞋，披著頭髮」（第七十回）。此時因尚未梳妝，衣著也是較為隨便。

抄檢大觀園時，在王善保家的嘴裡，晴雯被形容成「天天打扮的像個西施的樣子」（第七十四回），可見她平日裝束也與眾不同。王夫人聽信讒言，派人去叫她，她因身體不適，剛剛起床，「並沒十分妝飾，自為無礙」。王夫人見她「釵軃鬢鬆，衫垂帶褪，有春睡捧心之遺風」，頓時發火，一頓申斥後喝道：「去！站在這裡，我看不上這浪樣兒！誰許你這樣花紅柳綠的妝扮！」此刻大概晴雯仍未穿著那件象徵著「服從」的青緞背心吧？

晴雯被逐後，寶玉去她家探視，晴雯剪下兩根「蔥管一般的」指甲，「又伸手向被內將貼身穿著的一件舊紅綾襖脫下」，一併交給寶玉留作紀念。這是書中最後一次寫晴雯的穿著，也仍未提青緞背心。作者大概始終不忍心把那件作為奴僕標誌的背心套在她身上吧。

書中另一個未穿青緞背心的丫鬟是芳官。芳官原是女優，被分配到寶玉屋中，身分變了，可裝束似乎未變。書中三次寫她的衣飾，一次是因洗頭的事受她乾媽欺侮，當時她「只穿著海棠紅的小棉襖，底下絲綢撒花袷褲，敞著褲腿，一頭烏油似的頭髮披在腦後，哭的淚人一般」（第五十八回）。也可能因準備洗頭的緣故吧，她未著丫鬟「正裝」。

第六十三回怡紅夜宴，因為沒有家長在場，氣氛十分輕鬆。眾人都卸了正裝，寶玉「只穿著大紅棉紗小襖子，下面綠綾彈墨袷褲，散著褲腳，倚著一個各色玫瑰芍藥花瓣裝的玉色夾紗新枕頭」，和芳官劃拳行令。芳官呢，「滿口嚷熱，只穿著一件玉色紅青酡絨三色緞子斗的水田小夾襖，束著一條柳綠汗巾，底下是水紅撒花夾褲，也散著褲腿。頭上眉額編著一圈小辮，總歸至頂心，結一根鵝卵粗細的總辮，拖在腦後。右耳眼內只塞著米粒大小的一個小玉塞子，左耳上單帶著一個白果大小的硬紅鑲金大墜子，越顯的面如滿月猶白，眼如秋水還清」。這副打扮，與男孩子無異，難怪大家都說她跟寶玉「倒像是雙生的弟兄兩個」（第六十三回）。

有了這樣的評價，寶玉索性讓芳官改為男裝，「將周圍的短髮剃了去，露出碧青頭皮來，當中分大頂」。又說「冬天作大貂鼠臥兔兒帶（戴），腳上穿虎頭盤雲五彩小戰靴，或散著褲腿，只用淨襪厚底鑲鞋」（脂本第六十一回）。這是一副遊牧民族的男子裝束，與之配合，連芳官的名字也被寶玉改成「耶律雄奴」。然而這只是一時遊戲，並非常態。不過那件青緞背心，始終沒有穿在芳官身上。

回頭看看晴雯的裝束，作者如此設計，應該並非巧合。

從居室布局看曹雪芹的「二房情結」

衣食住行中，最能體現賈府貴族氣派的是「住」。

榮、寧兩府比鄰而建，占了大半條街。都是三間獸頭大門，門前蹲著一對大石獅子。平日正門不開，黛玉初進榮國府時，走的是西邊的角門。進門約「一射之地」，便到了垂花門；進垂花門，兩邊是「抄手遊廊」，雨天從院子經過也不會淋濕。中間是「穿堂」，也就是用作過道的廳堂。繞過「紫檀架子大理石的大插屏」，又穿過三間小廳，這裡才是「正房大院」。高高的臺階，五間雕樑畫棟的上房，這是賈母的住所。

但這還不是中路正房，榮國府「正內室」位於賈母住所東邊的一個更大院落。黛玉出府到賈赦處問安後，再進榮國府，垂花門前下車向東轉，穿過一個東西向的穿堂，在一座朝南大廳後的儀門內，就是那個大院落：

> 上面五間大正房，兩邊廂房鹿頂耳房鑽山，四通八達，軒昂壯麗，比賈母處不同。黛玉便知這方是正經正內室，一條大甬路，直接出大門的。進入堂屋中，抬頭迎面先看見一個赤金九龍青地大匾，匾上寫著斗大的三個大字，是「榮禧堂」，後有一行小字「某年月日，書賜榮國公賈源」，又有「萬幾宸翰之寶」。

這間廳堂，代表著公爵府的全部權勢與榮耀，這塊赤金九龍青地的大匾，是皇上御書欽賜的。小說作者曹雪芹幼年生活的江寧織造府中，的確有一塊皇帝御書的大匾。那是康熙第三次南巡時為曹雪芹的曾祖母孫氏老太太題寫的。孫氏從前是康熙的保姆，康熙對她格外尊重，在織造府接見她時曾當眾說：「此吾家之老人也。」並題寫了「萱瑞堂」的匾額賜給她；萱花在古代象徵著母親的慈愛。而小說中「榮禧堂」的匾額，應當有著「萱瑞堂」匾額的影子。

這間正廳東邊有三間耳房，是賈政、王夫人平日起居晏息的地方；而院側「東廊三間小正房」，才是賈政夫婦的臥室。「侯門深似海」，黛玉至此有了深切的體會。

小說對賈府方位的描寫十分明晰準確，黛玉幾進幾出，東環西繞，寫得一絲不亂。例如下面這一段，黛玉拜見王夫人後，忽聽老太太傳飯：

王夫人忙攜黛玉從後房門由後廊往西，出了角門，是一條南北寬夾道。南邊是倒座三間小小的抱廈廳，北邊立著一個粉油大影壁，後有一半大門，小小一所房室。王夫人笑指向黛玉道：「這是你鳳姐姐的屋子，回來你好往這裡找他來，少什麼東西，你只管和他說就是了。」這院門上也有四五個才總角的小廝，都垂手侍立。王夫人遂攜黛玉穿過一個東西穿堂，便是賈母的後院了。於是，進入後房門，已有多人在此伺候，見王夫人來了，方安設桌椅。

方位角度寫得如此清晰細緻，足可使人根據文字復原出準確的平面圖來。我們猜想關於賈府院落的描寫，大概有著曹府的原型。熟悉曹家事務的脂硯齋在此多有批語，如「穿過一個東西穿堂」處有眉批：「這正是賈母正室後之穿堂也，與前穿堂是一帶之屋，中一帶乃賈母之下室也。記清。」又於「便是賈母的後院了」處有側批：「寫得清，一絲不錯。」想來這些屋室路徑都是曹雪芹和脂硯齋所熟悉的，故有是說。

不過小說畢竟是小說，不可能沒有虛構。例如賈家人員眾多，但偌大賈府，卻缺少一座足夠寬敞的宴會廳。於是作者不得不在第四十三回平添出一座「新蓋的大花廳」來。那年九月初二鳳姐過生日，大家便在這裡宴飲看戲。此後正月十五慶元宵，在「花廳」擺酒，指的應當也是這裡（第五十三回）。

這座花廳不在大觀園內，應在賈家府邸的某一方位上，是否就是書中提到的「榮慶堂」呢？老太君八十誕辰大擺壽筵，招待四方來賓，地點就在榮慶堂（第七十一回）。此堂名號在書中僅出現一次，如若府中早有這樣一處寬敞的宴會場所，就不必再蓋大花廳了。由此推測，榮慶堂就是大花廳吧。「榮慶堂」是其正名，「新蓋的大花廳」是僕人們的稱呼。

奇怪的是，榮府中襲了爵位的長子賈赦卻不住榮府正院，而是獨處大門往東的另一門內。那裡也是三層儀門，也有正房、廂房、廊廡等，只是「悉皆小巧別致，不似方才那邊軒峻壯麗」。院中又有樹木山石，據黛玉推測，這應當是從榮府花園裡隔出來的。

《紅樓夢》有個有意思的現象，曹雪芹似乎有一種「二房情結」：榮、寧二府中寧府居長，而小說的鏡頭卻始終對準二房榮國府。榮國府中賈赦居長，而曹雪芹的筆墨則更鍾情於二房賈政。賈政本來有珠、玉、環三個兒子，但在作者的安排下，長子賈珠早死，只留下玉、環兩個，而「寶二爺」則成為小說的核心人物。

此外，賈赦之子賈璉也是「二爺」，「璉二爺」。不過照甲戌本記述，「若問那赦公，也有二子，長名賈璉」，則賈璉分明是老大。老大為什麼要稱「二爺」呢？大概是按大排行，跟那府的「珍大爺」一塊兒排的吧。到了程甲本中，為了照應「璉二爺」的稱呼，此處改作「若問那赦公，也有二子，次名賈璉」，那麼老大又是誰？書中竟無交代，也依然是缺憾。

除此而外，小說中還有不少「二爺」。如寧國府的家長賈敬也是二房，其兄賈敷早死，由賈敬襲了爵位，又傳給兒子賈珍。再如賈府親戚賈芸也行二，人稱「芸二爺」或「廊上的二爺」。此外如賈薔稱「薔二爺」；柳湘蓮稱「柳二爺」；連賈芸的潑皮鄰居「醉金剛倪二」也行二……「二爺」何其多也！

非但如此，就連王夫人在家時也行二，故劉姥姥說她是王家的「二小姐」，嫁給賈家的二老爺賈政，又成了「二姑太太」了（第六回）。江南甄府派人來送禮的那一回，賈母與甄府來人聊天，提到甄家的幾位姑娘，賈母說：「你們二姑娘更好，竟不自尊自大，所以我們才走的親密。」（第五十六回）原來甄家也有個得人緣的「二姑娘」。比較下來，只有賈府的「二姑娘」迎春相形見絀了。

其實，在曹家的家譜上，曹雪芹的曾祖父曹璽恰恰是長房；而曹雪芹的祖父曹寅、父親曹顒，同樣也都是長房。他自己若真如學者考證，是曹顒的遺腹子，則仍是獨門長房無疑。然而曹雪芹為什麼不嫌重複，在書中安排了那麼多「二爺」，又違背常理，將居長的賈赦驅之於榮府大門之外？是受不肯出頭、甘居老二的哲理左右，還是有什麼不得已的避諱或苦衷？當然，更大的可能是作者有意混淆素材來源，避免知情者「對號入座」、按圖索驥。小說就是小說，其創作自有規律，曹雪芹用他的創作實踐，給我們上了生動的一課。

言歸正傳。如前所說，小說中的賈府建築，很可能有一座現實中的官宦府邸作藍本。但書中的大觀園，大概只是純粹的紙上園林。單看它的大小，就不一般。「從東邊一帶，借著東府裡花園起，轉至北邊，一共丈量准了，三里半大，可以蓋造省親別院了。」（第十六回）按照清代營造尺，一市丈合三百二十公分；一里一百五十市丈，合四百八十公尺。三里半長大致為一千六百八十公尺。這若是大觀園東牆和北牆的長度，則這座略呈長方形的花園，面積應有六、七十萬平方公尺之廣，約合千畝以上。除了皇家園林，恐怕一般貴族府第很難有這樣大的花園。

不過也有人認為三里半是周長，那樣面積就會小不少；還有人說書中的「三里半」其實應為「二里半」之誤——這都是把小說看得太「實」了。其實一位貴妃歸家省親，何必要造偌大一所花園？即使要起造行宮，有了大觀樓及「顧恩思義」殿已經盡夠了，何需再修怡紅院、瀟湘館、蘅蕪苑、秋爽齋、綴錦樓、蓼風軒、稻香村等一處處風格不同的園林院落？元妃又哪有時間精力一處處悠遊細賞？

有紅學家考證說，元妃省親的排場是模擬康熙南巡。但即便是康熙南巡，其在南京的行宮也只是借江寧織造署的花園改造而成，據考也並沒有如此大的排場和規模。

事實上，小說家不過是借元妃省親為口實，為書中的公子小姐們量身打造環境優雅、天然適性的優美居所。因此，大觀園只可視為小說家心目中的「紙上園林」，其設計、佈局、「建造」，完全是根據書中人物的活動需要。即便作者在「建造」過程中真的參考了南京織造署行宮、揚州寶塔灣行宮、蘇州的拙政園、北京的恭王府乃至皇家園林暢春園等，那畢竟都不是主要的。

女兒繡樓似書房

大觀園眾多建築中，至少有八處是為書中人物日後使用、居住設計的。首先是園中那一組巍峨宏麗的殿堂建築──「顧恩思義」殿、大觀樓及兩側的綴錦閣、含芳閣。這是園中的主體建築群，是元妃省親時駐蹕、飲宴、更衣的地方，屬於后妃行宮。除元春駕臨時開啟使用外，平時大概是「敬謹封鎖」的，利用率極低，故書中後來也少有提及。

元妃省親後特意降旨，讓寶玉及眾姐妹到園中居住，以免「佳人落魄、花柳無顏」。於是眾人欣然入住，有七處院落被選中，「薛寶釵住了蘅蕪苑，林黛玉住了瀟湘館，賈迎春住了綴錦樓，探春住了秋爽齋，惜春住了蓼風軒，李氏（紈）住了稻香村，寶玉住了怡紅院」。（第二十三回）

除了這八處之外，園中亭臺樓榭尚多，見諸敘述的就有藕香榭、紫菱洲、荇葉渚、滴翠亭、暖香塢、蘆雪庭、嘉蔭堂、凸碧山莊、凹晶溪館、櫳翠庵、達摩庵、玉皇殿……

在諸多景致中，寶玉、寶釵、黛玉、探春這幾位「重量級」人物居住的處所，尤其受到「關照」，作者變換角度、反覆皴染，手法之靈活，筆致之多樣，在在顯示出無人能及的筆墨功力。

先是在總體介紹中突出這幾處院落的特色。小說第十七、十八回花園剛建成，賈政攜了寶玉及眾清客，興致勃勃地到園中巡遊，「試才題對額」。其間對怡紅院、瀟湘館及蘅蕪苑的外部環境，都做了詳略不同的描述。

如寫瀟湘館，是透過眾人之口，盛讚其「翠竹遮映」的清幽環境；寫蘅蕪苑，則對入門那塊百草縈繞、插天而起的「大玲瓏山石」做了不厭其詳的描述。這兩處院落風格各別，一處於清幽中蘊含孤介，一處於樸實中不落塵俗，各與其主人的氣質暗合。

因為是走馬看花，所以寫這兩處時，關注外部環境較多。對於室內陳設，則簡筆勾勒、一帶而過。不過到了第四十回，賈母在園中擺酒，帶領眾人到諸姐妹房中小憩，對這兩處的室內陳設又都做了補充描寫。黛玉房內的陳設是從劉姥姥眼中看出的：

> 劉姥姥因見窗下案上設著筆硯，又見書架上磊著滿滿的書，劉姥姥道：「這必定是那位哥兒的書房了。」賈母笑指黛玉道：「這是我這外孫女兒的屋子。」劉姥姥留神打量了黛玉一番，方笑道：「這那像個小姐的繡房，竟比那上等的書房還好！」

雖是補寫，卻也只有這幾句，其中的議論倒占了一大半。接著寫賈母見窗上糊的紗舊了，於是對窗紗的品種、用途、審美發表了一通見解，並讓鳳姐取銀紅色的「軟煙羅」（又名「霞影紗」）給林妹妹換上。

讀者當然還記得，在全書中，作者幾乎不曾正面描述黛玉的服飾，述及她的居室陳設，也依然如此。滿屋陳設，只在「遠遠的看著，就似煙霧一樣」的窗紗上做些文章，留給讀者的，仍是朦朧縹緲的感覺。說到底，對這位「神仙妹妹」的居所，用「鳳尾森森、龍吟細細」（第二十六回）兩句來概括，已經盡夠了。那恰是寶玉觀之以眼、受之以心的詩意印象。

同一回中對蘅蕪苑陳設的補敘，雖也落墨不多，畢竟更具體些：

賈母因見岸上的清廈曠朗，便問「這是你薛姑娘的屋子不是？」眾人道：「是。」賈母忙命攏岸，順著雲步石梯上去，一同進了蘅蕪苑，只覺異香撲鼻。那些奇草仙藤愈冷愈蒼翠，都結了實，似珊瑚豆子一般，累垂可愛。及進了房屋，雪洞一般，一色玩器全無，案上只有一個土定瓶中供著數枝菊花，並兩部書，茶奩茶杯而已。床上只吊著青紗帳幔，衾褥也十分樸素。賈母歎道：「這孩子太老實了……」

雪白的牆壁，青紗的帳幔，案上瓶中雖有幾枝菊花，陳設卻是簡到不能再簡。女孩子愛花愛美，是青春熱情的自然流露，而寶釵的格外「素淨」，卻令人有難以測度之感。是天生冷漠，還是有所矯飾？作者未曾明言。不過賈母一句「也不要很離了格兒」，顯然帶有婉轉的批評意味。賈母所說的「格兒」，既有禮俗的成分，也是指女兒的天然本性吧？寶釵從服飾穿著、臥室布置到待人接物、言談舉止，多少總帶著一點刻意為之的痕跡，閱人無數的賈母感到不舒服，也是理所必然的。這也多少代表了作者的態度。

曹雪芹的筆矯若游龍，全無定律。例如此前賈政遊園時，對探春的居所秋爽齋隻字未提，至第四十回，卻又對此處縱筆細描，所用篇幅遠遠超越諸釵居所。這裡寫賈母等在秋爽齋曉翠堂中用罷早飯，又一同來到探春臥室：

> 探春素喜闊朗，這三間屋子並不曾隔斷。當地放著一張花梨大理石大案，案上磊著各種名人法帖，並數十方寶硯，各色筆筒、筆海內插的筆如樹林一般。那一邊設著斗大的一個汝窯花囊，插著滿滿的一囊水晶球兒的白菊。西牆上當中掛著一大幅米襄陽《煙雨圖》，左右掛著一副對聯，乃是顏魯公墨蹟，其詞云：「煙霞閑骨格，泉石野生涯。」案上設著大鼎。左邊紫檀架上放著一個大觀窯的大盤，盤內盛著數十個嬌黃玲瓏大佛手。右邊洋漆架上懸著一個白玉比目磬，旁邊掛著小錘……東邊便設著臥榻，拔步床上懸著蔥綠雙繡花卉草蟲的紗帳……賈母因隔著紗窗往後院內看了一回，說道：「後廊簷下的梧桐也好了，就只細些。」

若說黛玉的閨房像「那位哥兒的書房」，探春的閨房則堪稱豪傑之士的書廈了。不但不加隔斷的三間屋室是軒敞闊朗的，一切桌椅陳設也都體量寬大：花梨大理石的大案、斗大的汝窯花囊、大幅的字畫、大鼎、大盤；硯則有數十方，筆則插得「如樹林一般」，連瓶中的菊花、盤中的佛手，也是以多取勝；壁上的字畫風格，也都屬於雄渾豪放的一派……不過那床上所懸「蔥綠雙繡花卉草蟲」的紗帳，卻又透露出俏麗活潑的女兒訊息。如此陳設布置，坐臥其間的主人又是何等樣的女子，自不用說。

大觀園中另一處特色獨具的院落是稻香村，後來成為李紈的居所。此處在賈政遊園時有所介紹：

倏爾青山斜阻。轉過山懷中，隱隱露出一帶黃泥築就矮牆，牆頭上皆稻莖掩護。有幾百株杏花，如噴火蒸霞一般。裡面數楹茅屋。外面卻是桑、榆、槿、柘，各色樹稚新條，隨其曲折，編就兩溜青籬。籬外山坡之下，有一土井，旁有桔槔轆轤之屬。下面分畦列畝，佳蔬菜花，漫然無際。

室外如此，室內也是「紙窗木榻，富貴氣象一洗皆盡」。賈政對此十分欣賞，然而在寶玉口中，卻是：「不及『有鳳來儀』多矣！」理由是：「此處置一田莊，分明見得人力穿鑿扭捏而成。遠無鄰村，近不負郭，背山山無脈，臨水水無源，高無隱寺之塔，下無通市之橋，峭然孤出，似非大觀……」總之，人為痕跡太重，有違天然之理。反對牽強做作、崇尚自在天然，這是寶玉的審美理想，反映的也正是曹雪芹的一貫審美標準吧。

不過寶玉所居怡紅院的風格，恐怕也非曹雪芹所喜愛。有人說曹雪芹就是賈寶玉的原型，此說有待商榷。寶玉在曹雪芹的筆下，常常處在受審視、被評判的地位。這一點，透過小說對怡紅院的描寫，也可得到證實。

公子偏愛「女兒棠」

讀者還記得，《紅樓夢》中穿著最華麗的不是釵、黛、迎、探諸釵，而是怡紅公子賈寶玉。作者不厭其詳地描述他在不同場合的穿著打扮，無一不帶有戲裝的華美、女性化的傾向。在居室描寫上，作者同樣眷顧寶玉。他在大觀園中的居室怡紅院，是作者重點描寫的對象，所用筆墨之多，又非他處可比。

書中第十七回，讀者跟隨賈政、寶玉等人的腳步，首次見識了怡紅院——那時此院剛剛落成，尚未命名。鏡頭從周邊的竹籬粉牆「搖入」，停留在院中的那棵西府海棠上：

一入門，兩邊都是遊廊相接。院中點襯幾塊山石，一邊種著數本芭蕉；那一邊乃是一棵西府海棠，其勢若傘，絲垂翠縷，葩吐丹砂……賈政道：「這叫作『女兒棠』，乃是外國之種。俗傳系出『女兒國』中，云彼國此種最盛，亦荒唐不經之說罷了。」眾人笑道：「然雖不經，如何此名傳久了？」寶玉道：「大約騷人詠士，以此花之色紅暈若施脂，輕弱似扶病，大近乎閨閣風度，所以以『女兒』命名。想因被世間俗惡聽了，他便以野史纂入為證，以俗傳俗，以訛傳訛，都認真了。」眾人都搖身贊妙。

此院後來題為「怡紅院」，便是因這株「葩吐丹砂」、「紅暈若施脂」的海棠得名。一位公子的住所，卻由一株「女兒國」的奇花得名，其中含義令人回味。寶玉自幼「最喜在內幃廝混」，一生關注女兒、呵護女兒，自身也帶著幾分女兒氣，故這株「女兒棠」成為他的居所主題，恐怕也是作者的有意設計吧。

眾人議論一番之後，一同進入室內：

> 只見這幾間房內收拾的與別處不同，竟分不出間隔來的。原來四面皆是雕空玲瓏木板，或「流雲百蝠」，或「歲寒三友」，或山水人物，或翎毛花卉，或集錦，或博古，或萬福萬壽。各種花樣，皆是名手雕鏤，五彩銷金嵌寶的。一槅一槅，或有貯書處，或有設鼎處，或安置筆硯處，或供花設瓶、安放盆景處。其槅各式各樣，或天圓地方，或葵花蕉葉，或連環半壁。真是花團錦簇，剔透玲瓏。倏爾五色紗糊就，竟系小窗；倏爾彩綾輕覆，竟系幽戶。且滿牆滿壁，皆系隨依古董玩器之形摳成的槽子。諸如琴、劍、懸瓶、桌屏之類，雖懸於壁，卻都是與壁相平的。眾人都道：「好精緻想頭！難為怎麼想來？」原來賈政等走了進來，未進兩層，便都迷了舊路，左瞧也有門可通，右瞧又有窗暫隔，及到了跟前，又被一架書擋住。回頭再走，又有窗紗明透，門徑可行；及至門前，忽見迎面也進來了一群人，都與自己形相一樣，——卻是一架玻璃大鏡相照。及轉過鏡去，益發見門子多了。賈珍笑道：「老爺隨我來。從這門出去，便是後院，從後院出去，倒比先近了。」說著，又轉了兩層紗廚錦槅，果得一門出去……

此室設計可謂挖空心思、窮工極巧，令人歎為觀止。然而有了這樣一大段不吝筆墨的文字，作者意猶未盡，在後面第四十一回中，又讓來自鄉下、無知無識的劉姥姥置身其中，在極村鄙與極富麗之間，導演了一齣諧謔鬧劇，再度對此室的富麗工巧、窮奢極侈做了強調。該回寫劉姥姥在酒席上多吃了幾杯酒，獨自一人在園中迷了路，誤闖入怡紅院：

……順著石子甬路走去，轉了兩個彎子，只見有一房門。於是進了房門，只見迎面一個女孩兒，滿面含笑迎了出來。劉姥姥忙笑道：「姑娘們把我丟下來了，要我碰頭碰到這裡來。」說了，只覺那女孩兒不答。劉姥姥便趕來拉他的手，「咕咚」一聲，便撞到板壁上，把頭碰的生疼。細瞧了一瞧，原來是一幅畫兒。劉姥姥自忖道：「原來畫兒有這樣活凸出來的。」一面想，一面看，一面又用手摸去，卻是一色平的，點頭歎了兩聲。一轉身方得了一個小門，門上掛著蔥綠撒花軟簾。

劉姥姥掀簾進去，抬頭一看，只見四面牆壁玲瓏剔透，琴劍瓶爐皆貼在牆上，錦籠紗罩，金彩珠光，連地下踩的磚，皆是碧綠鑿花，竟越發把眼花了，找門出去，那裡有門?左一架書，右一架屏。剛從屏後得了一門轉去，只見他親家母也從外面迎了進來。劉姥姥詫異，忙問道：「你想是見我這幾日沒家去，虧你找我來。那一位姑娘帶你進來的?」他親家只是笑，不還言。劉姥姥笑道：「你好沒見世面，見這園裡的花好，你就沒死活戴了一頭。」他親家也不答。便心下忽然想起：「常聽大富貴人家有一種穿衣鏡，這別是我在鏡子裡頭呢罷。」說畢伸手一摸，再細一看，可不是，四面雕空紫檀板壁將鏡子嵌在中間。因說：「這已經攔住，如何走出去呢？」一面說，一面只管用手摸。這鏡子原是西洋機括，可以開合。不意劉姥姥亂摸之間，其力巧合，便撞開消息，掩過鏡子，露出門來。劉姥姥又驚又喜，邁步出來，忽見有一副最精緻的床帳。他此時又帶了七八分醉，又走乏了，便一屁股坐在床上，只說歇歇，不承望身不由己，前仰後合的，朦朧著兩眼，一歪身就睡熟在床上。

中國通俗文學有一種取笑鄉下人的陋習，常見於元明清戲文、散曲乃至笑話中。然而《紅樓夢》之取笑劉姥姥，恐又別有用意。當賈府貴盛時，劉姥姥稱賈府「拔根寒毛比咱們的腰還粗呢」。然而物極必反、世事難料，到後來，烜赫百年的貴族之家，反要靠一介村嫗來救助幼女，到那時，作者設置這一人物的真正用意，才顯露出來。

而「醉臥怡紅院」一節，透過劉姥姥的視角寫賈府的豪奢，實乃為賈家後來的登高必跌鋪墊造勢，因此讀者此刻所見，似乎還只是對劉姥姥的一味調侃揶揄。此外，作者也是藉機再度渲染寶玉寢室的富麗精緻，於前次的描寫外，又突出刻畫了室內的西洋壁畫、穿衣鏡及精緻床帳等，其目的仍是因境寫人。

據學者考證，這類帶有「西洋機括」的迷宮式建築，在當時的官僚、富商之家確實存在。清人李斗《揚州畫舫錄》中便有詳細記載。曹雪芹的祖父曹寅曾在揚州任兩淮巡鹽御史，或曾親見。曹雪芹不難從家族傳聞中獲知這類新奇的屋室設計，又借助想像用文字描出，更顯新穎奇特。

只是這樣的屋室恐怕並不適於居住，書中後面寫寶玉及丫鬟們在此生活嬉戲，也並未再提這種容易磕頭碰臉的迷宮式屋宇構造。可見曹雪芹此處的描寫，虛構多於寫實，帶有浪漫色彩。有的學者試圖根據文字描寫畫出寶玉臥室的圖樣，結果總不能滿意，蓋緣於此。

有意思的是，貫穿於《紅樓夢》中的「陰陽倒錯、乾坤顛倒」的主題，在居室描寫中再度顯現。幾處女兒閨房，無一例外地透出書卷氣、男兒氣。黛玉的瀟湘館「窗下案上設著筆硯」，「書架上磊著滿滿的書」，在劉姥姥眼中不知是「那位哥兒的書房」；探春的秋爽齋寬敞闊朗，筆硯盈案、書畫滿牆，於書卷氣中更透出一股「丈夫氣」。寶釵臥室也全無女兒氣，案上陳設除了一瓶菊花、一副茶奩茶杯，便只有兩部書。李紈的孀居之所稻香村更是「紙窗木榻，富貴氣象一洗皆盡」。書中未寫史湘雲的臥室，想來其陽剛氣韻絕不在探春等人之下。

與此形成強烈反差，寶玉的臥室窮極富麗纖巧，反而如女兒閨房一般。劉姥姥就曾問襲人：「這是那個小姐的繡房，這樣精緻？我就像到了天宮裡的一樣。」第五十一回晴雯生病，請了大夫來診治，大夫也把此處錯當成小姐的「繡房」。

女兒則富陽剛之美、丈夫之見，男兒反柔美仁愛如好女。曹雪芹所追求欣賞的，似乎是一種介乎剛柔之間、融合陰陽之美的境界。是時代審美潮流使然，還是曹雪芹個人修養、偏好使然，抑或其中別有寄託、另含諷喻？曹雪芹辭世二百五十年，仍無時不透過小說與後世讀者做生動的對話，考驗著他們的智慧和領悟能力。

成窯彩杯，曹家有無？

賈府屋宇內，少不了裝飾擺設；賈家生活中，使用著大量日用器具。與百姓家的陳設器具相比，賈府的日常用品，也往往是精美絕倫的藝術品，放到今天，無一不是價值不菲的文玩古董。

關於這些陳設器皿，書中有時是頗為鄭重地集中介紹，有時則是看似隨意地信筆提及。如第三回黛玉進賈府，就鄭重描畫了賈府正室的陳設：

進入堂屋中，抬頭迎面先看見一個赤金九龍青地大匾……大紫檀雕螭案上，設著三尺來高青綠古銅鼎，懸著待漏隨朝墨龍大畫，一邊是金蜼彝，一邊是玻璃盒。地下兩溜十六張楠木交椅，又有一副對聯，乃烏木聯牌，鑲著鏨銀的字跡，道是：「座上珠璣昭日月，堂前黼黻煥煙霞。」下面一行小字，道是：「同鄉世教弟勳襲東安郡王穆蒔拜手書。」

這裡除了高懸堂上的匾額、對聯——那是皇帝及郡王所賜，象徵著賈府的尊榮與地位；此外便是正面那張用名貴紫檀木打造、雕著螭龍圖案的大條案，以及地下分兩溜擺放的十六張楠木交椅，正室的堂皇氣派，由此烘托而出。大條案上正中擺著「三尺來高青綠古銅鼎」，左右「一邊是金蜼彝，一邊是玻璃盒」。既有三代青銅古器，又有西洋舶來品，給人以時間悠渺、空間遼遠的感覺，陪襯著懸於中間的「待漏隨朝墨龍大畫」，透著尊貴大氣。

這樣的集中描寫，書中還有幾處。不過更多的器皿，是在寫人敘事中隨筆帶出的。如第三十八回黛玉吃罷螃蟹要飲酒，自己拿了一把「烏銀梅花自斟壺」，又揀了一個「小小的海棠凍石蕉葉杯」。這把壺倒也平常，「烏銀」是銅、銀合金，因顏色黑紫，故稱烏銀；「自斟壺」是一種容量不大、帶提梁的酒壺，適於自斟自飲。而那只杯子則頗為貴重，是用晶瑩潤澤半透明的「凍石」雕成，「海棠」指酒杯刻為秋海棠形狀，「蕉葉杯」是淺底杯的統稱。這樣的一把壺、一隻杯，也正配黛玉這樣一位嬌弱的美人。

又第四十回賈母宴客，入園後便有李紈的丫鬟碧月捧過一個盛著各色折枝菊花的「大荷葉式的翡翠盤子」，供賈母挑選。翡翠是最貴重的玉石，顏色鮮碧，雕成荷葉式樣，再盛上滿盤鮮花，其視覺效果如何，不難想像。

還有一回襲人要給史湘雲送果子，因問眾丫鬟：「這一個纏絲白瑪瑙碟子哪去了？」眾人回憶，是寶玉拿了裝荔枝給探春送去了（第三十七回）。瑪瑙是一種介乎於玉、石之間的名貴石頭，有紅白黑等多種顏色，瑩潤透亮，石中夾有條紋的稱「纏絲」。這裡說的碟子是用白色纏絲瑪瑙雕成，寶玉拿它裝荔枝，取其紅白相映，格外好看。從中也帶出寶玉的審美眼光。

此外書中隨意提到的擺設物件還有「文王鼎匙箸香盒」（第三回）、「琥珀杯」（第五回）、「捏絲戧金五彩大盒子」、「白玉比目磬」、「墨煙凍石鼎」（第四十回）、「黃楊根整摳的套杯」、「蟠虯整雕竹根大盒」（第四十一回）、「象鼻三足鰍沿鎏金琺瑯大火盆」（第五十三回）、「漢玉九龍珮」（第六十四回）、「蠟油凍的佛手」（第七十二回）等等，甚至小到「四楞象牙鑲金」或「烏木三鑲銀」的筷子（第四十回）……無不是貴重的器具乃至藝術品，襯托出賈家的富有、尊貴及文化品味。

在賈家的各色擺設器物中，瓷器最引人注目。瓷器本是中國的一大發明，英文中甚至以瓷器（china）來稱呼中國。中國的製瓷工藝至宋代已躍上巔峰，當時有「官、哥、汝、定、鈞」五大名窯，燒造的精美瓷器，成為傳世的珍寶。

《紅樓夢》中多次提到汝窯、定窯、官窯等瓷器。如第三回王夫人起居室梅花式的洋漆小几上，就放著「汝窯美人觚」，裡面插著時鮮花卉。觚本是一種古代酒器，長身而細腰，望如肢體窈窕的美女，故又稱「美人觚」。此處標明此觚為「汝窯」器，身價自然非同一般。又第二十七回鳳姐派丫鬟小紅傳話，讓平兒把「外頭屋裡桌子上汝窯盤子架兒底下放著一卷銀子」交給張材家的，於不經意間點出鳳姐屋中也擺放著貴重的汝窯器皿。第四十回寫探春秋爽齋的書案上擺放著「斗大的一個汝窯花囊，插著滿滿的一囊水晶球兒的白菊」，鮮花美器，相映生輝。這又是一件汝窯瓷器。

據考汝窯是北宋末年的御用瓷窯，窯址在今河南寶豐縣，該地宋代屬汝州，故稱。汝窯燒製的瓷器胎質細膩，釉色如雨過天青，開有細小的紋片，溫潤如玉。相傳汝瓷釉料中加有名貴的瑪瑙，故有此效果。由於專為皇家燒造，傳世數量極少，珍貴異常。民間很早就有「縱有家財萬貫，不如汝瓷一片」的口碑流傳。而這樣貴重的瓷器，賈家居然不止一件，足見其根基之深。

定窯瓷器賈府也有不少。定窯也是北宋名窯，窯址在河北省曲陽縣，那裡宋代屬於定州。該窯以燒造白瓷為主，胎薄而釉潤，有「白如玉、薄如紙、聲如磬」的美譽。古人稱白為「粉」，故定窯器又稱「粉定」。小說第六十三回寶玉生日開夜宴，預備的酒菜裝在四十個碟子中，「皆是一色白粉定窯的，不過只有小茶碟大」，碟內是「山南海北，中原外國，或乾或鮮，或水或陸，天下所有的酒饌果菜」，美食美器，甚是齊整。

不過定窯瓷器也有質地較粗的，稱為「土定」。小說第四十回寫寶釵蘅蕪苑案上即放著一隻「土定」瓶，裡面插著幾枝菊花。樸素古拙的器具，倒與寶釵的氣質相稱。

五大名窯中的官窯，最初專指宋代為宮廷燒製瓷器的瓷口，窯址原在汴京，也就是今天的開封。所燒的精美瓷器一般落有官款。不過後來南宋的修內司窯、明清兩代專為宮廷燒製瓷器的窯口，也都叫「官窯」。小說第四十一回賈母攜眾人到櫳翠庵飲茶，妙玉招待眾人所用的茶具，即「一色官窯脫胎填白蓋碗」。所謂「脫胎」，是指瓷胎極薄，釉色近於透明，視若脫去胎骨一般；「填白」是一種以粉料在瓷上堆填，再蘸釉汁，以增光澤的工藝。這裡所說的「官窯」，顯然不是北宋、南宋的官窯，很可能是清代的官窯。即便如此，這些器具在當時也是很貴重的。

妙玉為賈母獻茶所用的「成窯五彩小蓋鐘」就更為珍貴。如前所提，「成窯」指明代成化年間景德鎮官窯。所製瓷器胎極細膩，施釉白潤如羊脂，尤以繪有五彩圖案者最為貴重，號稱「鬥彩」。相傳這樣的一對杯子在清代「價值百金」也難求購。⑳進入二十一世紀，一件成窯鬥彩酒杯在拍賣會上曾拍出過千萬元的駭人天價。

妙玉用這只成窯蓋鐘給賈母獻茶，正含有特別尊重之意。不過這杯茶被劉姥姥喝了兩口，好潔成癖的妙玉便寧可將杯子丟棄。作者顯然是以杯子的貴重，反襯妙玉的孤傲，已到了不近人情的程度。

書中第四十回大觀園宴飲時，還說到每人面前擺放一隻「十錦琺瑯杯」。此杯屬於琺瑯彩繪的瓷器，卻是前代所無。「琺瑯」工藝是一種「舶來」技藝，據說傳自波斯（今天的伊朗），早先施用於銅器，即把一種特殊的「琺瑯」釉料填塗於銅器表面微凹的圖案中，經過燒制、打磨，形成帶有瓷質彩釉的銅器，有一種特殊的美感。在中國，這種工藝於元代傳入，後來又發展為以銅絲勾勒出圖案，再填以琺瑯燒製，稱「掐絲」工藝。此法於明代景泰年間最為流行，故又稱「景泰藍」。《紅樓夢》第五十三回描述寧國府尤氏的上房擺放著一隻「象鼻三足鰍沿鎏金琺瑯大火盆」，應即景泰藍器。

到了清康熙年間，宮廷匠人又將琺瑯工藝運用於瓷器，即在燒好的素白瓷器上以琺瑯彩釉畫出圖案，入窯再燒。成品胎體輕薄，色彩豐富而豔麗，圖案微微突起於底釉，富於立體感，人稱「琺瑯彩」。據說工藝要求十分嚴苛，稍有瑕疵即毀棄不要，因此十分珍貴，僅供皇室賞玩，世人極難得到。也只有與宮廷有特殊關係的賈家，才能擁有此物。

此外，書中提到的有名瓷器，還有秋爽齋桌案上的「大觀窯的大盤」（第四十回），寶玉屋內裝茉莉花粉的「宣窯瓷盒」（第四十二回）；「大觀窯」也是宋代官窯，而「宣窯」是指明代宣德年間的景德鎮官窯。賈府中隨便一件瓷器，都系出「名門」。單從這類器具，已足以烘托賈家的富埒王侯。

然而《紅樓夢》畢竟是小說，對貴族之家的生活描摹，必然有所誇張。例如宋代汝窯的瓷器在清代已十分罕見，賈府即便有一兩件，也不會隨隨便便擺在女孩家或媳婦的屋內，而是要拿去作為貢品，進奉皇上的。

清宮檔案中存有曹雪芹曾祖父曹璽向康熙皇帝進貢的一張「進物單」，上面列有大量文玩精品，如唐宋元明的名人字畫、秦鏡漢玉、端硯古墨……另有幾件名瓷，如「宋磁菱花瓶一座、窯變葫蘆瓶一座、哥窯花插一座、定窯水注一個、窯變水注一個……」[21] 這裡提到的「哥窯花插」，產於宋代五大名窯之一的哥窯，其特點是釉質肥潤，釉面佈滿「開片」，又稱「冰裂紋」、「百極碎」，向來有「金絲鐵線」、「紫口鐵足」之譽。只是《紅樓夢》中多次提到的汝窯器，在曹璽的貢品中也未見到。

綜覽這張進物單，無疑是一份價值連城的貢品，放到今天，價值過億！這應是曹璽經營江南二十年精心搜羅所得吧。此後曹寅、曹頫又屢有貢奉，但多為鰣魚、火腿、寧鴨、泉酒、玫瑰露、開茶（或謂即咖啡）等食物、土特產，而如此等級的貢品，再也未曾見過。

曹雪芹的祖父曹寅也喜歡收藏瓷器，據清人劉廷璣《在園雜誌》卷四記載：

曹織部子清（曹寅）始買得脫胎極薄白碗三隻，甚為賞鑒，費價百二十金。後有人送四隻，云是郎窯，與真成（窯）毫髮不爽，誠可謂巧奪天工矣。

曹寅花費一百二十兩銀子所買的三隻「脫胎極薄白碗」，是否就是妙玉用來招待眾人的那種「官窯脫胎填白」瓷器呢？記載中未提，無從知曉。但他人所送的四隻碗，明說是「郎窯」的，即清代康熙後期景德鎮官窯的，工藝和價值顯然遜於真正的成窯。從曹寅對「與真成（窯）毫髮不爽」的郎窯十分滿意來看，曹府中是否有成窯真品，還要畫個問號。而小說中妙玉隨便將成窯五彩杯丟棄、送人，顯系帶有誇張色彩的虛擬情節，萬勿當作史實看。

的確，虛實相生，正是《紅樓夢》的突出藝術手法。同樣是寫室內陳設，第五回介紹秦可卿寢室的一段，便幾乎完全運用浪漫手法。那一次，寶玉隨賈母到寧國府賞梅吃酒，午後困倦，由侄媳秦可卿引導，到她的臥室小憩。

> 剛至房門，便有一股細細的甜香襲人而來。寶玉覺得眼餳骨軟，連說：「好香！」入房向壁上看時，有唐伯虎畫的《海棠春睡圖》，兩邊有宋學士秦太虛寫的一副對聯，其聯云：「嫩寒鎖夢因春冷，芳氣籠人是酒香。」案上設著武則天當日鏡室中設的寶鏡，一邊擺著飛燕立著舞過的金盤，盤內盛著安祿山擲過傷了太真乳的木瓜。上面設著壽昌公主於含章殿下臥的榻，懸的是同昌公主制的聯珠帳。寶玉含笑連說：「這裡好！」

唐伯虎的畫、秦太虛的對聯，還有些寫實的影子。其他如武則天的寶鏡、趙飛燕的舞盤、安祿山的木瓜、壽昌公主的臥榻、同昌公主的珠帳，竟無一件是實筆寫生，全都暗含典故，顯然是為了烘托室內淫靡氣氛。而如此集中地運用浪漫手法，在全書中也是個特例。大家之筆，夭矯如龍，真有難以測度之妙。

補洋裝、用洋藥：一個丫鬟的故事

賈府衣食器物中有許多舶來品，這引起讀者和研究者的極大興趣。

賈府貴族男女喜歡使用「進口」衣料裁製衣裳。第三回鳳姐出場，上身是「縷金百蝶穿花大紅洋緞窄裉襖」，下身是「翡翠撒花洋縐裙」。其後接見劉姥姥，又改穿「大紅洋縐銀鼠皮裙」（第六回）。總之，不是「洋緞」就是「洋縐」，可見鳳姐對洋貨有所偏愛，頗能領風氣之先。

不過進口紡織物在賈府也不算新鮮貨色，小說第四十九回，因下雪，園中諸釵紛紛換上雪裝，「都是一色大紅猩猩氈與羽毛緞斗篷」，連黛玉也是一件「大紅羽紗面白狐狸裡的鶴氅」。只有孀居守寡的李紈穿了一件「青哆羅呢對襟褂子」，一向樸素的薛寶釵穿了一件「蓮青鬥紋錦上添花洋線番羓絲的鶴氅」。但有一點卻是共同的：無論是眾人的「羽毛緞」、「羽紗」，還是李紈、寶釵的「哆羅呢」、「洋線番羓絲」，竟無一不是洋貨！此外，後面的抄家清單裡還提到「洋呢」、「嗶嘰」等紡織物，也都是西來進口貨。

不過《紅樓夢》中最引人注目的「洋裝」，是賈母賞給寶玉的「雀金裘」。那日因下雪，賈母吩咐鴛鴦把一件「烏雲豹的氅衣」拿給寶玉。衣服拿來，但見「金翠輝煌，碧彩閃灼」。據賈母說：「這叫作『雀金呢』，這是哦囉斯國拿孔雀毛拈了線織的。……」（第五十二回）就是這件衣服，寶玉第一次穿就燒了個洞，一時找不到「哦囉斯裁縫」，無人能補，還是聰明能幹的晴雯不顧重病在身，連夜織補好。

將孔雀毛織入絲織物的做法，古人確有嘗試。據說所織成品十分華麗，效果極佳，然而價格也極昂：一匹十二尺，價值五十兩銀子！❷❷清人吳梅村有詞曰：「江南好，機杼奪天工。孔翠裝花支錦爛，冰蠶吐鳳霧綃空，新樣小團龍。」所詠大概便是此類織物。❷❸可知此物中國就有。至於小說中賈母說「雀金呢」產於俄羅斯，則還有待考證。

前述洋緞、洋縐、羽緞、哆羅呢等，均是西洋舶來品，而賈府服飾中使用的「倭緞」，卻是東洋舶來品。如寶玉出場時所穿外衣為「石青起花八團倭緞排穗褂」，就是以日本進口的倭緞為面料。倭緞也叫「東洋緞」，質地厚密，十分珍貴，也只有寶玉這樣的貴公子才能穿用。

除此而外，賈府中所用外來紡織物尚多。如王夫人起居室炕上鋪的「猩紅洋罽」（即洋毛毯）（第三回），鳳姐排宴時裹筷子用的「西洋布手巾」（第四十回）。此外，第五十九回黛玉去寶釵屋用飯，紫鵑把黛玉的匙箸「用一塊洋巾包了」交給藕官送去，可知這種西洋手巾在賈府中也只是尋常之物。

說到舶來品，賈府飲食中也有不少。如第二十六回薛蟠過生日，有人送他幾樣新鮮食物，其中包括「暹羅國進貢的靈柏香熏的暹豬」。第五十三回莊頭烏進孝來送年貨，清單中也有「暹豬二十個」。「暹羅國」即今天的泰國，在清代與中國有商貿、貢奉關係。薛蟠所得，當即暹羅貢物；而烏進孝送來的，大概是引進品種後在中國畜養的吧。烏進孝的禮單中另外還有「西洋鴨兩對」。西洋鴨又稱「洋鴨」、「番鴨」或「瘤頭鴨」，因在繁殖期間能散發一種類似麝香的氣味，也叫「麝香鴨」。原產於美洲，肉味鮮美。從《紅樓夢》的描寫可知，該鴨種在清代已引入中國養殖。

《紅樓夢》中提到的洋飲料似乎更多些。如第六十回說芳官將半瓶玫瑰露送給五兒，五兒母女初看不識，「還道是寶玉吃的西洋葡萄酒」。可知賈府貴族除了喝黃酒、燒酒，還有機會品嘗西洋進口的名貴葡萄酒。

至於那半瓶「玫瑰露」，應該也是西洋貨。書中描寫，那原是王夫人給寶玉的，同時還有一瓶「木樨清露」，「兩個玻璃小瓶，卻有三寸大小，上面螺絲銀蓋，鵝黃箋上寫著『木樨清露』，那一個寫著『玫瑰清露』」。據說此物「一碗水裡只用挑一茶匙兒，就香的了不得呢」（第三十四回）。因為貴重，起先王夫人連寶玉也捨不得給，怕他「胡糟踏了」。後來芳官送給五兒的，就是寶玉吃剩的一點，連瓶都拿了去，「迎亮照看，裡面小半瓶胭脂一般的汁子」❷❹。就因為這點兒玫瑰露，還差點在園中引起軒然大波。原因當然是此物珍稀難得，是「進上的」，奴僕若私自藏有，必有情弊。

據學者考證，將各種花朵蒸餾後取其原汁，是西洋常用的製藥方法。明清之際西方傳教士熊三拔著《泰西水法》，對此有所記錄：「西國市肆中所鬻藥物，大半是諸露水。」又說：「今所用薔薇露，則以薔薇花作之，其他藥所作，皆此類也。」另一傳教士南懷仁在《西方要紀》中也說：「其名玫瑰者最貴，取煉為露，可當香，亦可當藥。」

此種方法由西洋傳入中國後，中國人也學著製作並銷售。㉕不過《紅樓夢》中的「玫瑰清露」、「木樨清露」都是帶「螺絲銀蓋」的玻璃瓶小包裝，在中國尚不能大量製作玻璃器皿的清代，這無疑是來自西洋的貢品。據記載，雍正年間葡萄牙使者進貢的方物中，就有「各品藥露五十四個小玻璃瓶」，包裝與此相同。㉖

另外，《紅樓夢》中也有洋菸及西洋藥物出現。第五十二回，晴雯因冬夜受寒傷風，「發燒頭疼、鼻塞聲重」，吃中藥無效，寶玉便命麝月：「取鼻煙來，給他嗅些，痛打幾個噴嚏，就通了關竅。」

> 麝月果真去取了一個金鑲雙扣金星玻璃的一個扁盒來，遞與寶玉。寶玉便揭翻盒扇，裡面有西洋琺瑯的黃髮赤身女子，兩肋又有肉翅，裡面盛著些真正汪恰洋煙。晴雯只顧看畫兒，寶玉道：「嗅些，走了氣就不好了。」晴雯聽說，忙用指甲挑了些嗅入鼻中，不怎樣。便又多多挑了些嗅入。忽覺鼻中一股酸辣透入囟門，接連打了五六個噴嚏，眼淚鼻涕登時齊流。晴雯忙收了盒子，笑道：「了不得，好爽快！拿紙來。」早有小丫頭子遞過一搭子細紙，晴雯便一張一張的拿來醒鼻子。寶玉笑問：「如何？」晴雯笑道：「果覺通快些，只是太陽還疼。」

這裡所說的鼻煙，是一種特殊的菸草製品，以上等菸草加上名貴的藥材、香料，用特殊方法製成，為粉末狀，放在特製的容器中，用時挑出一些，用鼻子嗅吸。相傳鼻煙是在明代萬曆年間由義大利傳入的。書中在「真正汪恰洋煙」下有脂硯齋批曰：「汪恰，西洋一等寶煙也。」據學者周策縱考證，「汪恰洋煙」即產於北美佛吉尼亞的上等菸草，「汪恰」即佛吉尼亞（Virginia）的中文譯音。[27] 晴雯所嗅鼻煙，連容器也是舶來品，盒扇內裝點著「西洋琺瑯的黃髮赤身女子，兩肋又有肉翅」，分明是希臘神話中的天使形象。

不過鼻煙畢竟不是純藥物，藥效也有限。寶玉於是建議：「越性盡用西洋藥治一治，只怕就好了。」遂命麝月去鳳姐處討一種叫「依弗哪」的「西洋貼頭疼的膏子藥」來。膏藥討來，「找了一塊紅緞子角兒，鉸了兩塊指頂大的圓式，將那藥烤和了，用簪挺攤上。晴雯自拿著一面靶鏡，貼在兩太陽上」。

曹雪芹的寫作手法靈活微妙。如《紅樓夢》中生病吃藥的大有人在，換了另外的作者，使用貴重進口藥的，必定是貴族主子中的重要人物。不是賈母、王夫人，便是寶玉、黛玉。然而在曹雪芹筆下，唯一一次使用西洋藥的，卻是個丫鬟。如此安排，自然有突顯賈府生活豪奢的用意，連婢女生病都施以貴重進口藥，又遑論貴族主子。然而更重要的是，作者借此渲染了寶玉與晴雯的特殊情感，這種情感已突破主僕藩籬、勝似同胞兄妹。也就在這天晚上，寶玉的雀金裘被燒，晴雯不顧重病在身、連夜織補。讀者深知，這絕非奴婢因主子賞識而效忠賣力，支撐她捨身拚命的，是心靈契合所激發的一股獻身精神。

用洋藥，補「洋裝」，都發生在同一回、同一人身上，這是否也是作者的有意安排呢？

鐘敲十下：鳳姐用飯在幾時？

清代康、雍、乾時期，民間日常生活離西化尚遠，但在上層社會，使用奢侈舶來品已成一種時髦。小說中的賈府，顯然又是領潮流之先者。

賈家上下所用的進口貨品類繁多，除了前面提到的紡織品、食物、飲料、藥物之外，還包括種種日用器具及奢侈品。如賈府正室條案上擺放的「玻璃」（第三回），賈蓉向鳳姐所借的「玻璃炕屏」（第六回），元春省親時園中張掛的「水晶玻璃各色風燈」（第十八回），賈母看戲時戴的眼鏡，燈節宴會時懸掛的「玻璃芙蓉彩穗燈」以及每席之前帶有「活信」、可將「燈影逼住全向外照」的琺瑯荷葉燈（第五十三回），另外還有各種洋漆傢俱、器皿及西洋寶石「溫都裡納」（第六十三回）等等。

賈府老太太的寵孫賈寶玉屋中，西洋貨最多。那個時代大部分窗子還都是紙窗，寶玉的窗子卻已裝上玻璃，可以直接觀察室外的雨雪陰晴（第四十九回）。怡紅院室內還裝有大水銀穿衣鏡，鏡上帶著「西洋機括」。牆上掛的畫，人物「如活凸出來的」，那大概是西洋油畫吧？壞天氣出門，則有不怕風雨的「玻璃繡球燈」（第四十五回）。室內槅子上還擺著「金西洋自行船」（第五十七回），更有可以按時打點的西洋「自鳴鐘」。

在所有西洋物品中，自鳴鐘應當是其中最高技術的了。賈府中的西洋鐘錶不只寶玉屋裡有，鳳姐的堂屋也有一架。劉姥姥初登榮國府時，就曾被這架掛鐘所迷惑。那次她在鳳姐正房側屋內等候接見：

劉姥姥只聽見咯當咯當的響聲，大有似乎打籮櫃篩麵的一般，不免東瞧西望的。忽見堂屋中柱子上掛著一個匣子，底下又墜著一個秤砣般一物，卻不住的亂幌。劉姥姥心中想著：「這是什麼愛物兒？有啥用呢？」正呆時，只聽得當的一聲，又若金鐘銅磬一般，不防倒唬的一展眼。接著又是一連八九下。方欲問時，只見小丫頭子們齊亂跑，說：「奶奶下來了。」

劉姥姥哪裡知道，這就是自鳴鐘。下面不住亂晃的「秤砣般一物」，自然是鐘擺了。「咯當咯當」是掛鐘機件轉動的聲音，劉姥姥在鄉下只聽過磨麵篩籮時有規律的木框撞擊聲，哪見識過如此新鮮的「愛物兒」呢？而那「金鐘銅磬」般的響亮聲音，則是自鳴鐘整點的報時聲。此刻應當是上午九、十點鐘吧。

鳳姐屋中的自鳴鐘是掛鐘，寶玉屋中的大概是座鐘。書中第五十一回，晴雯因受涼而打噴嚏、咳嗽，寶玉不免噓寒問暖。正說話間，「只聽外間房中十錦槅上的自鳴鐘當當兩聲。外間值宿的老嬤嬤嗽了兩聲，因說道：『姑娘們睡罷，明兒再說罷。』寶玉方悄悄的笑道：『咱們別說話了，又惹他們說話。』」。緊接著第五十二回，晴雯抱病連夜為寶玉補雀金裘，一直補到「自鳴鐘已敲了四下」。

「當當兩聲」是指淩晨兩點，此時還不睡，難怪外間值班的老嬤嬤要發話。而晴雯補裘補到鐘敲四下，乃是清晨四點，晴雯對寶玉的感情，由此可見一斑。這同時也說明，怡紅院的這只自鳴鐘與今天的時鐘相同，都是晝夜各轉一圈，按十二小時報時的。

只是怡紅院的自鳴鐘大概常常「罷工」。第五十八回，廚房派人來問幾時開飯，襲人笑說：「方才胡吵了一陣，也沒留心聽鐘幾下了。」晴雯接口道：「那勞什子又不知怎麼了，又得去收拾。」聽晴雯的話音，這只自鳴鐘需要常常「收拾（修理）」的。

不過這屋裡的鐘表不只一隻，因為晴雯跟著便「拿過表來瞧了一瞧說：『略等半鐘茶的工夫就是了。』」事後麝月笑著揭發：「提起淘氣，芳官也該打幾下。昨兒是她擺弄了那墜子半日，就壞了。」

晴雯所拿的「表」應當是只懷表吧，寶玉是隨身攜帶懷表的。書中第十九回寫寶玉跟襲人說話，「只見秋紋進來說：『快三更了，該睡了。方才老太太打發嬤嬤來問，我答應睡了。』寶玉命取表來看時，果然針已指到亥正」。

寶玉的這只懷表後來又出現過幾次。一次是第四十五回，寶玉冒雨去看黛玉，說了會兒話，黛玉要歇息了。寶玉「回手向懷內掏出一個核桃大的金表來，瞧了一瞧，那針已指到戌末亥初之間，忙又揣了，說道：『原該歇了，又擾的你勞了半日神。』」這回說得很清楚，這是一隻小巧而貴重的金殼表。

另一次是第六十三回，群芳齊聚怡紅院為寶玉賀生日，吃到很晚，薛姨媽打發人來接黛玉。「眾人因問幾更了，人回：『二更以後了，鐘打過十一下了。』寶玉猶不信，要過表來瞧了一瞧，已是子初初刻十分了」。

有意思的是，寶玉這只懷表不是以阿拉伯數字或羅馬字母標時，而是採用了中國傳統計時法，用「子丑寅卯辰巳午未申酉戌亥」來標誌時刻。

鐘表最早在明朝晚期由歐洲傳入中國，一五八三年義大利耶穌會士利瑪竇來華時，所帶新奇物事中就有自鳴鐘。以後西方鐘錶商為了促進向中國出口，特意按中國文化傳統將錶盤上的標時字母改為地支十二時辰。寶玉這只用地支數字標時的精緻懷錶，應該就是特為出口中國製作的舶來品。

前面說到寶玉跟襲人聊天至「亥正」，即晚上十點。秋紋說「快三更了」，顯然是催著快睡的意思，因為此刻還不到三更，三更是指晚十一點到淩晨一點這一段。後來的程甲本把秋紋的話改成「三更天了，該睡了……」，就顯得不夠合理了。大概程、高不久就發現了這個疏漏，於是程乙本又把「亥正」改成「子初二刻」（晚十一點半），其實程、高的這兩次改動都大可不必。

至於第四十五回黛玉終止談話的時間為「戌末亥初之間」，是指晚上將近九點的時刻，此時確實不宜再會客，該洗漱休息了。而第六十三回的「子初初刻十分」，則是指晚十一點十分，與「二更以後了，鐘打過十一下了」相合。

不過自鳴鐘初入中國時，無論計時還是打點，都跟今天有所不同。那時的時鐘一晝夜只走一圈，打點也自有規律：

時辰	子	丑	寅	卯	辰	巳
初	九下	八下	七下	六下	五下	四下
正	一下	二下	一下	二下	一下	二下
時辰	午	未	申	酉	戌	亥
初	九下	八下	七下	六下	五下	四下
正	一下	二下	一下	二下	一下	二下

有一位學者認為，鳳姐和寶玉屋裡的自鳴鐘便是這種老式的報時鐘。據這位學者說，劉姥姥在鳳姐側屋先聽到一聲鐘鳴，那時是「午正」時刻，即中午十二點。接著又一連響了八九下，則到了「未初」時刻，也就是午後一點。學者還說，周瑞家的讓劉姥姥趕著鳳姐吃飯的空兒去進見，而「午正」、「未初」正是吃午飯的時刻。至於寶玉屋裡的鐘，第四十一回寶玉與晴雯說話，遭到值宿婆子干涉的那一回，「當當」兩聲是「亥正」鐘聲，即晚上十點；而第五十二回晴雯補裘補到鐘敲四下，乃是「亥初」的鐘聲，即晚上九點。㉘這樣理解，顯然是不準確的。

首先，劉姥姥見鳳姐的時間，不是午飯時間，而是早飯時間。書中第十四回鳳姐在寧國府主持秦可卿喪禮，曾對眾宣佈：「卯正二刻我來點卯，巳正吃早飯。」「卯正二刻」是早上六點半，「巳正」是上午十點，那正是府中用早飯的時刻。本回劉姥姥先聽鐘響一聲，「接著又是一連八九下」，一共十下，也正是「巳正」（十點）吃早飯的時間。劉姥姥前面聽到的一聲與後面的「八九下」是「接著」的，並不曾隔著半個小時。且鳳姐見過劉姥姥後，問周瑞家的：「這姥姥不知可用了早飯沒有？」也證實方才鳳姐吃的不是午飯正餐；況且午飯拖到午後一點才吃，也未免太晚了點。

至於第四十一回寶玉與晴雯夜間談話，若只是晚上十點，外面婆子的干涉就未免不合情理了，只有夜裡兩點才對。而第五十二回晴雯補裘若只補到晚上九點，並非抱病徹夜苦幹，比一般婦女做夜活收工還早，也就不值得寶玉感動，亦無須曹雪芹大書特書了。

脂硯齋應當是熟悉鐘表報時規律的，他在「自鳴鐘已敲了四下」後面批道：「按『四下』乃寅正初刻，『寅』此樣寫法，避諱也。」意思是說，鐘敲四下正是寅正初刻，作者所以寫成「敲了四下」，乃是出於避諱的緣故。因為曹雪芹的祖父名曹寅，尊親名諱是不宜直書的。而「寅正初刻」也正是淩晨四點。由此也可見出，《紅樓夢》中自鳴鐘的打點方式與今天完全相同。學者提到的那種打點方式，應存於早期進口鐘表中，可能由於過於煩瑣，大概早就淘汰了。

鐘表的使用，在賈府已相當普遍。除了鳳姐和寶玉屋裡有，寧國府的上房也有，乃至府中的幹僕也都隨身攜帶。第十四回鳳姐協理寧國府時就格外強調時間觀念，對眾人說：「素日跟我的人，隨身自有鐘表，不論大小事，我是皆有一定的時辰。橫豎你們上房裡也有時辰鐘……」鐘表自明末傳入中國後，中國工匠也很快學會了鐘錶製作。因此賈府中的鐘錶不一定都是舶來品。不過像寶玉隨身攜帶的「核桃大的金表」以及鳳姐曾賣了五百六十兩銀子的那只「金自鳴鐘」，大概都是原裝進口貨吧。

有意思的是，榮國府正廳、賈母的正房及王夫人的臥內，似乎都沒有鐘表的痕跡。賈府中引領潮流的，還是寶玉、鳳姐等年輕的一輩。

附表：中西時辰對照

子初初刻＝二十三點	子正初刻＝零點	丑初初刻＝一點
丑正初刻＝兩點	寅初初刻＝三點	寅正初刻＝四點
卯初初刻＝五點	卯正初刻＝六點	辰初初刻＝七點
辰正初刻＝八點	巳初初刻＝九點	巳正初刻＝十點
午初初刻＝十一點	午正初刻＝十二點	未初初刻＝十三點
未正初刻＝十四點	申初初刻＝十五點	申正初刻＝十六點
酉初初刻＝十七點	酉正初刻＝十八點	戌初初刻＝十九點
戌正初刻＝二十點	亥初初刻＝二十一點	亥正初刻＝二十二點

跨馬乘車話出行

衣食住行中的「行」，在《紅樓夢》也多有涉及。一般說來，女人出行乘車、坐轎，男人雖然也乘車轎，但騎馬的時候更多些。

女孩兒似的寶玉，出門也騎馬，連上學也不例外。一次寶玉因好友秦鐘在學堂受了欺負，一氣之下喝命跟班的僕人：「李貴！收書，拉馬來，我回去回太爺（指掌管家塾的賈代儒）去！……」（第九回）可知寶玉上學是以馬代步的。

另一回，鳳姐過生日，寶玉卻吩咐小廝茗煙一大早備下兩匹馬在後門等候。天一亮，寶玉「遍體純素，從角門出來，一語不發跨上馬，一彎腰，順著街就顛下去了。茗煙也只得跨馬加鞭趕上。」原來這天恰也是王夫人屋中丫鬟金釧兒的生日。金釧跳井而死，令寶玉心懷愧疚。他特意在這天找一處井臺祭奠了一番，才回府去給鳳姐拜壽。這是寶玉獨自騎馬走得較遠的一回，小廝茗煙路上一再叮囑：「二爺好生騎著，這馬總沒大騎的，手裡提緊著。」（第四十三回）

寶玉有時也坐車。給秦可卿送殯的那次，賈赦那一輩的家長乘車乘轎，賈珍以下的男子一律騎馬。寶玉、秦鐘本來也騎馬，可鳳姐記掛寶玉，「怕他在郊外縱性逞強，不服家人的話」，有了閃失，不好向老太太交代，於是命小廝把寶玉叫來，笑著說：「好兄弟，你是個尊貴人，女孩兒一樣的人品，別學他們猴在馬上。下來，咱們姐兒兩個坐車，豈不好？」寶玉聽說，忙下了馬，爬入鳳姐車上，二人在車中一路說笑前行（第十五回）。秦鐘則騎馬在後跟隨。

賈珍、賈璉平時外出也都騎馬。一次兩人瞞著對方分別到尤二姐、尤三姐處廝混，結果兩人的馬同槽吃草時「不能相容，互相蹶踢起來」，引來一場尷尬（第六十五回）。

男人除了騎馬，有時也騎驢或騾子。如第四十八回薛蟠出門做生意，主僕六人「雇了三輛大車，單拉行李使物，又雇了四個長行騾子。薛蟠自騎一匹家內養的鐵青大走騾，外備一匹坐馬」。

騎驢的例子見於第二十三回。元妃省親後，賈芹爭得安置小女道、小尼姑的美差。他領了盤纏銀子後，「登時雇了大叫驢，自己騎上；又雇了幾輛車，至榮國府角門，喚出二十四個人來，坐上車，一徑往城外鐵檻寺去了」。此事頗讓賈芸的舅舅卜世仁眼紅，他教訓賈芸說：「……你但凡立的起來，到你大房裡，就是他們爺兒們見不著，便下個氣，和他們的管家或者管事的人們嬉和嬉和，也弄個事兒管管。前日我出城去，撞見了你們三房裡的老四（指賈芹），騎著大叫驢，帶著五輛車，有四五十和尚道士，往家廟去了。他那不虧能幹，這事就到他了？」可見男子騎個「大叫驢」也是很體面的，並不比騎馬失身分。

除了騾馬坐騎，車轎也是書中常見的交通工具。一般而言，轎的級別比車要高一等。轎由人抬，乘坐舒適，無顛簸之苦。車由牲口駕轅牽拉，級別自然不如轎子。古代沒有坦蕩如砥的公路，更無充氣的橡膠輪胎，釘著鐵釘的木車輪行駛在坑窪不平的土路、石板路上，顛簸震盪的滋味很不好受。這就難怪官員、富人乃至女眷多願乘轎了。

小說開頭寫賈雨村做了官，便是「烏帽猩袍」，乘坐「大轎」前呼後擁招搖過市的。此外，某些特殊時刻，如娶妻納妾，也一定要用轎來接新人。賈雨村納甄家丫鬟嬌杏為妾，便是「乘夜只用一乘小轎」把新人接進衙署（第二回）。後來賈璉娶尤二姐，也是用一乘「素轎」將二姐抬來（第六十五回）。之所以用「素轎」，一因正值國喪家喪，二因是「偷娶」、不便張揚的緣故吧。

小說第二十九回，寫五月初一賈母帶著眾女眷到清虛觀打醮祈福，無異於貴族婦女車轎出行的一次大檢閱：

單表到了初一這一日，榮國府門前車輛紛紛，人馬簇簇……少時，賈母等出來。賈母坐一乘八人大轎，李氏、鳳姐兒、薛姨媽每人一乘四人轎，寶釵、黛玉二人共坐一輛翠蓋珠纓八寶車。迎春、探春、惜春三人共坐一輛朱輪華蓋車。然後賈母的丫頭鴛鴦、鸚鵡、琥珀、珍珠，黛玉的丫頭紫鵑、雪雁、春纖，寶釵的丫頭鶯兒、文杏……鳳姐兒的丫頭平兒、豐兒、小紅，並王夫人兩個丫頭也要跟了鳳姐兒去的金釧、彩雲，奶子抱著大姐兒帶著巧姐兒另在一車，還有兩個丫頭，一共又連上各房的老嬤嬤、奶娘並跟出門的家人媳婦子，烏壓壓的占了一街的車。

賈母等已經坐轎去了多遠，這門前尚未坐完。這個說「我不同你在一處」，那個說「你壓了我們奶奶的包袱」，那邊車上又說「蹭了我的花兒」，這邊又說「碰折了我的扇子」，咭咭呱呱，說笑不絕。周瑞家的走來過去的說道：「姑娘們，這是街上，看人笑話。」說了兩遍，方覺好了。前頭的全副執事擺開，早已到了清虛觀了。寶玉騎著馬，在賈母轎前。街上人都站在兩邊。

此番出行，不但車轎齊整，而且頗能顯出貴族府第的森嚴等級。賈母乘坐的是「八人大轎」，因為她的丈夫、兒子都有爵位，她本人是誥命夫人。日後賈母進宮朝賀，也是「按品級著朝服」，「坐八人大轎」（第五十三回）。

跟用飯時姑娘可以先上桌、媳婦則要在旁伺候不同，出行時，李紈、鳳姐兩位賈母的孫媳可與薛姨媽等同，每人一乘四人轎。因為她們都是夫貴妻榮的貴婦，鳳姐本人就有誥封在身。小姐們則尚未出閣，還是孩子，故須降一等乘車，而且是兩三人一輛。寶釵、黛玉是親戚家的小姐，是客，同乘一輛「翠蓋珠纓八寶車」；三春則共坐一輛「朱輪華蓋車」，級別似乎略低。至於丫鬟、奶媽、嬤嬤、家人媳婦等，則多人擠在一輛大車中，如同乘坐「中巴」、「大巴」了。

賈母並不是總以八人大轎代步。在家中或園內，賈母常常坐一乘「竹椅小敞轎」賈母乘竹椅小轎的情節，可見於第四十一回、五十回、七十六回。那大概就是稱之為「滑杆」的輕便小轎吧，只須兩個婆子扛抬。不過趕上長途跋涉，也須借助畜力，賈母那時便改乘「馱轎」。那是一種用兩匹牲口馱著的轎子，也叫「騾馱轎」或「馬輿」。轎廂寬大，乘坐也舒適。書中第五十九回，因朝中一位老太妃薨逝，賈母和王夫人須跟隨「送靈」，於是賈母和賈蓉媳婦同坐一乘馱轎，王夫人也坐一乘馱轎在後相隨，餘下的婆子丫鬟等則另有幾輛大車在後跟隨。

府中女眷出門機會不多。偶爾出去串親戚或在兩府間往來，也都乘轎或坐車。如探春、寶釵、李紈掌家時，夜晚在園中巡視，就乘坐小轎。邢王二夫人及鳳姐、尤氏等在兩府間走動，也都駕車往來。由於路途近，有時車子並不套牲口，只由人來推挽。小說第七十五回寫尤氏到榮國府省問，回去時有一段專寫她如何乘車：

到起更的時候，賈母說：「黑了，過去罷。」尤氏方告辭出來。走至大門前上了車，銀蝶坐在車沿上。眾媳婦放下簾子來，便帶著小丫頭們先直走過那邊大門口等著去了。因二府之門相隔沒有一箭之路，每日家常來往不必定要周備，況天黑夜晚之間回來的遭數更多，所以老嬤嬤帶著小丫頭，只幾步便走了過來。兩邊大門上的人都到東西街口，早把行人斷住。尤氏大車上也不用牲口，只用七八個小廝挽環拽輪，輕輕的便推拽過這邊階磯上來。於是眾小廝退過獅子以外，眾嬤嬤打起簾子，銀蝶先下來，然後攙下尤氏來。

如此細節描寫，真實反映了貴族婦女乘車的規矩與變通。這很可能出自曹雪芹對舊家生活場景的記憶，可惜在程高本中，這段描寫連同賈母到清虛觀打醮的出行敘述，不是被簡化，就是被刪掉了。

榮寧二府相隔「沒有一箭之路」，貴族婦女來往乘車，主要是一種排場。此外，古代女性不能隨便拋頭露面，貴族婦女尤甚。因此尤氏往來上下車，兩邊「大門上的人」都要到東西街口「把行人斷住」，實行臨時性的「交通管制」。貴族的特權與尊嚴，於此得以彰顯。

回想黛玉初來時乘轎，也頗見貴族府第的規矩。轎子從碼頭上一路抬進榮府角門，進門約「一射之地」，轎夫停轎退去，「另換了三四個衣帽周全十七八歲的小廝上來」抬轎，至垂花門轎子落下，「眾小廝退出，眾婆子上來打起轎簾，扶黛玉下轎」。在賈府中，連抬轎子也是「內外有別」、等級分明的。

嚴格的規矩並非專為小姐而設，老年貴婦也如是。過年時，賈母乘轎到寧國府主持祭祖儀式，轎子一直抬到暖閣。回府時，賈母也仍在暖閣前上轎，「尤氏等閃過屏風，小廝們才領轎夫，請了轎出大門」（第五十三回）。這情形，與《金瓶梅》中財主的妻妾們在鬧市肆意遊走觀燈、拋頭露面，大不相同。

小轎一般是女人乘坐的，但男人也有乘小轎的時候。舉兩個例子。一次襲人回家探視，寶玉趁著到東府看戲的空當兒，讓茗煙拉了馬，偷偷去花家串門。花家驚異之余，殷勤招待。臨走，襲人讓哥哥花自芳去雇一車轎送寶玉回去。花自芳說：「有我送去，騎馬也不妨了。」襲人說：「不為不妨，為的是碰見人。」

> 花自芳忙去雇了一頂小轎來，眾人也不敢相留，只得送寶玉出去。襲人又抓果子與茗煙，又把些錢與他買花炮放，教他：「不可告訴人，連你也有不是。」一直送寶玉至門前，看著上轎，放下轎簾。花、茗二人牽馬跟隨。來至寧府街，茗煙命住轎，向花自芳道：「須等我同二爹還到東府裡混一混，才過去的，不然人家就疑惑了。」花自芳聽說有理，忙將寶玉抱出轎來，送上馬去。寶玉笑說：「倒難為你了。」於是仍進後門來。
>
> （第十九回）

襲人讓寶玉乘轎，目的是要掩人耳目。貴族少爺興之所至，偷著出府去探視婢女，一旦被人知道，擔責任、受埋怨的卻是婢女。

薛蟠也坐過小轎。那回在賴大家的酒席上，薛蟠喝醉了，騎了一匹大馬追趕離席而去的柳湘蓮，被柳湘蓮引到城外偏僻處痛打一頓。待賈蓉等找到薛蟠時，只見他「衣衫零碎，面目腫破，沒頭沒臉，遍身內外，滾的似個泥豬一般」。

賈蓉心內已猜著九分了，忙下馬令人攙了出來，笑道：「薛大叔天天調情，今兒調到葦子坑裡來了……」薛蟠羞的恨沒地縫兒鑽不進去，那裡爬的上馬去？賈蓉只得命人趕到關廂裡雇了一乘小轎子，薛蟠坐了，一齊進城。賈蓉還要抬往賴家去赴席，薛蟠百般央告，又命他不要告訴人，賈蓉方依允了，讓他各自回家。（第四十七回）

想想「泥豬一般」的呆霸王薛蟠蜷縮在小轎中的情景，真令人忍俊不禁！

註釋：

❶康熙四十四年十月二十二日〈江寧織造曹寅奏進唐詩樣本折〉，載故宮博物院明清檔案部編《關於江寧織造曹家檔案史料》，中華書局，一九七五年。

❷（宋）浦江吳氏，《吳氏中饋錄》：「瓜齏：醬瓜、生薑、蔥白、淡筍乾或茭白、蝦米、雞胸肉各等分，切作長條絲兒，香油炒過供之。」中國商業出版社，一九八七年，第六頁。

❸參見上海紅樓夢學會、上海師範大學文學研究所編，《紅樓夢鑒賞辭典》，上海古籍出版社，一九八八年。

❹也有人說「夢阮」是曹雪芹的表字。

❺ 事見《世說新語．任誕》。

❻（清）福格，《聽雨叢談》，中華書局，一九五九年，第一五一頁。

❼ 康熙五十五年三月十七日《署內務府總管馬齊奏請補放茶房總領折》及康熙五十七年六月二十五日《內務府奏茶房總領曹碩等做茶不合請議處折》，均載《關於江寧織造曹家檔案史料》。

❽ 參見（明）李日華，《紫桃軒雜綴》。

❾ 參見（明）徐光啟，《農政全書》卷五十四。

❿（明）陳霆，《雨山墨談》卷九，轉引自謝國楨，《明代社會經濟史料選編》，福建人民出版社，一九八一年，第三一七頁。

⓫ 參見（清）姚範，《援鶉堂筆記》卷四十八。

⓬ 參見劉心武，《劉心武揭秘紅樓夢》第二部，東方出版社，二〇〇五年。

⓭《大清會典》卷九十，轉引自祁美琴，《清代內務府》，遼寧民族出版社，二〇〇九年，第二三三頁。

⓮ 雍正三年二月十五日〈內務府奏曹頫送來緞匹如數收訖折〉，載《關於江寧織造曹家檔案史料》。

⓯ 可參看皮述民等人的研紅著述。

⓰ 雍正五年十二月二十四日〈上諭著江南總督范時繹查封曹頫家產〉，載《關於江寧織造曹家檔案史料》。

⓱（明）劉若愚，《明宮史》水集「束髮冠」：「其制如戲子所戴者，用金累絲造之，上嵌睛綠珠石。每一座有值數百金或千餘金、二千金者。四爪蟒龍，在上蟠繞。下加額子一件，亦如戲子所戴。」《明宮史．金鼇退食筆記》，北京古籍出版社，一九八〇年，第七七頁。

⓲《張愛玲文集（增補卷）．紅樓夢魘》，安徽文藝出版社，一九九四年，第一頁。

⓳《張愛玲文集（增補卷）．紅樓夢魘》，第五—六頁

⑳（清）劉廷璣，《在園雜誌》卷四：「成窯五彩，暗花而體薄者，雞缸一對，價值百金，亦難輕購，本無多也。」《清代史料筆記叢刊．在園雜誌》，中華書局，二〇〇五年，第一六六頁。

㉑《江寧織造曹璽進物單》：「江寧織造理事官，加四級臣曹璽恭進。計呈：轎一乘，鐵梨案一張，博古圍屏一架，滿堂紅燈二對，宣德翎毛一軸，呂紀九思圖一軸，王齊翰高閑圖一軸，朱銳關山車馬圖一軸，趙修祿天閑圖一軸，董其昌字一軸，趙伯駒仙山逸趣圖一軸，李公麟周遊圖一卷，沈周山水一卷，歸去來圖一卷，黃庭堅字一卷，淳化格帖二套，天寶鼎一座，漢垂環尊一座，漢茄袋瓶一座，秦鏡一面，琺瑯象鼻爐一座，琺瑯索耳爐一座，琺瑯花觚一座，宋磁菱花瓶一座，窯變葫蘆瓶一座，哥窯花插一座，定窯水注一個，窯變水注一個，漢玉筆架一座，英石筆架一座，漢玉鎮紙一方，紫檀鑲碧玉鎮紙一方，竹鎮紙一個，竹臂閣一個，竹筆筒一個，竹筆二枝，竹香盒一個，雕漆香盒一個，竹匙筯瓶二副，太極圖端硯一方，程君房墨四匣，桑林裡墨二匣，吳去塵墨二匣，龍蕊一座，竹箭杆十根。」載《關於江寧織造曹家檔案史料》。

㉒（清）葉夢珠，《閱世編》卷八：「昔年花緞惟絲織成華者加以錦繡，而所織之錦大率皆金縷為之，取其光耀而已。今有孔雀毛織入緞內，名曰『毛錦』，花更華麗，每匹不過十二尺，值銀五十兩。」

㉓參見吳世昌，〈從馬王堆漢墓出土的「羽毛貼花絹」到《紅樓夢》中的「雀金呢」〉一文。

㉔關於玫瑰露瓶子的大小，書中描述前後不一。第三十四回說「三寸大小」，此處變為「五寸來高的小玻璃瓶」，當是作者失於照應所致。

㉕（清）趙學敏，《本草綱目拾遺》：「凡物之有質者皆可取露，露乃物質之精華。其法始於大西洋，傳入中國，大則用甑，小則用壺，皆可蒸取。」又（清）顧祿《桐橋倚棹錄》卷十：「花露，以沙甑蒸者為貴。吳市多以錫甑。虎丘仰蘇樓、靜月軒，多釋氏制賣，馳名四遠。開瓶香洌，為當世所豔稱。其所賣諸露，治肝、胃氣，則有玫瑰花露，疏肝、牙痛，早桂花露。」

㉖參見陳詔，《紅樓夢小考》，上海書店出版社，一九九九年。

㉗周縱策，〈紅樓夢「汪恰洋煙」考〉，載胡文彬、周雷編，《海外紅學論集》，上海古籍出版社，一九八二年。

㉘周紹良，〈賈府的鐘和表〉，載《紅樓夢研究論集》，山西人民出版社，一九八三年。

第二部

銀錢經濟

抄本《石頭記》，脂硯齋的商業策劃？

《紅樓夢》的早期抄本大多題為「脂硯齋重評石頭記」，這事有點兒怪。大家知道，脂硯齋是《紅樓夢》的評點者，他跟曹雪芹關係密切，大概還參與了小說的創作，例如對某些情節的取捨提過建議等等。不過他畢竟不是作者，幹嘛把他的大名寫在封面上，作者的名字反而隱沒在書中，這豈不是本末倒置嗎？

然而，這是符合古代小說署名慣例的。以《水滸傳》為例，最早杭州有個書坊，相當於現在的出版社，叫「容與堂」，曾刊印百回本《水滸傳》，題作「李卓吾先生批評忠義水滸傳」。李卓吾是評點者，不是作者，作者應該是施耐庵、羅貫中。可是他倆的名字在這個本子裡反而沒有出現。❶

類似情況還有許多，看看這些書名：《李卓吾先生批評西遊記》、《李卓吾先生批評三國志》、《鍾伯敬先生批評三國志》、《李笠翁批閱三國志》、《陳眉公先生評點春秋列國志傳》、《彭城張竹坡批評金瓶梅》……莫不如此。

這些評點本有個共同的特點，即評點者都是學者、名人。李卓吾即李贄，是晚明最具影響力的思想家。其他如鍾伯敬（鍾惺）、金聖歎、李笠翁（李漁）、陳眉公（陳繼儒）、張竹坡等，也都是名噪一時的名士才子。今天的出版品動輒在書腰封面上宣揚「本書由著名學者某某真心推薦」，也還繼承著這樣的作法。

只是這些評點本中的「批評」文字，卻不一定真的出自這些名人之手。例如李卓吾確實對《水滸傳》很感興趣，還為它寫過序言，但李評本中的評點文字，據說是一位不得志的下層文人代擬的。書商把李卓吾的大名印在小說封面上，實乃欺世盜名、自抬身價！

在今天，「小說家」是個光榮稱號，一個人出了一兩本暢銷書，可以拿高額版稅，四處簽名售書，接受「粉絲」的歡呼致敬。可是倒推幾百年，小說是不登大雅之堂的末流文藝，小說家是縉紳士大夫不齒的底層文人。在一般人看來，大丈夫不能求取科舉功名，上報國家、下安黎庶，卻關起門來寫小說、混飯吃，是沒臉見人的勾當，又哪好意思爭什麼「署名權」？書商拿到書稿，盡可隨意處置。在署名問題上，他們當然要選擇更有號召力的名字，儘管李卓吾、鍾伯敬本人可能跟這些評點毫無關係。

總之，在商業運作這只無形巨手的推動下，評點者代替作者「出場」、擠占了封面，幾乎成了小說署名的慣例。正是靠著名人才子的轟動效應，出版商賺取了大把銀子。《紅樓夢》這樣做，不過是隨波逐流而已。不過由此引發的一個問題卻也耐人尋味：《紅樓夢》早先是以抄本流傳，還沒進入刻版發行的商業流程，那麼這些抄寫者，是否也有牟利的目的？

我們都知道，學者們今天能找到的《紅樓夢》抄本有十幾種，最多的也只有不到八十回，署名多為「石頭記」。根據底本的署年或收藏者的姓名、收藏的地點，分別命名為「甲戌本」、「己卯本」、「庚辰本」、「甲辰本」、「己酉本」、「鄭藏本」、「靖藏本」、「蒙古王府本」、「列寧格勒藏本」等等。這些抄本除了把「脂硯齋」的大名寫上封面，還特別強調本書是「重評」、「抄閱再評」。「己卯」、「庚辰」等抄本還在每冊首頁特別聲明「脂硯齋凡四閱評過」，分明是向讀者宣布：這是脂硯齋第四次「閱評」的最新評本，增加了新評語，值得一看（一購）！這是何等誘人的廣告語！傳抄者這樣宣傳，除了期盼獲利，我們想不出還有別的目的。

在古代，一部小說在抄本流傳階段，確實也能獲利。例如比曹雪芹晚生百年的小說家陳森就很有商業頭腦。他受《紅樓夢》影響寫了一部《品花寶鑒》，在士大夫圈子裡頗受好評。小說未刊之前，陳森親自攜書稿遨遊大江南北，每到一處官僚衙署，總要住上十天半月，給主人留出充裕的閱讀時間。離開時，主人至少贈銀二十兩，他還每每嫌少。❷他的手段無非就是抱雞生蛋、出租書稿以牟利。

更直接的方式是抄書售賣。《紅樓夢》的整理者程偉元就記述了《石頭記》抄本在廟會上售賣的情形。他在《紅樓夢》序言中說：

> 《紅樓夢》小說本名《石頭記》……好事者每傳抄一部，置廟市中，昂其值得數十金，可謂不脛而走者矣。

程偉元整理《紅樓夢》時，手頭一定收集了不止一部抄本，他的話是可信的。

那麼這些抄售《石頭記》的「好事者」又是誰？或者說，誰最有條件接觸曹雪芹的原稿，並能從容抄寫、售賣？我們有理由猜測，始作俑者很可能就是脂硯齋。這從「脂硯齋重評」、「脂硯齋抄閱再評」、「脂硯齋凡四閱評過」等廣告語中，可見端倪。

程偉元所說的「好事者」，說穿了就是「好利者」，所好者，銀子也。據紅學家考證，脂硯齋與曹雪芹交往密切，很可能是曹雪芹的一位親戚。那麼他怎麼會做出這種「市儈」舉動、出賣親朋作品以牟利呢？

其實說怪也不怪。曹雪芹晚年著書京郊西山，生活已十分困頓。假使脂硯齋真的是曹雪芹的親戚，不管是叔父還是堂兄，生活境遇肯定也好不到哪兒去。當其家徒四壁、衣食無著時，只有這部寶貴的書稿，是唯一可以指望的。一部《石頭記》抄本在廟會上可以「昂其值得數十金」，按當時糧價，可買幾千斤大米，足夠一、兩家人一年的生活之資。脂硯齋若非癡迂，大概不會守著金元寶挨餓吧？而且售書所得，曹雪芹想來也能沾溉受益，因此他本人也應是同意的。況且小說本來就是不登大雅之作，從誕生那一天起，就跟「市場」結下不解之緣。借寫小說以糊口，大概本來也是作者的寫作動機之一吧。

只是那時還沒有出版法規，脂硯齋等無法阻止他人盜版複製、傳抄獲利。於是隔一段時間，他便推出新的評點本，以「再評」、「重評」、「三評」、「四評」相號召。這情形有點像後來百二十本《紅樓夢》的發行模式。在「程甲本」發行數月後，又推出變化不大的「程乙本」。據說就是要以新版本對付隨之而來的盜版活動。

中國的儒家文化在金錢問題上有點兩面，明明骨子裡喜歡金錢，嘴上卻極力撇清。孔夫子還好，說是：如果有機會發財，讓我到集市上執鞭看門我也樂意；如果沒機會，還是做我喜歡的吧！❸儘管這話有著明顯的傾向性，但看得出來，孔夫子比後來的大多數儒士都誠

實可愛。孟子應該也不討厭金錢，不過他反對最高統治者大張旗鼓地談「利」，怕人心大壞，「上下交征利」，社會就危險了。❹

孔孟之後，儒士們似乎愈來愈虛偽，心裡想一套，嘴上說的又是一套。東晉王衍清高到口不言「錢」的地步。老婆跟他鬥氣，夜裡讓丫鬟搬了大量銅錢，把臥床圍個水洩不通。王衍一覺醒來不能下地，略一沉吟，說：「舉卻阿堵物！」講的是搬走這「玩意兒」！結果依然沒提「錢」字。不過王衍身為大貴族，家中金錢堆積如山，說不說「錢」字又有何妨？倒是吃了上頓沒下頓的升斗小民，錢袋空空，卻整天「錢」字不離口。因為錢就是命啊！

受著儒家的影響，後來的文化人大都忌談金錢。因此，誰若把《紅樓夢》巨著和它的天才作者跟金錢聯繫在一塊兒，似乎就要承擔全民共討之的危險。其實人們忘記一個根本的事實：聖人、天才、大師、巨匠也是要吃飯的。曹雪芹的偉著未能最終完篇，是否便與經濟困窘有關？

長篇小說的寫作及完成，需要一個相當寬裕、穩定的寫作環境。學者們注意到，文學史上幾部著名長篇小說的最後完成及出版，背後都有高官顯宦的支持贊助。《三國演義》的最佳版本出自宮廷，《水滸傳》的最好版本出自侯爵府，《西遊記》的寫作，可能受到一位王爺的襄助。《三國志通俗演義》是存世最早的《三國演義》版本，刻印精美，有學者認為是明代宮中所刻。《水滸傳》的善本是明代武定侯郭勳所刻，有人說該書的最後整理者可能就是郭勳的門客。《西遊記》作者吳承恩在湖北荊王府做過「紀善」之官，有人認為他撰寫《西遊記》可能得到王爺的贊助。曹雪芹的背後，恰恰缺少這樣一位有錢有勢的贊助人。

為了養家糊口，曹雪芹不得不求親告友，奔走於富貴之門，無法專心寫作。曹雪芹的朋友敦誠有《佩刀質酒歌》，記述了曹雪芹在「風雨淋涔」的秋日清早，於權貴門首等候主人出來見客的窘迫情景。敦誠還寫詩給曹雪芹，語重心長地說：「……勸君莫彈食客鋏，勸君莫叩富兒門。殘杯冷炙有德色，不如著書黃葉村。」❺勸告曹雪芹珍惜才華和時間，不要在「富兒門」前為一點「殘杯冷炙」看人臉色，加緊寫他的傳世之作，才是正理。

這些資訊零星片斷，卻足以勾勒出曹雪芹晚年生活的悲涼淒慘。在那樣的日子裡，如果曹雪芹與其親友將這部尚未完篇的書稿抄寫售賣，以解燃眉之急，是再正常不過的選擇，又有誰能說「不」呢？

後來的評論家，或許受著儒家心態的薰染，說到《紅樓夢》的主旨，談愛情者有之，講倫理者有之，侃哲學者有之，論政治者有之，唯獨不情願把《紅樓夢》與物質、金錢牽涉到一起，唯恐讓「銅臭」玷汙了這部偉著。其實翻開書卷看看，作者不但不諱言一個「錢」，還把它當作主題詞，題寫於小說開端。

《紅樓夢》開篇跛足道人所唱的「好了歌」，就有一節專說金錢：「……世人都曉神仙好，只有金銀忘不了。終朝只恨聚無多，及到多時眼閉了。」甄士隱更為之註解云：「……金滿箱、銀滿箱，轉眼乞丐人皆謗！」可見在曹雪芹的寫作提綱中，金錢是小說的重要題旨之一。

試著抓住「金錢」這條線索，通讀《紅樓夢》全書，看看作者對待金錢到底抱著怎樣的態度，又是如何記述人們在金錢面前的種種表現，也許會成為理解《紅樓夢》的一個新角度。再參照曹家的家族史，那是一段在金錢中打滾的歷史，你會發現，金錢對小說有形的、無形的影響，也許比我們想像的還要大得多。

劉姥姥打抽豐：二十兩銀子買多少米？

「紅樓」時代的人使用何種貨幣？小說第六回即給出答案。本回敘劉姥姥帶著孫子板兒到榮國府「打抽豐」（即以某種藉口向富有者索取錢物或贈予，俗稱「打秋風」），臨回家時，鳳姐命平兒拿來一包銀子和一吊錢，對劉姥姥說：

> 這是二十兩銀子，暫且給這孩子做件冬衣罷。若不拿著，就真是怪我了。這錢雇車坐罷。改日無事，只管來逛逛，方是親戚們的意思……

這銀子和銅錢，就是當時最常見的貨幣了。曹雪芹生活在清代康雍乾時期，書中反映的，自然是清代中前期的用錢習慣。

在中國古代貨幣中，銅錢的使用歷史最為悠久，殷商時就出現了。只是早期的銅幣形狀各異，既有圓形的環幣，也有異形的刀幣、布幣（布是一種農具，狀如兩齒的鐽子）。至秦始皇統一中國，銅錢也被統一為方孔圓錢的標準形狀，故又有「孔方兄」的雅號。以後歷朝歷代，銅錢都是法定貨幣，一直延續到清末。

跟銅錢相比，白銀用作貨幣的歷史要短些，大約是從漢代開始的，此後一直與銅錢並行。某些時期（如明代中後期），民間似乎更喜歡使用銀子，銅錢反受到冷落。如在晚明小說《金瓶梅》中，民間生活使用銅錢的記述寥寥無幾：雇轎子，下館子，哪怕相當於今天幾元錢的開銷，人們也都習慣用銀子結帳，單位小到幾錢幾分。不過到了清代，銅錢的鑄造量增加，民間使用銅錢也更為普遍。大數用銀、小數用錢，成為人們約定俗成的習慣。

鳳姐是賈府的當家人，惜老憐貧、好人做到底。她告訴劉姥姥，這二十兩銀子是給孩子「做件冬衣」的，話雖輕巧，劉姥姥自然知道它的分量。而另外的一吊錢，則是給她雇車零用的。鳳姐想得真周到，雇車花錢有限，用銀子支付是很麻煩的。

銀子用作貨幣的時間不短，可形制一直不固定。有一種翹邊的銀錠，人們習慣上稱「元寶」，也叫「馬蹄銀」，大概因為它的樣子像一隻馬蹄的緣故。其中五十兩重的銀錠，叫「大元寶」；又有十兩重的「小元寶」。再小，也有重三、五兩或一、二兩的，樣子像個小饅頭，稱「錁子」。《紅樓夢》中元妃省親的賞賜物中，就有「吉慶有魚銀錁十錠」，是鑄有吉祥紋樣的小銀錠。

不過在購物時，物價紛雜，整兩的銀子並不合用。因此在古人的荷包中，裝得最多的是散碎銀子，即輕重不等、形狀各異的碎銀塊。使用時要用專門的秤（戥子，也叫等子）來秤。必要時，還要用特殊的工具來剪鑿。儘管銀子質地較軟，但剪起來還是相當費勁，計算起來也很麻煩，不但重量不好計量，還有成色問題。純度高的叫「紋銀」，雜質多的叫「低銀」，不是人人都能辨得明、算得清的。

《紅樓夢》第五十一回，寫晴雯生病，請大夫來診治，臨走時要開「轎馬錢」，需銀一兩：

寶玉聽說，便命麝月去取銀子。麝月道：「花大奶奶（指大丫鬟襲人，此時剛好不在家）還不知擱在那裡呢？」寶玉道：「我常見他在螺甸小櫃子裡取錢，我和你找去。」

說著，二人來到寶玉堆東西的房子，開了螺甸櫃子，上一槅子都是些筆墨、扇子、香餅、各色荷包、汗巾等物；下一槅卻是幾串錢。於是開了抽屜，才看見一個小簸籮內放著幾塊銀子，倒也有一把戥子。麝月便拿了一塊銀子，提起戥子來問寶玉：「哪是一兩的星兒？」寶玉笑道：「你問我？有趣！你倒成了才來的了。」麝月也笑了，又要去問人。寶玉道：「揀那大的給他一塊就是了。又不作買賣，算這些做什麼！」麝月聽了，便放下戥子，揀了一塊掂了一掂，笑道：「這一塊只怕是一兩了。寧可多些好，別少了，叫那窮小子笑話，不說咱們不識戥子，倒說咱們有心小器似的。」那婆子站在外頭臺磯上，笑道：「那是五兩的錠子夾了半邊，這一塊至少還有二兩呢！這會子又沒夾剪，姑娘收了這塊，再揀一塊小些的罷。」麝月早掩了櫃子出來，笑道：「誰又找去！多了些你拿了去罷。」……婆子接了銀子，自去料理。不但衣來伸手、飯來張口的公子哥兒不會使銀子，就連貴族府第的丫鬟也不識戥子。可知那時用銀子是門「大學問」。也正因如此，遇到小額支出，人們寧可使銅錢。

那麼在《紅樓夢》時代，銀子價值幾何？劉姥姥到手的二十兩銀子合今天多少錢？我們不妨以糧價為參照，做個估算。

貨幣專家彭信威先生的《中國貨幣史》中列有兩張表格，一為《清代米價表》，一為《清代製錢市價表》。這為我們瞭解《紅樓夢》的銀價，提供了對照。曹雪芹生活在清康熙末年至乾隆前期❻，那時的糧價起伏不定，銀價也時有低昂。康熙在位（一六六二至一七二二年）的前四十年中，米價低廉，一石米值銅錢五、六百文，按當時的比價，約合半兩銀子。至後二十年，米價暴漲至八、九百文一石，折合銀價也升為一兩。

清代一石米的重量，約為今天七十一點五公斤。❼按當下的米價每公斤人民幣五元計算，一石米的價格約合三百五十七元。（編註：在臺灣當下米價約為每公斤臺幣四十五元，若以此換算為臺灣現況，一石米的價格約合臺幣三千兩百四十元。）照此推算，康熙前四十年一兩銀可買兩石米，折合人民幣七百元。那時銀子的購買力，實在高得嚇人。不過至康熙後二十年，由於米價狂漲，貨幣貶值，一兩銀的實際價值已貶為三百五十元。

到曹雪芹開始寫作《紅樓夢》的乾隆九年（一七四四年）前後❽，米價更漲至每石一點二兩白銀，幾年後又升至每石一點七兩。❾這同時意味著銀價愈發跌落，一兩銀竟跌至兩百九十元甚至兩百元。曹雪芹去世前的幾年中，米價更飆升到石米一點九兩，銀價跌至不足一百九十元。

導致物價飛漲及銀價跌落的原因，大概跟連年災荒、人口增長以及貨幣供應量過大有關，尤其是後者。據學者研究，乾隆年間，美洲的低價白銀大量流入中國，成為物價飛漲的重要推手⑩。銀子多了，社會生產力卻沒有大幅提高。打個比方：商店庫存一百匹布，社會上用於買布的流動資金有一百兩銀子，則一匹布的定價剛好是一兩銀，供需平衡。如今域外低價銀大量流入，社會上用於買布的流動資金增加至二百兩，而布匹的生產卻原地踏步，結果布的價格被抬高到一匹二兩銀。即是說，貨幣供應的增加造成通貨膨脹，白銀因此貶值。

照常理而言，小說的情節涉及物價，應當以作家生活時代的物價作為參照。然而《紅樓夢》有其特殊性，作者有意將家族歷史寫入小說，他熱衷於從長輩那裡獲取舊日的種種資訊，包括物價資訊。而那時的白銀價值，是高於眼下的。不過一兩銀合七百元的康熙前期，畢竟離曹雪芹太遠，那時連他的祖父曹寅也還不曾到江寧織造處上任。因此，把康熙末、乾隆初的銀價加以綜合（也為了計算的方便），我們把小說中的銀價定在每兩折合人民幣三百元，或許是合宜的。這跟晚明小說《金瓶梅》中的銀價，相差不遠。

按這個銀價，劉姥姥到手的二十兩銀子可折合人民幣六千元，對於普通農家，實在是一筆不小的數目。在今天，可以購得質地不錯的白米一千兩百公斤左右，難怪劉姥姥千恩萬謝、喜出望外了。

襲人與晴雯的「津貼」比拚

賈府的夫人、小姐及丫鬟使女，每人每月都有一定的津貼——月例銀。在凡事講究尊卑之禮的賈府，月例銀的發放自然是等級分明的。地位愈低，月例銀愈少。額度不足一兩的，便發給銅錢。

丫鬟的月例銀至少又分為三等。頭一等的「大丫頭」，每月的分例是一兩銀子。賈府中這樣的大丫頭只有賈母和王夫人屋裡才有。按書中說，賈母屋裡有八個大丫頭，王夫人屋裡有四個。不過小說中並沒有給出兩屋丫鬟的名冊。綜合種種資訊，賈母屋中的大丫頭，我們能數出鴛鴦、鸚鵡、琥珀、珍珠、翡翠、玻璃等幾個。後來珍珠被派去伺候寶玉，改名襲人，但仍按大丫頭的分例，每月拿一兩銀子。在脂評本中，珍珠被派去伺候寶玉並改名襲人後，賈母身邊依然有一珍珠。大概為了糾正這一錯誤，程高本將襲人原名改為蕊珠。

王夫人屋裡的四個大丫頭，應是金釧兒、玉釧兒、彩雲、彩霞四位吧。另有彩鳳、繡鸞、繡鳳等，等級相對較低。至少，我們知道金釧兒是每月一兩銀子的大丫頭，對此，小說第三十六回有所披露：

這日午間……鳳姐兒得便回王夫人道：「自從玉釧兒姐姐（即金釧兒）死了，太太跟前少著一個人。太太或看準了那個丫頭好，就吩咐，下月好發放月錢的。」王夫人聽了，想了一想，道：「依我說，什麼是例，必定四個五個的？夠使就罷了，竟可以免了罷。」鳳姐笑道：「論理，太太說的也是。這原是舊例，別人屋裡還有兩個呢，太太倒不按例了。況且省下一兩銀子也有限。」王夫人聽了，又想一想，道：「也罷，這個分例只管關了來，不用補人，就把這一兩銀子給他妹妹玉釧兒罷。他姐姐服侍了我一場，沒個好結果，剩下他妹妹跟著我，吃個雙分子也不為過逾了。」

書中第三十八回，湘雲請客吃螃蟹，特意吩咐在廊上擺了兩桌，請鴛鴦、琥珀、彩霞、彩雲、平兒等幾個大丫頭去坐。這裡除了平兒，另四位都是老太太、王夫人屋裡的主事大丫頭，大概都是拿頭份月例銀的。

次一等的丫鬟是每月一吊銅錢。小說第三十六回鳳姐說到寶玉屋的丫鬟，說是「晴雯、麝月等七個大丫頭，每月人各月錢一吊……」這七人除了晴雯、麝月，應當還有秋紋、碧痕、檀雲、茜雪以及綺霰吧。尊卑有等，寶玉屋裡的大丫頭，自然要比祖母、母親屋裡的級別低，因此月錢也降至一吊。

另外，寶玉屋裡還有比晴雯等更低一等的，「佳蕙等八個小丫頭，每月人各月錢五百。」這八個小丫頭裡，還應包括四兒、小紅、墜兒、春燕、定兒等等。

那麼襲人的一兩銀子又比晴雯的一吊錢多多少？

清代人在日常生活中普遍使用銅錢，這在《紅樓夢》中可以找到大量例子。前面說過，鳳姐給劉姥姥一吊錢雇車，體現了當家人鳳姐的周到細緻。另如賈芸給寶玉送來兩盆白海棠，襲人賞了三百銅錢給抬花的婆子喝酒（第三十七回）。再如探春和寶釵商量著要吃「油鹽炒枸杞芽兒」，打發丫鬟給廚房送去五百錢作為額外的菜金（第六十一回）。

此外，賈府主僕「耍錢」，也都以銅錢支付。如鳳姐跟賈母鬥牌，先拿一吊錢當本，平兒怕不夠，又送來一吊（第四十七回）。而賈環因與鶯兒等耍錢賴帳，被鳳姐呵斥：「虧你還是爺，輸了一二百錢就這樣！」吩咐丫頭豐兒：「去取一吊錢來，姑娘們都在後頭頑呢，把他送了頑去！……」（第二十回）園中婆子們也開賭，「甚至有頭家局主，或三十吊五十吊三百吊的大輸贏。」（第七十三回）在《金瓶梅》中，西門慶妻妾們賭錢，都是以銀子計輸贏的。由此可見明清兩代貨幣使用習慣之不同。

銅錢的計算單位是「文」和「貫」。一「文」即一枚銅錢。「貫」本指銅錢加工時用來貫穿錢眼兒的木棍兒或竹棍兒，斷面是正方形的。工匠把成百上千的方孔銅錢用「貫」穿起，好拿銼刀除掉外緣的毛刺。若是圓孔圓棍，錢幣隨銼刀轉動，則不易加工。加工好的銅錢以一千枚為一單位，即以「貫」稱呼。

不過「貫」的提法在《紅樓夢》中並不多見，只是偶然使用。如探春與寶釵、李紈等討論將園子承包管理，要求承包者「不論有餘無餘，只叫他拿出若干貫錢來，大家湊齊，單散與園中這些媽媽們」⓫（第五十六回）。

貫也稱「串」或「吊」。「串」是個象形字，顯示著用木棒或繩索串連多個物體的樣子。翻開字典，「串」是個破音字，也有「貫」的音。可見「串」、「貫」本是一家。元妃省親時，在賜給賈府的禮物中，就有「清錢一百串」、「清錢五百串」的說法（第十九回）。而賈母賞戲子，也是「另外賞錢兩串」（第二十二回）。

至於「貫」為什麼又叫「吊」，則不得而知。吊有懸掛、下垂之意，大概是用以形容錢串被提起的狀態吧。書中提及銅錢單位，「吊」的出現頻率最高。

那麼，一吊（一貫、一串）銅錢價值幾何？這涉及銅錢和銀子的比價問題。明朝初年規定：一貫銅錢與一兩銀子等值。參見《明史．食貨志》。不過這是官方的硬性規定，實際使用時又當別論。有時錢貴銀賤，一兩銀子只能換幾百文銅錢；有時銀貴錢賤，一兩銀可換千文以上。

到了清代，一貫銅錢的價值往往高於一兩白銀。如康熙年間京城一兩銀子只能換八、九百文銅錢；康熙「駕崩」那年，這個數字甚至降到七百八十文。乾隆年間的兌換率也相差無幾，總在七、八百文之間；只有個別省份（如雲南）略高，有時超過一千文。⓬

如此說來，鳳姐給劉姥姥雇車的那一吊零用錢，價值超過了一兩銀子，這事似乎有點不合常理。與其如此，還不如多賞一兩銀子，又好聽，又實惠。賈母賞小戲子，也如是。更奇怪的是，若按康、乾的比價，賈府中的二等丫鬟晴雯拿著自己的一吊月錢去兌換銀子，可以兌到一兩一、二錢，竟然比大丫頭襲人的一兩銀還要多出一、二成，這又怎麼可能呢？

問題出在銅錢的質地上。中國歷朝歷代所鑄銅錢，從材料到重量，並不統一。其中又有官鑄、私鑄之分。鑄錢是一樁很划算的「買賣」，工藝並不複雜，獲利卻很高，據說可以達到百分之三十七。也就是說，投資一千兩銀子，鑄出的銅錢，價值一千三百七十兩，勝過放高利貸。在重利誘惑下，民間私鑄銅錢的違法活動也從未停止過。

私鑄銅錢的品質當然不如官鑄的，不但分量不足，配料也常常減損。正規銅錢是銅六鉛四，私鑄者則儘量少用銅，多摻鉛、鐵。有時因雜質太多，扔到地上都會碎裂。這種私鑄劣錢流入市場，沒人願意收，價值自然也大大低於官鑄製錢。

就是官鑄錢幣，也有偷工減料的現象。如康熙初期的官鑄製錢每枚重一錢四分，拿在手裡沉甸甸的。可能是出於省料的原因吧，後來鑄的製錢漸漸減為一錢。再後來又另鑄一種重七分的，用料僅及原來的一半。為了區別，人們把一錢四分的稱作「重錢」，也叫「大錢」；七分的稱作「輕錢」，也叫「小錢」；民間謂某物不值錢，常說「一個小錢不值」，即源於此。重量不同，價值自然不能畫等號：一吊大錢可以換一兩多銀子，而一吊小錢只能換七錢銀。

除了各種官鑄、私鑄的本朝銅錢，市面上還流通著大量「舊錢」，也就是歷朝歷代鑄造的銅錢——唐代的、宋代的、明代的，都有。歷代銅錢品類更雜，如明代中晚期私鑄之風盛行，私錢質次價低，有的兩、三千枚才能換一兩銀；最低劣的，五、六千文才能換一兩。

總之，在清代，市面上流通的銅錢並不是清一色的本朝官錢，百姓的荷包裡，店鋪的錢櫃中，都是古今相容、優劣混雜的銅錢「大雜燴」。因此，無論劉姥姥還是晴雯，她們拿到手的一吊錢，肯定不會是整齊勻稱，可換一兩多白銀的康熙官鑄重錢，多半是厚薄不一、魚龍混雜的「毛錢」。這樣的錢，一兩銀子可以換一吊多甚至兩吊。而晴雯和襲人的等級差別，也便在這裡顯現出來。後來襲人成了「內定」的姨娘，她的「津貼」也漲到二兩銀子外加一吊錢，相當於晴雯的五、六倍，兩人的差距也拉得更大。

不過銅錢的計量方式到了清末又有所變化。受西方幣制的影響，清末朝廷改鑄無孔的銅元，一個銅元可換十文方孔製錢。「吊」的計量方式也因之發生變化。例如在北京，民間把十個銅元算作一吊，折合為一百個製錢。也就是說，此時的一吊，僅相當於原來的十分之一。另有一種大銅元，民間又叫「一大枚」或「一個大子兒」，一枚頂兩枚小銅元，可換二十文製錢，五個「大子兒」即為一吊。

有人記述清末民初的市井交易情景：

有誰還記得小時候在北京買肉呢？跑到豬肉杠，一遞錢，三十枚大銅子：「掌櫃的，來六吊錢五花的。」⓭

這裡所說的「吊」，已是後來大大縮水的「吊」了。

關於「清錢」

《紅樓夢》第五十三回，賈母過生日演戲，事先預備下賞錢：由林之孝家的帶著六個媳婦，抬了三張炕桌，每張上搭著一條紅氈，氈上放著「選淨一般大新出局的銅錢」，用大紅彩繩串著，搬到席前。抽去彩繩，錢都散堆在桌上。待賈母「賞」字一出口，三個媳婦早已預備了簸籮，「走上去向桌上的散錢堆內，每人便撮了一簸籮，走出來向戲臺說：『老祖宗、姨太太、親家太太賞文豹（文豹是臺上角色的名字）買果子吃的！』說著，向臺上便一撒，只聽豁啷啷滿臺的錢響。」

這裡所說「選淨一般大新出局的銅錢」，是指質地上好的官鑄製錢。清代京師設有專門的鑄錢機構——寶泉局和寶源局，所鑄製錢為民間所重。這裡所說的「新出局的銅錢」，這個「局」即指寶泉、寶源二局。

另外，小說中還提到一種「清錢」。第十八回元妃省親時，長長的賞單中有這樣的內容：

> 外表禮二十四端、清錢一百串，是賜與賈母、王夫人及諸姊妹房中奶娘眾丫鬟的……清錢五百串，是賜廚役、優伶、百戲、雜行人丁的。

其中兩次提到的「清錢」，那到底是什麼貨幣？《漢語大詞典》這樣解釋：

> 清錢即「青錢」。《紅樓夢》第十八回：「外表禮二十四端、清錢一百串，是賜與賈母、王夫人及諸姊妹房中奶娘眾丫鬟的。」參見「青錢」。

既然「清錢」就是「青錢」，那麼「青錢」又是何物呢？《漢語大詞典》中：

青錢

①即青銅錢。唐杜甫《北鄰》詩：「青錢買野竹，白幘岸江皋。」……參見「青銅錢」。

②喻優秀人才。……明無名氏《鳴鳳記．拜謁忠靈》：「幸科名選中青錢，展所學功崇紫殿。」……

原來「青錢」是指青銅錢。青銅為銅錫合金，色呈青灰，硬度大，耐磨抗腐，因此被古人視為「美金」。至於「青錢」為什麼又被拿來「喻優秀人才」，這裡面還有個典故。

在唐代，人們視青銅錢為錢中上品，如果一堆銅錢裡摻著「青錢」，肯定會頭一個被揀出來。唐代才子張鷟的文章寫得漂亮，有人誇講說：張鷟的文章「猶青銅錢，萬選萬中」⓮；從此張鷟得了個「青錢學士」的雅號，並留下「青錢萬選」的佳話。而「青錢」也就成了「優秀人才」的代稱。

然而到了清代，「青錢」又有了另外的內涵。據貨幣史專家考證，乾隆五年（一七四〇年）以前，鑄錢不加錫，鑄出的銅錢顏色金黃，稱「黃錢」。乾隆五年以後，鑄錢投料配方發生改變，內中加了百分之二的錫，鑄出的銅錢顏色發青，故稱「青錢」。確切配方是百分之五十的紅銅、百分之四十一點五的鋅（又叫白鉛）、百分之六點五的鉛（又叫黑鉛），再加百分之二的錫。加錫的原因，據說是防止民間熔化銅錢改鑄銅器，加了錫的銅若熔化重鑄，就很容易碎裂。[15]

不過我們翻開《紅樓夢》，發現元妃頒賜的明明是「清錢」，而非「青錢」。《漢語大詞典》硬將二者畫等號，實在沒有道理。其實關於「清錢」，文學史專家還另有解釋。由啟功先生主持、張俊先生等校注的中華書局一九九八年版《紅樓夢》對「清錢」作如下解釋：

明清兩代，按其本朝定制由官局所鑄之錢，叫「製錢」，以別於前朝舊錢和本朝私鑄錢。這種錢體大而重，成色好，人們喜歡收用。民間私鑄錢，小而薄，雜質多，人們不喜收用。一串錢裡，如夾有少量私鑄錢，統稱「毛錢」；如全部為製錢，就叫「清錢」。元妃賞賜眾人清錢，顯示了皇家的尊嚴、體面。[16]

顯然，這才是「清錢」的正確詮釋。相反的，乾隆年間所鑄的「青錢」，並不是什麼好東西，其原料中降低了銅的用料，增加了鉛、鋅、錫的比重，實為一種降低成本的行為，意味著貨幣的貶值。這種「青錢」的價值要低於「黃錢」。貴妃拿這種次等銅錢賞賜給家人，並不能給他們掙「面子」，更沒必要在賞單上特意註明。而「清錢」則是指清一色的官鑄製錢，猶如賈母賞戲子的「選淨一般大新出局的銅錢」，故特別在賞單中註明「清錢」字樣，以示榮寵。

其實，《漢語大詞典》的錯誤也不是詞條撰寫者造成的，源頭在於某些貨幣史著作的偶爾訛誤。[17] 該錯誤結論在將「清錢」硬指為「青錢」後還說，《紅樓夢》的寫作時間應在乾隆五年（一七四〇年）之後，因為「青錢」是乾隆五年鑄造的。現在既然弄清「清錢」非「青錢」，則判斷《紅樓夢》作於乾隆五年之後，也因前提不準確而失去意義。儘管事實上，《紅樓夢》大概確實作於乾隆五年之後。[18]

說罷「清錢」的話題，關於清代貨幣，再多說幾句並非題外的話。如除了銀子和銅錢，清代還有沒有其他幣種呢，例如紙幣？我們知道，中國歷史上早就有紙幣流通。西周時的「里布」，漢代的「鹿皮幣」，唐代的「飛錢」，宋代的「交子」、「會子」，元明的「寶鈔」，都是銀、錢之外的第三種貨幣。

清代確實使用過紙幣。清初時政府曾沿襲元、明之制，印過紙鈔，但數量極少，使用時間也是短暫的。不過在民間，卻始終有「會票」、「銀票」等票據流通，也都具有紙鈔的性質。

「會票」是一種異地匯兌取款的信用憑證，也稱「匯票」。是由唐代的「飛錢」、宋代的「便換」發展而來的。使用時由相關人填寫銀錢數目，並簽字畫押。憑著這一張紙，便可到千里之外支取大額銀錢。

《紅樓夢》中也有「會票」出現，見於第十六回。賈府為元妃省親而組建戲班，派賈薔到姑蘇聘請教習、採買女孩子並置辦樂器行頭等。賈璉問起銀錢出處，賈薔回答：「賴爺爺（指榮國府總管賴大）說，不用從京裡帶下去，江南甄家還收著我們五萬銀子。明日寫一封書信會票我們帶去，先支三萬，下剩二萬存著，等置辦花燭彩燈並各色簾櫳帳幔的使費。」這裡便提到「會票」。

白銀和銅錢作為貨幣，體積大、分量沉、不便攜帶。例如賈家存放在江南甄家的銀子有五萬兩之多，重約一點八七噸。清代一兩相當於今制三十七點三克。若長途運輸，不但要花費大量運費，而且途中難策安全。因此暫存原處，一旦用時以會票形式支取，是當時的通常做法。

此外，將大量銀錢財物存於他所，是否還另有用意？如前所述，「江南甄府」也曾將自家財物寄存於賈家。當封建時代政局不穩時，貴族勳戚之家將金錢財物寄頓他處，也是應對政治危機的手段之一吧。

《紅樓夢》問世一個世紀以後，清代的貨幣發生了很大變化。不但銀錠、銅錢改變了千年不變的舊形制，出現了銀元、銅元等新樣式；清政府還大量發行鈔票。外國銀行的鈔票也在市面上廣為流通，曹雪芹也因此成為傳統貨幣的最後見證人。

一兩黃金幾兩銀？為曹雪芹、高鶚做仲裁

「紅樓」時代偶爾也使用黃金，只是多半用於饋贈、賞賜。如秦鐘初進賈府，平兒替鳳姐準備的見面禮是「一匹尺頭，兩個『狀元及第』的小金錁子」（第七回）。元妃省親時，給眾人的賞賜物中也有「紫金筆錠如意錁」、「金銀錁」、「金錁」等（第十八回）。「紫金」是金的一種，內含黃金不足六成，其他成分則有鈀、錫等。另外，元妃的賞賜物中還有「金

銀千兩」；後來賈蓉也提過元妃賞賜「黃金一百兩」的話頭。

賈府過年，榮寧兩府事先準備了「押歲錁子」，有金的，也有銀的。據興兒報告，金錁子共二百二十個，是用「成色不等」的一包碎金子「傾」成的。這些碎金子，當是一些殘損的金質首飾、器皿及零碎金塊兒，熔化後「傾」在模子裡鑄成不同式樣的小錠子。有梅花式、海棠式的，也有「筆錠如意」、「八寶聯春」的。這批金錁子共重一百五十三兩六錢七分，平均起來，一個錁子約重七錢，約合二十六克。這是過年給孩子們預備的壓歲錢。

七錢重的一個小金錁子價值幾何？這還得從黃金、白銀的比價推算。在歷史上，這個比價是不固定的。

中國人用金的歷史，可以上推到殷商時期。當時的青銅器上，已經出現錯金工藝，就是在青銅器的圖案花紋中嵌入黃金，看起來金碧輝煌、華貴無比。

先秦的文獻中，也常能見到「金」字。然而據學者考證，春秋時期的「金」多半是指銅。例如楚國曾賜「金」給鄭國，又怕對方用來製作武器，於是要求鄭國盟誓，答應只用這些「金」製作樂器。這裡所說的「金」，無疑是指銅。

不過那時文獻中的「金」有時也指黃金。戰國文獻中提到的「一金」，往往是指一斤黃金，或一斤黃金所代表的價值——一萬錢，直到漢代也仍然如此。按後來的換算，一萬錢不過才十吊，價值有限。可是在漢代，卻可以買一百多石米。只是那時的一石只相當於現在的二、三十公斤重，算下來，漢代「一金」可買兩、三千公斤白米，按當下時價，約合人民幣一萬元。此外，漢代的「一斤」只有兩百四十八克。照此折算，當時的金價還是相當低廉的，一克黃金約合人民幣兩百元（編註：二〇一七年的黃金價格已升至每克人民幣三百二十元左右，臺幣則為一千兩百元左右）。難怪那時的帝王十分大方，賞賜功臣，動不動就是「黃金百斤」、「黃金二百斤」。而東漢末年大軍閥董卓死後，在他的城堡中竟發現黃金二、三萬斤，白銀八、九萬斤！

金的價格在東漢以後開始上漲，到了西晉時，文獻中「一金」的含義，已由「黃金一斤」降為「黃金一兩」，價值在六千錢到一萬錢之間。[19]

唐、宋、元、明諸代，黃金作為貴金屬，常常用於賞賜、饋贈，有時也用來納稅、捐獻、行賄以及軍政開支，此外的用途就是儲藏保值。歷代帝王、權貴及縉紳、商賈，對黃金都有著特殊的嗜好。只是黃金始終不曾作為正式貨幣在民間流通。

在由唐至明的一千多年裡，黃金的價格大體穩定，金銀比值多半為一比五或一比六，稱作「五換」、「六換」。這跟印度、阿拉伯的金銀比值大致相等。歐洲的情況則不同，五世紀時，羅馬的金銀比值為十五換！

中國金銀比值在基本穩定的大趨勢中，也有變化較大的時刻。如北宋末年，金價陡然漲到十三、十四換。究其原因，金人以武力脅迫北宋朝廷納貢，大量黃金為金人壟斷，導致黃金稀缺、金價上揚。不過這個比價到南宋時又有所回落。元朝大一統後，金銀比價一度降為不足八換，後來又漲至十換。元代的法定貨幣是紙鈔，名義上不允許民間使用金銀，銅錢也很少使用。從元雜劇的情節可知，誰家裡有金釵、銀錠，都要到銀鋪裡兌換成紙鈔，才能在市面上使用。[20]

明代初年，官方規定一兩黃金抵四兩白銀。不過這個比價很快就升到六換、七換。晚明小說《金瓶梅》中，商人李三、黃四欠了西門慶一百五十兩利息銀，只好拿四個金鐲子來抵算。西門慶十分得意，因為四個金鐲子重三十兩，按當時的比價，值一百八十兩銀子，西門慶平白撿了個大便宜！不過此後金價持續升高，至明末崇禎時，已漲至十換以上。

入清以後，曹雪芹的祖父、父親在江南擔任織造時期，黃金和白銀的比價又是多少？在《紅樓夢》中，曹雪芹給出了十分準確的答案。

年關臨近，莊頭烏進孝前來送年貨，寧國府家長賈珍看了嫌少，大皺眉頭。烏進孝問：「……娘娘和萬歲爺豈不賞的？」賈蓉從旁笑答：

你們山坳海沿子上的人，那裡知道這道理？娘娘難道把皇上的庫給了我們不成！他心裡縱有這心，他也不能作主。豈有不賞之理，按時到節不過是些彩緞古董頑意兒。縱賞銀子，不過一百兩金子，才值了一千兩銀子，夠一年的什麼？……（第五十三回）

這裡賈蓉說得格外清楚，當時金銀比為十換，即一兩黃金恰好可換十兩白銀。

事實也確實如此。據貨幣史專家考證，從明末到清初的一百多年中，金銀比價一直穩定在十換左右。這個比值，一直維持到雍正初年。也正是在這段時間，曹雪芹在江寧織造府中度過他難忘的少年時光。雍正五年，曹家被抄家，舉家遷往北京。一年年長大的曹雪芹，開始醞釀構思他的小說。在他的回憶及親屬們的講述中，當年金銀「十換」的穩定比率，無疑是記憶深刻的，這才有了賈蓉口中「一百兩金子才值了一千兩銀子」毫不含糊的敘述。

有意思的是，《石頭記》中賈蓉的這段話，在後來刊出的程高排印本中，做了修正。程甲本的敘述變成「就是賞，也不過一百兩金子，才值一千多兩銀子」。「一千兩銀子」變成「一千多兩銀子」，這又是為什麼？

原來，維持了一個多世紀的十換金銀比價，恰恰在雍正中葉發生了變化。雍正十年（一七三二年），廣州的金價開始浮動[21]，帶動了全國金價上漲。廣州是中國對外貿易的門戶，而歐洲的金銀比價一直高達十五換。是黃金的外流推高了金價。

眾所周知，曹雪芹動筆寫小說，大約始於一七四五年以前，那正是金價開始波動之時。據學者統計，一七四一至一七五〇年，金銀比價由一比十升到一比十一點八；而在下一個十年，一下子又漲到一比十四點九[22]。不過這並未影響曹雪芹的寫作，八十回《石頭記》在金價爬升過程中已經初步完稿，跌入人生低谷的曹雪芹大概也很難注意到金銀比價的新動向。

曹雪芹於乾隆二十七年（一七六三年）[23]離世。又過了三十年，程高本刊出。此時金銀比價已漲至一比十五點四。小說整理者高鶚很可能對五、六十年前的金價毫無所知。他們只瞭解當下的比價是一百兩黃金兌一千五百多兩白銀，由此判斷，脂本中賈蓉的話當然就不很準確了。為了修正曹雪芹原作的「錯誤」，程高在「一千」之後加了個「多」字，沒想到卻是多此一舉了。

仍回到前面的話題，賈府中用來「押歲」的金錁子價值幾何？這裡有兩種演算法。一種是按金銀十換的比率，一個七錢重的金錁子可兌換七兩白銀，折合人民幣約兩千一百元；另一種演算法是按今天一克三百二十多元的金價來計算，一個七錢（二十六克）重的金錁子價值人民幣八千多元。不過賈府的壓歲錁子是用「成色不等」的碎金子「傾」成的，純度不高，價值上要打些折扣。

筆者忽然心生好奇：一個貴族家的孩子過年能得多少壓歲錢？想來給各位家長叩過頭，能獲得六、七個金錁子，是很平常的事吧。按照不同的演算法，這些壓歲錢少則可以折合人民幣一萬多元，多則可以折合五、六萬元。今天一些富家子弟看了，可能只在鼻子裡哼一聲。㉔但對於貧寒子弟，這一切卻是遙不可及、難以夢見的。

鳳姐的金項圈：粉頸難以承受之重

說到金子，不妨再談談《紅樓夢》中的一樁公案：鳳姐的金項圈到底有多重？

小說第六十九回，鳳姐「弄小巧用借劍殺人」，逼尤二姐吞金而亡。賈璉痛徹心脾，欲發送二姐，苦於沒有銀子，只好來找鳳姐。鳳姐明知故問：「什麼銀子？家裡近來艱難，你還不知道？咱們的月例，一月趕不上一月，雞兒吃了過年糧。昨兒我把兩個金項圈當了三百銀子，你還做夢呢！這裡還有二三十兩銀子，你要就拿去。」說著，命平兒把銀子遞給賈璉，藉口賈母問話，轉身就走。虧得平兒心軟，偷偷把二百兩一包碎銀子交給賈璉，總算解了燃眉之急。

按鳳姐的說法，兩個金項圈當了三百兩銀子，而項圈的實際價值顯然還應高於此，因為當鋪向來是壓價典當的。若按壓低百分之二、三十來算，兩隻項圈的實際價值應在四百兩銀子左右。有位學者按金銀比價計算出：鳳姐的金項圈每只應重「十五兩左右」。㉕而這一比價的根據，就是程甲本《紅樓夢》賈蓉所說一百兩金子「才值一千多兩銀子」的那句話。學者還對「一千多」作了特別說明：「『一千多』雖系未定詞，但習慣是指一千出頭，即一千零幾十，到一千一、二百，如系一千五或以上，就不便說『一千多兩』了。」

一個項圈十五兩，顯然重了點。不過學者解釋說：這也不稀奇，「四、五十年前見人家保存的清代中葉的三股擰麻花鐲子，每只有重五、六兩的，因之十五兩的金項圈，在當時也是實在的了」㉖。

這位學者顯然過分相信程高本，而沒有查對脂評本。如前所說，脂評本中賈蓉的話是「一百兩金子才值了一千兩銀子」，因此，價值二百兩銀子的一隻金項圈應重二十兩才對。清代一市兩重三十七點三克，這只項圈總重七百四十六克。這樣一隻金項圈掛在鳳姐的「粉頸」上，會吃不消的。況且從後文來看，項圈的重量還不只此數。

我們通讀小說會發現，鳳姐的兩隻金項圈曾不只一次作為當頭（即典當物）被送進當鋪。支應賈璉這是頭一次。不過本次典當的消息出自鳳姐之口，是否實有其事，不得而知。或許只是鳳姐撒謊哭窮、搪塞丈夫，也未可知。然而事隔未久，鳳姐真的把兩隻金項圈當掉了，這一次，是當著眾人的面。

第七十二回，夏太監派了小太監到賈府來「打抽豐」，說是「夏爺爺」要買一所房子，問鳳姐「有現成的銀子暫借一二百，過一兩日就送過來」。鳳姐兒滿口答應，吩咐旺兒媳婦：「出去不管那裡先支二百兩來。」旺兒媳婦心領神會，笑著回答：「我才因別處支不動，才來和奶奶支的。」鳳姐於是喚平兒：「把我那兩個金項圈拿出去，暫且押四百兩銀子。」不一會兒，果然當了四百兩銀子回來。鳳姐把二百兩交給小太監，餘下的二百兩交給來旺兒媳婦收存，作為中秋節的使費。

這兩隻金項圈，似乎仍是當初的那兩個。不過這回當了四百兩銀子，按壓價兩成計算，兩個項圈的實價應為五百兩銀子。以十換折算，一隻金項圈重二十五兩，折合為九百三十二點五克。如此沉重的項圈，只怕如同刑具了。項圈的體量也應是粗笨狼犺的，鳳姐並非一夜暴發的土財主，怎麼會佩戴如此拙笨粗俗之物？其實舊日當鋪壓價極低，常在五折以下。則這只項圈的重量還可能超過一公斤，就更不像話了。

然而細查書中前後描寫，原來所謂的「金項圈」，並非單純用黃金打造。鳳姐此番吩咐平兒取來項圈，打開錦袱看時，但見：

> 一個金累絲攢珠的，那珍珠都有蓮子大小；一個點翠嵌寶石的。兩個都與宮中之物不離上下。

可見這兩個項圈並非純金飾物，而是鑲嵌著珠寶、具有高工藝水準的高檔首飾。所謂「累絲」，是把金子抽成金絲，編織成形，取其美觀輕盈。而項圈上鑲嵌攢綴的珍珠、寶石等，其價值又遠在黃金之上。故五百兩銀子並非純金的價格，自然不宜以金銀比價來推算其重量。

其實這兩個金項圈前前後後共典當過三次，最後一次是在第七十四回，正當中秋前夕，邢夫人向賈璉要銀子過節。鳳姐沒法兒，吩咐平兒：「把我的金項圈拿來，且去暫押二百銀子來送去完事。」賈璉建議說：「索性多押二百，咱們也要使呢。」鳳姐道：「很不必，我沒處使錢。這一去還不知指那一項贖呢。」結果項圈送去，銀子拿來，賈璉親自給邢夫人送過去。

這裡出現了兩個疑問。其一，本次拿去典當的項圈，是否就是前次的項圈？聽鳳姐的口氣，應該就是鳳姐常戴的那兩隻。否則，只吩咐一句「把我的金項圈拿來」，平兒一定要追問的。不過若是常戴的，則幾天前剛剛被送進當鋪，所押的四百兩銀子一半給了夏太監，一半留作中秋節的使費。如今中秋節尚未到，難道已經贖出來了？

合理的解釋是：將項圈送進當鋪，應是作者特為鳳姐設計的籌措資金模式。這背後的潛臺詞，則是貴族之家銀根吃緊，連管家娘子的「頭面」也被送進當鋪。只是書中線索太多，又未經最後的系統整理，於是發生兩隻金項圈在短時間內當了又當的疏漏。

本次典當的另一個疑問是，賈璉的話說得奇怪，「索性多押二百」。一件當頭的價值是大致固定的，莫非典當的人可以漫天要價，想當多少都行嗎？

原來，昔日當鋪有規定，抵押款有上限而無下限。即一件當頭值銀一百兩，當鋪最多可貸八十兩，再多就不行了。將來若典當人無力贖回，該物就成了「死當」，歸當鋪所有。當鋪等於以八成價格收取了你的當頭，那兩成是當鋪所獲利潤，自然不肯多讓。

不過典當者卻可以少貸，七十亦可，六十亦可，甚至十兩、八兩亦可。貸的少，利錢也少，贖時也更容易些。如果需要一筆小款子，而手邊恰有一件價值高昂的當頭，你自然不必押一筆超出需要的款子，因為要多付許多高額利息。當得少，當鋪也樂意。萬一將來典當人不能贖回，當鋪只用六、七折乃至三、四折就收取了典當物，豈不是大賺一筆？鳳姐的項圈可押四百兩，卻只押二百兩，就屬於這種情況。賈璉是出名的浪蕩公子，不放過任何弄錢的機會，此番見有縫可鑽，又想藉機揩油，鳳姐當然不會上這個當。

一件典當小事，作者卻有意無意透露了鳳姐、賈璉同床異夢的不和諧夫妻關係，曹雪芹小說手法之高妙，往往體現在這些地方。

「帳篇子」背後的辛酸

表面上「烈火烹油」的賈家，已墮落到靠典當應急的地步。而賈家的親戚薛家，卻開著當鋪，財源滾滾。關於薛家的當鋪，小說中有好幾處提到。

第三十七回，湘雲要作東起社，薛寶釵給她出主意說：「我們當鋪裡有個伙計，他家田上出的很好的肥螃蟹……我和我哥哥說，要幾簍極肥極大的螃蟹來，再往鋪子裡取上幾壇好酒，再備上四五桌果碟，豈不又省事又大家熱鬧了？」後面第四十八回，薛蟠酒醉失態而遭打，沒臉見人。剛好薛家當鋪的「攬總」（主管或掌櫃）張德輝年底要回家探親，張羅著明春回來時販些紙紮香扇來賣。薛蟠於是打點本錢和張德輝一同外出，名為做生意，實為出去「躲羞」。

有意思的是，往薛家當鋪裡送當頭的，居然也有大觀園中的小姐，賈府的親戚。這裡說的是邢岫煙，她是賈赦之妻邢夫人的侄女，跟著父母來投靠嬸娘，被安排到表姐迎春屋內寄居。鳳姐按大觀園眾小姐的待遇，每月照例發二兩銀子給她做零用錢。

生性鄙吝的邢夫人不願對窮親戚多加照顧，吩咐岫煙說，你每月的二兩銀子可省出一兩來給爹媽送去，你需要什麼東西，用迎春的好了。這下可苦了岫煙。自己本來就寄人籬下，被底下的「媽媽丫頭」們看不起。這二兩銀子平日用來打酒買點心，討好她們還不夠，哪裡還能省下錢來？不得已，岫煙見天氣稍暖，偷偷托人把自己一件棉衣拿到當鋪裡當了幾吊錢，貼補日用。

第一個發現此事的是寶釵。此前岫煙由賈母作主，說給寶釵的堂兄薛蝌為妻，尚未過門。故寶釵見了岫煙，除姐妹之情，另有一種親近感。她見春寒料峭，岫煙卻換了夾衣，便關切地詢問。岫煙一向敬重寶釵為人，也便一五一十如實相告。寶釵深表同情，讓岫煙把「當票」拿來，準備替她把棉衣贖回，好早晚禦寒。問起當鋪名稱，岫煙說：「叫作『恒舒典』，是鼓樓西大街的。」寶釵聽了，笑道：「這鬧在一家去了！夥計們倘或知道了，好說『人沒過來，衣裳先過來了』！」原來這家「恒舒典」，正是薛家開的。

小說對此事的交代並未至此為止。岫煙的那張當票被寶釵的丫鬟鶯兒隨手夾到一本書中，可巧被好奇心重的湘雲見到，因為不認識，拿著去請教眾人，問：「這是個帳篇子？」同為貴族小姐的黛玉也不認得。可「地下婆子們」卻都司空見慣，笑說：「這可是一件奇貨，這個乖可不是白教人的！」

湘雲還要刨根問底，眾人笑說：「真真是個呆子，連個當票子也不知道。」薛姨媽感歎：「怨不得他，真真是侯門千金，而且又小，哪裡知道這個？哪裡去有這個？便是家下人有這個，他如何得見？別笑他呆子，若給你們家的小姐們看了，也都成了呆子。」眾婆子也都笑道：「……別說姑娘們，此刻寶玉他倒是外頭常走出去的，只怕也還沒見過呢。」

當票究竟什麼樣子？書中未寫。在當時的世俗社會，當票是再普通不過的事物，是人人盡知、無須作者特別說明的。從現存的清代當票來看，那是一張紙質證券，比一張B5紙略小些，卻是用柔韌的桑皮紙印製的。上方橫欄印著當鋪的名稱，如岫煙這張的上方，應當印著「恒舒典」三字。下面是三欄豎行，右邊一行寫著物品名稱及其數量、品質狀況；中間一行記錄著典當的銀錢數位，左邊一行記著典當日期。這三行都是臨時填寫的。至於典當期限等文字，則是事先印在當票上的。

典當的本質，實即以抵押的方式放高利貸。人們臨時缺錢用，可以把手頭一兩件值錢的東西或是珠寶、文物，或是衣飾、器具，送到當鋪裡做抵押，向當鋪借錢。這抵押品也就是「當頭」了。不過這種借款是「燙手的山芋」，不但到期要還本，還要付高額的利息。利息有高有低，有月利二分的，也有二分半或三分的——三分是清代的法定上限，超過便是違法取利了。然而即便是二分，利息也是夠高的，相當於年利百分之二十四。也就是說，拿一件當頭到當鋪抵押一百兩銀子，按月利二分算，年底贖回時要交一百二十四兩。若按三分算，本利要還一百三十六兩，利率高達百分之三十六。我們今天在銀行貸款，年利只要百分之五左右。

典當是有期限的，最長為三年，即三十六個月。短的只有三十個月或二十四個月。到期無力贖回，便成了「死當」。因為此時單是利錢，已超過典當值（按三十六個月算，利息總額此時已達典當值的百分之一百零八），當頭的所有權也隨之歸了當鋪。小說中眾人問起當票的來歷，寶釵替岫煙掩飾，推說「是一張死了沒用的，不知那年勾了帳的」，說的就是這種死當的情況。

其實當鋪巴不得人家的當頭成了死當。因此當鋪對當頭的估價，從來都是就低不就高。為了壓低當頭的價值，當鋪在填寫當票時也煞費苦心。相聲大師侯寶林先生有個段子，把舊時當鋪掌櫃的嘴臉刻畫得活靈活現：假如他收到一件質地上乘的皮袍，當票上會這樣寫：「蟲吃鼠咬、光板無毛、面兒糟裡兒破舊皮襖一件！」這樣一來，一是可以少付抵押款，二是將來客戶贖回時，若因當鋪保管不善而真的被「蟲吃鼠咬」，當鋪也可以不負任何責任。客戶呢，急著用錢，火燒眉毛，當然不會對這樣的描述認真。

至於說湘雲、黛玉都不認識當票，還有一層原因，即當票上的字跡不是端正的楷書，而是當鋪行業的一種專用文字。例如棉襖寫作「帛夭」等等。這種字叫「當字」，一般人看不懂；再加上書寫潦草，龍飛鳳舞，更讓人難認難猜。

這樣做自有用意。原來當票是不署名的，一旦丟失，誰都可以憑票贖物。可是你若不知所當為何物，也就很難冒領。今天我們仍能見到一些保存完好的當票，上面的金額寫得清清楚楚，但當頭是何物，因為是「天書」，已無法知曉。這也難怪冰雪聰明如湘雲、黛玉，也不知當票為何物了。

邢岫煙出身清寒，寄人籬下，靠典當救急，也算不得新鮮事。連堂堂公爵府，也還有資金缺乏、難以周轉的窘迫時刻呢。在賈府中，賈母的幾箱子「金銀傢伙」、賈府後樓的四、五箱「大銅錫傢伙」、鳳姐的項圈頭面，也都進過當鋪，又何止是岫煙的棉衣呢。

書中所寫賈家典當等事，並非空穴來風。作者的家族在行將敗落時，典當已是家常便飯。曹雪芹的叔叔曹頫被革職查抄時，便從家中抄出「當票百餘張」，也就是厚厚的一疊湘雲、黛玉所不認識的「帳篇子」，那後面不知又藏著多少盛極而衰的慘痛記憶。

有意思的是，曹家自己也曾開著當鋪。曹頫初任江寧織造時，曾奉旨向康熙彙報家產狀況，這大概是康熙皇帝所搞的「陽光工程」的一部分吧。彙報中提到曹家在北京通州張家灣有「當鋪一所，本銀七千兩」。曾幾何時，討帳的變成欠債的，開當鋪的也要品嘗典當的滋味了。可知小說中「金滿箱，銀滿箱，展眼乞丐人皆謗」的慨歎，並非危言聳聽，背後應有著作者親歷親聞的切實感受。

大觀園裡選「富婆」

如前所說，賈府上自夫人小姐，下到丫鬟使女，都按月領取「月例」。其中王夫人的月例銀十分明確：每月二十兩銀子（第三十六回）。賈母大概也是這個數目。我們算過，二十兩銀子可買一千多公斤米，足夠劉姥姥一家吃上一、兩年。

王夫人下面的小姐們，如探春、迎春、惜春，以及寄居迎春處的邢岫煙等，每月的月例銀為二兩。二兩看似不多，其實這只是零花錢。在賈府中，主子、丫鬟吃飯、穿衣、住宿、診病，乃至所用脂粉，全是「供給制」，由「官中」包辦。照平兒解釋，月例銀「……原為的是一時當家的奶奶太太或不在，或不得閒，姑娘們偶然一時可巧要幾個錢使，省得找人去。這原是恐怕姑娘們受委屈，可知這個錢並不是買這個（指頭油脂粉等化妝品）才有的。」（第五十六回）

至於賈家的「媳婦」，如鳳姐、李紈等，月例銀還要多些。小說第四十五回，寫探春等組織詩社，請鳳姐來當「監社御史」。鳳姐一語道破天機：「……那裡是請我作監社御史？分明是叫我作個進錢的銅商！你們弄什麼社，必是要輪流作東道的。你們的月錢不夠花了，想出這個法子來拘了我去，好和我要錢。可是這個主意？」一番話，說得眾人大笑。李紈笑道：「真真你是個水晶心肝玻璃人！」鳳姐話鋒一轉，向李紈發起「攻擊」：

虧你是個大嫂子呢！把姑娘們原交給你帶著念書，學規矩、針線的，他們不好，你要勸。這會子他們起詩社，能用幾個錢，你就不管了？老太太、太太罷了，原是老封君。你一個月十兩銀子的月錢，比我們多兩倍銀子。老太太、太太還說你寡婦失業的，可憐，不夠用，又有個小子（指賈蘭），足的又添了十兩，和老太太、太太平等。又給你園子地，各人取租子。年終分年例，你又是上上分兒。你娘兒們，主子奴才共總沒十個人，吃的穿的仍舊是官中的。一年通共算起來，也有四五百銀子。這會子你就每年拿出一二百兩銀子來陪他們頑頑，能幾年的限？他們各人出了閣，難道還要你賠不成？這會子你怕花錢，調唆他們來鬧我，我樂得去吃一個河涸海乾，我還通不知道呢！

這番話全是調侃，把個伶牙俐齒的鳳姐畫活在紙上。一段話中包含了如此密集的經濟資訊，讓人讀了絲毫沒有枯燥之感，這也只有曹雪芹能夠做到吧。我們從中可以獲得以下銀錢細節：

一、李紈的月例份額是十兩銀子。

二、李紈的月例是鳳姐的兩倍，由此推斷，鳳姐的月例是五兩。

三、李紈之子賈蘭的月例也是十兩。

四、李紈、賈蘭的月例銀共二十兩，這個數額「和老太太、太太平等」，由此可知，賈母的月例跟王夫人等同，應該也是二十兩。

五、除了月例，賈府主僕們還能分享「年例」，其來源是地租，而李紈母子拿的是「上上份兒」。

六、李紈屋中主僕不足十人，每年不算吃穿等費用，單是零用錢就可收入「四五百銀子」，折合今日的十幾萬人民幣。再度強調，這些還只是零花錢而已，衣食住行則由「官中」全包。

這裡有個問題值得思考。鳳姐的月例銀為何比李紈少一半？按說，鳳姐是榮國府長房賈赦的兒媳，李紈只是二房賈政的兒媳。至少，同為賈母的孫媳，鳳姐的地位不會低於李紈。那麼相差一倍的津貼標準，又是誰規定的，根據是什麼？

對此，小說並未給出答案。我們只能推測，賈珠早逝，李紈獨自撫養賈蘭，「寡婦失業」，令人同情。賈府的分配政策因此向她傾斜，將她的津貼大幅提高，使她能從容撫孤育子，為賈家養育後代。

同樣，賈蘭每月十兩的高額分例，也應歸結為這一原因。因為賈蘭的叔叔寶玉、賈環每月例銀，大概也只有二兩。第五十五回探春掌家時曾說過：

凡爺們的使用，都是各屋領了月錢的。環哥的是姨娘領二兩，寶玉的是老太太屋裡襲人領二兩，蘭哥兒的是大奶奶屋裡領。

這裡說到賈環、寶玉的月例，都明確說是「二兩」，但說到賈蘭時，卻只說「是大奶奶屋裡領」，未提數目。在這個講究尊卑等級的貴族之家，長輩的待遇無論如何都不應低於晚輩，因此，賈蘭與兩位叔叔之間的反常差距，只能理解為是李紈母子孤兒寡母，在經濟上備受照顧。

賈府的其他男性似乎也按月領銀，但數額不詳。小說第七十二回，鳳姐自誇持家之功，說：「我和你姑爺（指賈璉）一月的月錢，再連上四個丫頭的月錢，通共一二十兩銀子，還不夠三五天的使用呢。若不是我千湊萬挪的，早不知道到什麼破窯裡去了！」

四個丫頭的月錢，加起來不過二兩銀子；鳳姐的月錢，如前所說，是五兩。那麼賈璉的月例銀是多少？大概頂多十兩吧？「小說家言」本不值得認真對待，再加上鳳姐語帶誇張，這個數字也就很難確定了。

不過賈璉、鳳姐是榮國府財權在握的大管家，區區幾兩銀子的月錢原未放在他們眼裡。尤其是鳳姐，她的生財之道非止一端，是不會在意這三、五兩的小額金錢。「來說是非者，便是是非人。」鳳姐當眾稱說李紈是大觀園中的財主富戶，其實她自己才是大觀園中真正「富婆」！

趙姨娘不是「副主任」

我們前面說過，鴛鴦、彩霞等幾個伺候賈母、王夫人的大丫頭，月例銀為一兩。侍奉寶玉的大丫頭晴雯、麝月等要低一等，月例只有一吊錢。但襲人是個例外，也拿著一兩銀子的份例。對此，鳳姐有一番解釋：「襲人原是老太太的人，不過給了寶兄弟使。他這一兩銀子還在老太太的丫頭份例上領。如今說因為襲人是寶玉的人，裁了這一兩銀子，斷然使不得。若說再添一個人給老太太，這個還可以裁他的。……」（第三十六回）

這話是鳳姐與王夫人討論丫鬟月錢時說的。也就在此刻，王夫人當場拍板，給襲人提高待遇，說：

明兒挑一個好丫頭送去老太太使，補襲人，把襲人的一分裁了。把我每月的月例二十兩銀子裡，拿出二兩銀子一吊錢來給襲人。以後凡事有趙姨娘、周姨娘的，也有襲人的，只是襲人的這一分都從我的分例上勻出來，不必動官中的就是了。

鳳姐樂得順水推舟，於是襲人的待遇一下子漲了百分之一百五、六十。

按照賈府的規矩，這也並未出格。因為襲人的實際地位，已經等同於「姨娘」。早在四年前，她已同寶玉「初試雲雨」27，形同夫婦。她當時所以不曾拒絕寶玉，是因為她「素知賈母已將自己與了寶玉的」。

這一切自然也得到了王夫人的默許。王夫人十分看重襲人，認為襲人「懂事」，辦事穩妥：「比我的寶玉強十倍！寶玉果然是有造化的，能夠得他長長遠遠的服侍他一輩子，也就罷了。」只是賈政不允許寶玉小小年紀納妾，所以王夫人的意思是「如今且渾著，等再過二三年再說。」（第三十六回）也正因如此，襲人的「姨娘津貼」尚不能從「官中」公開支取，而是由王夫人的份例銀子中私下撥給。

也就是說，襲人的待遇已遠遠把鴛鴦、彩霞甩在後面，同屋的晴雯、麝月就更不在話下。鴛鴦是賈母的「拐棍」，在賈府中居於丫鬟的「首席」，但畢竟還是丫鬟、奴隸。襲人的實際地位已是姨娘，屬於「半個主子」，只是仍難擺脫那另一半的奴隸身分。

姨娘即妾，「妾」字的原義即為女奴。儒家經典《尚書》中已出現「臣妾」字樣，「臣」是指男性奴僕，「妾」即女性奴僕。有人從字形分析，說妾為「立女」——在旁侍立伺候的女人還不是奴僕嗎？後來則把男人在妻子以外所娶的女人稱為妾，妾在家庭中的地位也始終是卑賤的。

儒家文化強調維護社會及家庭中的等級秩序，一再警告：「妻妾不分則家室亂。」㉘怎麼分？自然是妻貴妾賤。妻貴到什麼程度，妾又賤到什麼程度？《紅樓夢》透過月例銀子的發放，恰恰給出一個看得見、算得出的價值差別來。

現代讀者對古代的妻、妾制度不大明瞭，或許會模糊認為：若正妻相當於一個工作單位的正主任，妾怎麼也得是個副主任吧？正主任每月拿二十兩銀子的薪水，副主任再不濟，也應拿個十兩八兩的。可是，不。我們看到，小說裡同樣給賈政生兒育女的趙姨娘，每月份例只有二兩銀子，僅僅是正妻王夫人的十分之一！

仍是第三十六回，因談到眾人的月例，王夫人趁便問鳳姐：「正要問你，如今趙姨娘、周姨娘的月例多少？」鳳姐回答：「那是定例，每人二兩。趙姨娘有環兄弟的二兩，共是四兩，另外四串錢。」這就是一位姨娘的身價，跟「妾身未分明」的襲人是同一個價碼。這個殘酷的現實，毫釐不爽地標出妾在封建家庭中的卑微地位：你因與男主人同床共枕，勉強算得上半個主子，可是你仍然未脫奴隸身分！

書中唱戲的女孩兒芳官跟趙姨娘對罵，說是：「姨奶奶犯不著來罵我，我又不是姨奶奶家買的！『梅香拜把子——都是奴幾』呢！」這話直戳趙姨娘的心窩子，卻是大實話——姨娘的身分比丫鬟強不到哪兒去，唯一的不同，是作為奴隸的她還承擔著替主子生兒育女、傳宗接代的任務。也正是這點兒不同，讓她們比一等大丫頭多拿了那一兩銀子。

趙姨娘母子那四兩銀子四串錢裡，不知是否包括屋裡丫鬟的月例。趙姨娘使著兩個小丫鬟：小吉祥和小鵲。一次趙姨娘抱怨說，她的丫鬟被扣了月錢，由原來的每月每人一吊，減為五百。很顯然，這是鳳姐的主意。在鳳姐看來，伺候姨娘的丫鬟，怎麼配跟伺候少爺的享受同等待遇？她事後發威說：「糊塗油蒙了心、爛了舌頭、不得好死的下作東西，別作娘的春夢！明兒一裹腦子扣的日子還有呢。如今裁了丫頭的錢，就抱怨了咱們！也不想一想是奴幾，也配使兩三個丫頭！」在鳳姐面前，趙姨娘輩分雖長，但永遠難跨主僕鴻溝，永遠是任由主子責罵的「奴幾」！

在作者曹雪芹的生活中，是否真的有一位姨娘身分的人曾深深傷害過他，他才會在小說中設計這樣一個人見人厭的姨娘形象，並注入重重詛咒？實則趙姨娘的可厭並非源自她的卑賤身分，主要在於她見識「陰微鄙賤」（第二十七回），缺乏自知之明。而對於書中其他「姨娘」，如平兒、香菱、周姨娘等，曹雪芹並未歧視，仍以他一貫的同情之筆，敘寫她們的一言一行。

也有人說，襲人應當是個例外。曹雪芹雖未公開批評她，卻以含蓄之筆暗示其虛偽，否定她的為人。例如，晴雯是頂著「狐狸精」的罪名被趕出怡紅院的，其實真正與寶玉發生兩性關係的，恰恰是襲人！鴛鴦寧死不肯嫁給賈赦做小老婆，襲人卻順從地接受了姨娘的地位，享受著姨娘的待遇。曹雪芹還借晴雯之口，以玩笑形式「罵」襲人是「花點子哈巴狗」。甚至寶玉也對她產生過懷疑，曾問：「怎麼人人的不是太太都知道，單不挑出你和麝月、秋紋來？」（第七十七回）

然而襲人是冤枉的。至少晴雯被逐這件事與她無關。書中明寫是王善保家的進讒所致。其實襲人何嘗不清楚自己的地位？第十九回，寶玉曾稱讚她的表妹，說：「怎麼也得她在咱們家就好了！」襲人聽了冷笑道：「我一個人是奴才命罷了，難道連我的親戚都是奴才命不成？定還要揀實在好的丫頭才往你家來？」後來見寶玉無言以對，又笑說：「怎麼不言語了？想是我才冒撞沖犯了你？明兒賭氣花幾兩銀子買她們進來就是了。」言談話語間，何等明白清醒。

儘管如此，她還是馴順地接受了賈府家長的安排。在那個時代，對於一個無力與命運抗爭的女孩子，也許這樣的結局並不算壞。現代批評家往往是不講邏輯的。例如，納妾制度是封建時代的毒瘤，妾本身是男權社會的受害者。批評家的矛頭應當指向誰？是納妾制度的受害者，還是制定、踐行這種制度的加害者？是對準襲人、香菱、平兒，還是對準賈赦、賈珍、賈璉這一群好色的老爺少爺們？就是寶玉，也未見有人批評是他「強襲人同領警幻所訓雲雨之事」的。

一味批評襲人的人，一定也不曾注意小說人物的年齡。按小說敘述推斷，寶玉在大觀園中嬉戲度日時，大約只有十二、三歲。襲人比寶玉大兩歲，也只有十四、五歲，相當於今天的國中女生。在這個年齡上，今天的大多數城市女孩兒還在父母的呵護下挑吃揀穿、撒嬌使蠻，而這個窮人家的孩子卻已被賣多年，先後伺候過老主人賈母，小主人史湘雲、賈寶玉。她不但得不到父母的怙恃嬌慣，還得努力照管好自己，又要應付周圍複雜的人際關係，更要擔負起工作的擔子，把小主人伺候得舒舒服服。

因此，當我們試圖批評襲人時，應當先想想自己是否有這個資格？

生財有道的王熙鳳

鳳姐和丈夫賈璉，是榮國府財權在握的大管家。家中上下幾百口人的吃穿用度，府中成千上萬的銀錢周轉，全由他倆處分。有了他們代勞，賈母、賈赦、賈政、邢王二夫人，都樂得當「甩手掌櫃」。只有遇到大事，例如元妃省親、建造大觀園，老爺太太們才會參與籌畫，日常運轉則完全由這夫婦倆說了算。

許多時候，鳳姐的權力又大過賈璉。元妃省親那陣子，銀子花得跟流水似的，憑空冒出許多賺錢的機會：大興土木、組建戲班、招募僧尼、栽植花木……每一項少的也有百十兩銀子的油水，多的則不可測度。當然，「甜活兒」早被嫡支正脈的「爺們」占去了。如賈蓉

「單管打造金銀器皿」，賈薔則負責到蘇州買女孩兒、請教師、辦行頭（第十六回）。賈蓉是寧國府大權在握的家長賈珍的獨子，賈薔也是「寧府中之正派玄孫……從小兒跟賈珍過活」，深受賈珍寵愛（第九回）。

那些遠脈旁支的親戚們也都蠢蠢欲動。他們知道，榮國府這邊的差事，是由賈璉、鳳姐分管。其中西廊下五嫂的兒子賈芸也想謀個差事，來求賈璉。然而幾個現成的機會，都被鳳姐把持去了。乖巧的賈芸馬上見風轉舵，借錢買了貴重的禮物「孝敬」鳳姐，這才攬下在園中補種花木的工程（第二十三、二十四回）。

這項工程的款項共二百兩銀子。賈芸領取後，「拿了五十兩，出西門找到花兒匠方椿家裡去買樹」，再加上栽種的工價，完成後大約用不了一百兩銀子，餘下的一百兩，便由賈芸「笑納」了。這也是舊時工程的潛規陋習。在清代，皇家工程一般是「三成到工」㉙，假設有一萬兩銀子工程款，只有三千兩落到建造者手中，其餘七千兩則由各級經手人——宮裡的太監、相關部門的官員、吏役以及掮客們分掉了。賈家大觀園雖非皇家工程，其運營機制恐怕也大同小異。這也是賈府眾親戚紛紛鑽營、如蠅逐臭的根本原因。

不過這個小小例子，還不能證明鳳姐如何貪婪。因為賈芸所送賄禮價值有限，雖是冰片、麝香等貴重藥物，但滿打滿算十五兩銀子。鳳姐身為賈府內當家，經手的銀子成千上萬，區區十五兩又何曾看在她的眼裡？此事能辦成，還因賈芸會說話，幾句奉承話搔到鳳姐癢處。當鳳姐提到他此前曾求賈璉時，他笑道：「求叔叔這事，嬸子休提，我昨兒正後悔呢。早知這樣，我竟一起頭求嬸子，這會子也早完了。誰承望叔叔竟不能的。」鳳姐不無得意地說：「你們要揀遠路兒走，叫我也難說。早告訴我一聲兒，有什麼不成的，多大點子事，耽誤到這會子？那園子裡還要種樹種花，我只想不出一個人來，你早來不早完了！」

話雖如此，那份禮物卻也至關重要。很多時候，禮物表示的是尊敬與臣服。至於禮物的價值，也還要看送禮者的貧富及所謀利益的多寡。以賈芸的經濟狀況及所謀差事，十五兩銀子的禮物倒也恰如其分。

小到十幾兩，大到幾千兩，只要是銀子，鳳姐都不會放過，哪怕那上面沾著血、長著刺。小說第十五回，水月庵老尼為一樁民事官司，求鳳姐到長安節度使雲光處說項。鳳姐當場開價：「你是素日知道我的，從來不信什麼是陰司地獄報應的，憑是什麼事，我說要行就行。你叫他拿三千銀子來，我就替他出這口氣。」又補充說：「我比不得他們扯篷拉縴的圖銀子。這三千銀子，不過是給打發說去的小廝作盤纏，使他賺幾個辛苦錢，我一個錢也不要他的。便是三萬兩，我此刻也拿的出來！」話說得斬釘截鐵，不能不令聽者動容。然而口稱「我一個錢也不要他的」的鳳姐，卻是「一個錢也不能少」！

三千兩不是小數目，相當於今天的九十萬，在當時可以買一所大宅院。而鳳姐「管閒事」的結果，則導致了一對戀人殉情而死。可以說，鳳姐鎖進妝奩箱的三千兩銀子，是淌著鮮血、附著冤魂的！

鳳姐嘗到甜頭，從此「膽識愈壯，以後有了這樣的事，便恣意的作為起來，也不消多記」。鳳姐利用的是賈家世代累積的官場勢能，在權力壟斷的時代，大大小小的印把子及由此構成的官場關係網，都是含量不等的金礦銀礦，鳳姐只不過是善於挖掘、敢於利用而已。

鳳姐的另一條生財之道，是放債生息。小說中雖未正面敘述，卻多次用側筆隱約透露。第一次是在第十一回，鳳姐從王夫人處回來，問平兒家中有何事。平兒報告：「沒有什麼事。就是那三百銀子的利銀，旺兒媳婦送進來，我收了……」這筆債是用哪一項銀子放的，利錢收了多少，書中都未詳述。

第二次是在第十六回，寫賈璉為林如海送喪，才從蘇州回來，正與鳳姐在屋中敘話，聽見外間有人說話，問時，平兒回答：「姨太太打發了香菱妹子來問我一句話，我已經說了，打發他回去了。」事後鳳姐追問，平兒笑答：「那裡來的香菱？是我借他暫撒個謊。奶奶說說，旺兒嫂子越發連個成算也沒了……奶奶的那利錢銀子，遲不送來，早不送來，這會子二爺在家，他且送這個來了。幸虧我在堂屋裡撞見，不然他走了來回奶奶，二爺倘或問奶奶是什麼利錢，奶奶自然不肯瞞二爺的，少不得照實告訴二爺。我們二爺那脾氣，油鍋裡的錢還要找出來花呢，聽見奶奶有了這個梯己，他還不放心的花了呢。所以我趕著接了過來，叫我說了他兩句，誰知奶奶偏聽見了問，我就撒謊說香菱來了。」鳳姐對平兒的應對十分讚賞，笑道：「我說呢，姨媽知道你二爺來了，忽喇巴的反打發個房裡人來了？原來是你這蹄子鬧鬼。」由此可知，鳳姐放債的事連賈璉也瞞著，只有平兒和來旺夫婦知情。

不過風聲還是透露出去了。第三十九回，襲人遇到平兒，順帶問她：「這個月的月錢，連老太太和太太還沒放呢，是為什麼？」平兒見周圍沒人，湊近襲人，悄悄說：「你快別問，橫豎再遲幾天就放了。」襲人笑道：「這是為什麼，唬得你這樣？」平兒見瞞不住，這才悄悄告訴：「這個月的月錢，我們奶奶早已支了，放給人使了。等別處的利錢收了來，湊齊了才放呢。因為是你，我才告訴你，可不許告訴一個人去。」襲人不免詫異：「難道她還短錢使？還沒個足厭，何苦還操這心？」平兒笑道：「何曾不是呢。這幾年拿著這一項銀子，翻出有幾百來了。他的公費月例又使不著，十兩八兩零碎攢了放出去，只他這梯己利錢，一年不到，上千的銀子呢。」襲人半開玩笑地說：「拿著我們的錢，你們主子奴才賺利錢，哄的我們呆呆的等著。」

此事涉及眾多人的切身利益，自不免鬧到輿論洶洶的地步。鳳姐肯定有所耳聞，不能不收手。第七十二回，因來旺家的為兒子婚事來求鳳姐，鳳姐藉機訓示說：「旺兒家的，你聽見說了這事？……說給你男人，外頭所有的帳，一概趕今年年底下收了進來，少一個錢我也不依的！我的名聲不好，再放一年，都要生吃了我呢！」又冷笑說：「我也是一場癡心白使了。我真個的還等錢作什麼？不過為的是日用出的多，進的少。這屋裡有的沒的，我和你姑爺一月的月錢，再連上四個丫頭的月錢，通共一二十兩銀子，還不夠三五天的使用呢。若不是我千湊萬挪的，早不知道到什麼破窯裡去了！如今倒落了一個放帳破落戶的名兒。既這樣，我就收了回來。我比誰不會花錢？咱們以後就坐著花，到多早晚是多早晚！……」

指黑道白、翻雲覆雨、臉上貼金、反咬一口，是鳳姐的一貫手段。儘管如此，聽者仍不難從這番話裡得知，鳳姐此刻已干犯眾怒、聲名掃地。此外，這番話是當著賈璉說的。不知從什麼時候起，鳳姐放債已不再瞞著丈夫，夫妻早已串通一氣了。

襲人問得好：「難道她還短錢使，還沒個足厭，何苦還操這心？」有些時候，身當其位的權勢者大概很難控制那顆貪求無度的心，儘管他們擁有的金錢已遠遠超出自身乃至子孫數代的實際需要，儘管他們也清楚巧取豪奪、誅求無度是要付出沉重代價的，然而這一切仍不能阻止他們的瘋狂行為，因為令他們喪失理智、感到興奮和刺激的，正是這攫取的過程。

小說第一百零五回，賈家被奉旨查抄，從東跨所抄出「兩箱房地契又一箱借票，卻都是違例取利的」。負責查抄的趙堂官惡狠狠地說：「好個重利盤剝，很該全抄！」東跨所正是鳳姐的住處，這又為賈府增添了一條新罪狀。

在整個查抄活動中，除了賈赦之外，賈璉夫婦受損最重，「歷年積聚的東西並鳳姐的體己，不下七八萬金，一朝而盡」。鳳姐一次黹緣說項就有三千兩銀子進帳，這樣的賄銀，前後不知又收了多少。加上歷年放債所得以及從官中揩油，積以年月，這個數字也還真實可信。折合成今天的錢幣，多達兩千多萬。一朝失去，這對鳳姐的打擊是致命的！

還是跛足道人唱得好：「世上都曉神仙好，只有金銀忘不了！終朝只恨聚無多，及到多時眼閉了。」可惜鳳姐眼未閉而金銀散盡，作者對這個女人的懲罰，也未免太殘酷了些！

鳳姐也有不為金錢時

尤二姐是寧國府家長賈珍的妻妹，是賈珍妻子尤氏的繼母尤老娘帶來的「拖油瓶」女兒。尤老娘改嫁到尤家時帶了兩個女兒：尤二姐和尤三姐。賈璉看上了尤二姐，與堂哥賈珍、侄兒賈蓉私下計議，把尤二姐偷娶回家，另室安置，只瞞著鳳姐一人。

「臥榻之側豈容他人酣睡！」以悍妒聞名的鳳姐一旦得知消息，立刻風風火火採取行動，趁賈璉外出公幹，搶先把尤二姐接進府中，表面上裝出一副賢良面孔，實則把尤二姐牢牢控制在手中。賈璉聞知，也只有跺腳歎氣的份兒。他深諳鳳姐的為人，知道她絕不會善罷甘休。

不錯，鳳姐正在祕密策劃一場危險的遊戲。她要報復丈夫賈璉以及狼狽為奸的賈珍、賈蓉，還捎帶上賈珍之妻尤氏。當時，朝中剛好有一位老太妃薨逝，正在國喪期間；而寧國府家長賈敬也去世不久，舉族正在為他守孝。精明的鳳姐從一開頭就抓住賈璉的這個把柄：於國孝、家孝之中背父母、瞞妻子私娶納妾。此事若張揚出去，賈璉等人吃罪不起！

可是做事敢「走鋼絲」的鳳姐，偏偏要玩玄虛，要把事情鬧大，讓賈珍等人出醜、出「血」！她早就打聽到：尤二姐原有未婚夫，是自幼指腹為婚，後來家境敗落的市井無賴張華。賈珍給了他二十兩銀子，逼他退了這門親事，尤二姐這才獲得自由之身，得以再嫁。鳳姐的毒計，就從尋找張華開始。

鳳姐給了親信來旺兒二十兩銀子，讓他找來張華，又慫恿張華到都察院狀告賈璉，罪名便是「國孝家孝之中，背旨瞞親，仗財依勢，強逼退親，停妻再娶」。在來旺兒的指使下，張華又故意供出賈蓉，稱他是主謀。鳳姐這邊派人拿了三百兩銀子上下打點，在都察院「安了根子」。都察院收了贓銀，並不來煩賈璉，只是傳喚賈蓉。賈珍只當是張華藉機訛詐，於是水來土屯、禍來錢掩，一面派人帶二百兩銀子到都察院打點，一面讓家人去「對詞」。

就在這時，鳳姐駕臨寧國府，一口吐沫啐在尤氏臉上，罵道：

你尤家的丫頭沒人要了，偷著只往賈家送！難道賈家的人都是好的，普天下死絕了男人了！你就願意給，也要三媒六證，大家說明，成個體統才是。你痰迷了心，脂油蒙了竅，國孝家孝兩重在身，就把個人送來了。這會子被人家告我們，我又是個沒腳蟹，連官場中都知道我利害吃醋，如今指名提我，要休我。我來了你家，幹錯了什麼不是，你這等害我？或是老太太、太太有了話在你心裡，使你們做這圈套，要擠我出去。如今咱們兩個一同去見官，分證明白。回來咱們公同請了合族中人，大家覿面說個明白。給我休書，我就走路！

一番撒潑大鬧，攪得軟弱愚鈍的尤氏、理虧詞窮的賈蓉六神無主、手足無措。

鳳姐當然不忘在一派虛詞中捏造事實、詐取銀錢；說道：「如今告我，我昨日急了，縱然我出去見官，也丟的是你賈家的臉，少不得偷把太太的五百兩銀子去打點。如今把我的人（指來旺兒）還鎖在那裡。」直到聽見尤氏、賈蓉承諾：「嬸子放心，橫豎一點兒連累不著叔叔。嬸子方才說用過了五百兩銀子，少不得我娘兒們打點五百兩銀子與嬸子送過去，好補上的，不然豈有反教嬸子又添上虧空之名，越發我們該死了……」鳳姐這才漸漸止住哭鬧。

有一件事令人百思不解。鳳姐豈不聞「家醜不可外揚」的道理，為什麼執意要把事情鬧大？她甚至收買外人，去告自己的丈夫、親戚，「將刀靶付與外人」（第六十八回），又花幾百兩銀子上下打點來操縱官司。她這樣做，無異於玩火，目的又是什麼？

反覆捉摸，有兩點理由大致可以解釋鳳姐的動機。

其一，狂熱的權力把持者鳳姐，此次被逼到了牆角。她知道，破釜沉舟、絕地反擊的時刻到了。前次丈夫與鮑二家的勾搭，她不是沒有潑醋大鬧，可大鬧的結果不但沒能遏止丈夫的花心，反讓自己落下悍妒的惡名。就連一向偏袒自己的賈母也不以為然，輕描淡寫地說：「什麼要緊的事！小孩子們年輕，饞嘴貓兒似的，那裡保得住不這麼著。」又開鳳姐的玩笑：「多吃了兩口酒，又吃起醋來。」（第四十四回）正因老太太的放縱，才有了今天賈璉背妻納妾的舉動。更嚴重的是，站在賈璉一邊的還有東府的賈珍、尤氏和賈蓉，鳳姐面對的是兩府男權勢力的挑釁，自己要捍衛自己在家族中的絕對權力，維護女人的臉面，就不能不爆發出全部能量，哪怕拚個魚死網破！

可是她也深知，單憑自己的力量，不足以應對如此嚴重的局面。前鑒不遠，精明的鳳姐當然不會重蹈「內部解決」的覆轍。此次，她要借助外力——官府的力量，跟賈璉、賈珍「動真格的」！她明知這是玩火，這火很可能燒到自己，甚至引發一場毀滅家族的「回祿」之災，她也在所不惜！何況她還相信自己有這點把握，可以憑著金錢和手腕，不致使局面失控。而這樣做的好處，在打擊對方時，自己又可輕鬆避開「悍妒」之名。

鳳姐的另一個動機，是對賈珍等狠狠敲上一筆，令對方心疼、肉疼。當然，這也是為了補償自家。為了打擊對方，鳳姐也付出了不少。先是支給來旺兒二十兩銀子收買張華；又派人拿三百兩銀子到都察院上下打點，以便控制官司。事後她打發張華回鄉，少不得又有花銷。這些成本，她是要收回的。鳳姐的計謀果然奏效。賈珍、尤氏聽說賈蓉成了被告，慌了手腳，連打點官司、應付張華，帶補償鳳姐，也足足花了七八百兩銀子。

當然，鳳姐的報復遠未結束。她「弄小巧用借劍殺人」，最終將糊塗軟弱的尤二姐置於死地，消滅了情敵，重創了丈夫。在此之前，為了不讓把柄落到他人手裡，她還派來旺兒去暗殺張華，只因來旺兒中途收手，才不了了之。

這個女人，當她的權力遇到挑戰時，什麼事都幹得出來！平日貪財好貨的她，竟不惜花費數百兩銀子去實施計謀，亦足以說明她的憤怒程度。儘管她從東府獲得了金錢上的補償，但刨去前面的使費，亦所剩不多。可知撈取金錢好處並非鳳姐本意，在精神上和經濟上給對方以痛擊，才是她的初衷。

玩火者終必自焚。鳳姐自恃機關巧妙、手段毒辣，自以為一切盡在掌控之中。然而她的瘋狂報復，恰恰授人以柄，為家族的敗落、自身的毀滅埋下禍根。日後賈家被抄，其中一款重罪便是「強占良民妻女為妾」、「凌逼致死」，還牽扯到一個「姓張的」——正是張華（第一百零五回）。

筆者傾向於認為續書之中有曹雪芹的殘稿在，例如查抄的這部分，便很像曹雪芹的手筆。此處對鳳姐結局的描寫，也符合曹雪芹的一貫思想。一個人要用鎖鏈套住別人脖頸，同時也便套上了自己的脖頸。

「機關算盡太聰明，反誤了卿卿性命。」太虛幻境的判詞，可謂一針見血！

賈府一年「吃」多少？

民諺云：「當家人，惡水缸。」「當家三年狗也嫌！」意思不外是說，大家族中的「當家人」是最不討好的，族中人多嘴雜、各懷心思。有一點私利受侵、不合己意的地方，人們往往把怒火發洩到當家人身上。當家人就如同一口泔水缸，不知要收納多少汙水！常年當家，矛盾積累日深，就是家中的狗也要朝你吠幾聲！

不過在賈府當家人鳳姐跟前，還沒人敢公然表達不滿。一來鳳姐深受賈母的寵愛與信任，背後又有姑母兼婆母王夫人撐腰；二來鳳姐個性極強，心機縝密，僕人興兒背地評論她「嘴甜心苦，兩面三刀；上頭一臉笑，腳下使絆子；明是一盆火，暗是一把刀」（第六十五回），因此無人敢惹。然而她在府中的「口碑」和「人緣」，也能從這幾句評語中看出。不但深受壓迫的趙姨娘恨透了她，就連溫和恭順的襲人也因她拿眾人的月錢牟利而不免搖頭。

不過人們常常因此忽略了鳳姐為這個家族所做出的奉獻，包括精力、才智乃至健康方面的付出，這對她似乎有點兒不公平。說句公道話，給賈府當家實在不是件容易的事。從經濟上看，除了要維持老少主子錦衣玉食的奢侈生活，還有數百口家人奴僕的衣食、工錢、婚喪之費……光是讓這樣一個大家族能正常運轉，就需要一筆可觀的開支，這都需要鳳姐夫婦籌措周轉。

就日常飲食而言吧，榮國府為主子們開著兩個廚房，一個是供應賈母、賈政、王夫人等飲食的外廚房，一個是大觀園內專門供應寶玉及眾姐妹飲饌的內廚房。小說第六十一回，迎春的丫鬟司棋想吃雞蛋羹，派小丫頭到內廚房去要，引來廚房頭兒柳嫂的一通牢騷，卻也透露出廚房的開支花銷。柳嫂道：

有的沒的，名聲好聽，說我單管姑娘廚房省事，又有剩頭兒。算起帳來，惹人噁心：連姑娘帶姐兒們四五十人，一日也只管要兩隻雞，兩隻鴨子，十來斤肉，一吊錢的菜蔬。你們算算，夠作什麼的？連本項兩頓飯還撐持不住，還擱的住這個點這樣，那個點那樣。買來的又不吃，又買別的去。既這樣，不如回了太太，多添些分例，也像大廚房裡預備老太太的飯，把天下所有的菜蔬用水牌寫了，天天轉著吃，吃到一個月現算倒好。

《紅樓夢》中一隻雞、一隻鴨、一斤肉的價格是多少？書中沒交代，手邊又沒有可靠文獻可資參考。不過稍早的一部小說《醒世姻緣傳》，卻透露了一點物價的資訊。《醒世姻緣傳》刊於清初，所反映的大致是明末清初的物價。書中一個小人物抱怨說：「京城裡一兩（銀）一石米，八分（銀）一斤肉，錢半銀子一隻雞，酒是貴的……」㉚（《醒世姻緣傳》第七十八回）

的確，京城物價歷來都高於其他地區，外省就要好一些。小說另一處，女主角童寄姐埋怨丈夫沒給自己捎禮物，說是：「你沒錢也罷……你把那羊羔酒捎上兩瓶，也只使了你一錢六分銀；把那響皮肉秤上二斤，算著使了一錢。難道你這二錢多銀子的家當也沒了？可也是你一點敬我的心。」❸❶（《醒世姻緣傳》第八十七回）一斤經過炮製的「響皮肉」值銀五分，鮮肉的價格還應低些。只是當時的銀價尚高，一兩可以合到今天的二百元以上，肉的價格也便不菲。

曹雪芹寫作《紅樓夢》的乾隆初年，也正是「一兩（銀）一石米」的時候，與《醒世姻緣傳》的物價水準相差無幾。若按這一物價標準給賈家算「伙食帳」，或許不會有太大出入。那麼大觀園內廚房一天要用兩隻雞、兩隻鴨，大致需五、六錢銀子；十來斤肉約略可算作六、七錢銀，一吊錢菜蔬算作五、六錢銀，米也要幾十斤，合二、三錢銀，再加上油、醬、柴等，園內四、五十口人一日的吃喝成本，也要在二、三兩銀子之間。再加上經手人從中染指、揩油，一年下來，開銷總要在幾百兩到一千兩。

至於伺候賈母等主子的大廚房，「把天下所有的菜蔬用水牌寫了，天天轉著吃」，不但檔次高，供應的人也多，大概一年沒有二千幾百兩下不來。統整算來，榮國府單是日常飲饌，一年就要消費三、四千兩銀子。按每兩銀合人民幣三百元計算，相當於上百萬元，這個數字著實驚人！

當然，這還不包括節日慶典、家人壽誕、迎賓待客、親戚往還等飲食消費，那是要另算的。小說第二十二回寶釵過生日，賈母格外重視，主動捐銀二十兩替寶釵擺酒慶賀。賈母如此舉動，含義多多。一是因寶釵初來賈府，第一次過生日；二來寶釵本年十五歲，雖非「整生日」，卻是女孩兒「將笄之年」，相當於今天的成人禮；三來寶釵是薛姨媽的女兒、王夫人的外甥女、鳳姐的表妹，賈母此舉，也是給客人、兒媳、孫媳一個大大的面子。

鳳姐心領神會，特地跟丈夫賈璉商量，斟酌再三，決定比照每年黛玉生日的規模，再「比林妹妹的多增些」。增多少？書中未表，但總不會少於二十兩吧。由於老太太高興，大家也都眾星捧月，「王夫人、鳳姐、黛玉等諸人皆有隨分（和人湊錢送禮，又稱「隨分子」或「湊分子」）不一」，大概又有幾十兩。

到了正日子，在內院搭了小巧戲臺，外面定了一班新出的小戲，在賈母上房排了幾席家宴酒席，「並無一個外客，只有薛姨媽、史湘雲、寶釵是客，餘者皆是自己人」。這樣的一次「大又不是，小又不是」的生日宴會，包括戲、酒以及提前送過去的「衣服玩物禮」等等，花費即使不及百兩，也應有六、七十兩之數，合為今天的貨幣，也在萬元以上了。只是這裡不光是酒席的花費，還包括演戲的費用。

另一次鳳姐過生日，比寶釵生日又隆重許多。第四十四回「閑取樂偶攢金慶壽」，又是賈母「挑頭」，跟王夫人等商量：「咱們也學那小家子，大家湊分子。多少，盡著這錢去辦。」王夫人等自然願意奉陪。賈母仍舊是二十兩，薛姨媽是客，也隨了二十兩。邢、王二夫人是兒媳，不敢跟老太太「比肩」，都「自然矮一等，每人十六兩」。尤氏、李紈矮一輩，每人十二兩。不過賈母可憐李紈「寡婦失業」，要替她出這十二兩，結果由鳳姐攬去。

此外，賈母還要替寶玉、黛玉出兩份，薛姨媽也要替寶釵出一份。鳳姐為了哄老太太，吵著讓邢、王二夫人負擔了寶玉、黛玉的份額。以下，賴大的母親等幾個有身分的「老媽媽」也都每人認了十六兩。至於姑娘們，則按每人一月的月例份額，各出二兩。大小丫鬟們有出二兩的，有出一兩的。鳳姐仍不肯放過兩位姨娘，逼著她們各出了二兩。照鳳姐的說法：「她們兩個為什麼苦呢？有了錢也是白填送別人，不如拘來咱們樂！」總共算下來，一百五十兩有餘。

只是鳳姐又賴掉答應替李紈出的那份兒，而負責斂錢操辦的尤氏做人情，又把兩位姨娘、幾個丫鬟的份子錢退還給她們，最終的銀數約有一百二、三十兩。九月初二，由尤氏統籌策劃，擺酒演戲，「連耍百戲並說書的男女先兒全有」，大家盡情熱鬧一日，而這一番熱鬧的代價，約合今天的人民幣三萬多元！

不過生日的形式也是多種多樣的。如第六十二回寶玉過生日，湊巧的是這天又是寶琴、岫煙、平兒的生日。雖因王夫人不在家，「不曾像往年鬧熱」，但仍須行禮、送禮、擺宴等等。寶琴與寶玉兩邊「皆治了壽酒，相互酬送，彼此同領」。這邊，不但大廚房預備下酒席，探春又執意單給平兒在園內擺酒，大家湊了分子錢，探春吩咐柳嫂：「只管揀新巧的菜蔬預備了來，開了帳和我那裡領錢。」酒席擺在紅香圃，共四桌，除了四位「壽星」，還有薛姨媽、李紈、尤氏以及釵、黛、雲、惜諸小姐，香菱、鴛鴦、襲人、晴雯、紫鵑、司棋等眾丫鬟。大家吃酒射覆，甚是熱鬧，以致湘雲吃得大醉，演出「醉眠芍藥裀」的一幕。

這還沒完，入夜，怡紅院的丫鬟們又湊分子給寶玉祝壽，讓柳嫂「預備四十碟果子」，並抬來一罈紹興好酒。屆時請來李紈、探春、釵、黛、雲、菱等，大家掣簽唱曲，飲宴歡歌，一醉方休。

這次是怡紅院丫鬟們湊的錢，襲人、晴雯、麝月、秋紋等四個大丫頭每人五錢銀，芳官、碧痕、小燕、四兒每人三錢銀子，共湊了三兩二錢，約合今天的人民幣九百多元，這裡面不包括那壇紹興老酒，那是襲人特意向平兒要來藏在屋內的，屬於「慷公家之慨」。

賈府中這樣的大、小生日還有許多，書中不能回回敘及。榮國府的主子們連男帶女、老的少的，總要有二十幾位。小輩過生日，一次花費至少也要幾十兩銀子；而賈母、赦政二老爺、邢王二夫人過生日，則絕不止此數。若逢長輩整壽之慶，就更不得了。書中第七十一回，便描述了賈母過八十大壽的豪華場面。

八月初三是誕辰正日，祝壽活動早在七月二十八就開始了，直至八月初五才收尾。榮、寧兩府齊開筵宴，寧國府被開闢出來專門接待「官客」（男賓），榮國府則負責接待「堂客」（女賓）。二十八日請的是皇親國戚，二十九日是高官，三十日是「諸官長及誥命並遠近親友及堂客」，初一日是賈赦的家宴，初二日是賈政擺酒，初三日是賈珍、賈璉，初四日是賈府中合族長幼大小共宴，初五日是賴大、林之孝等家下管事人等共湊一日。

從七月上旬開始，送壽禮者就絡繹不絕。賈母八十大壽還驚動了朝廷，「禮部奉旨欽賜金玉如意一柄，彩緞四端，金玉環四個，帑銀五百兩」；元春又命太監送來金壽星、沉香拐、伽南珠、福壽香、金錠，銀錠、彩緞、玉杯……其餘親王駙馬、大小文武官員所送禮品，不計其數。

這樣一場壽誕慶典，要花多少銀錢？據賈璉事後透露，共花了「幾千銀子」（第七十二回），假如是兩、三千吧，便合今天的人民幣八、九十萬元！因本次「超計畫」用銀，搞得賈府銀根吃緊、周轉不靈，不得不靠典當度日。就是王夫人送壽禮的三百兩銀子，也是把

「後樓上現有些沒要緊的大銅錫傢伙四五箱子」拿去押了錢，才湊上的。

這樣的大型慶典當然不是年年都有，但賈府長輩的壽誕級別，由此可見一斑。如此算來，賈府主子一年中用在壽誕上的銀兩，又是一個大數目。所需恐怕不會比全家日常飲食花費少。此外，除了飯桌上的花銷，府中人穿衣、行路、購物、交際，加上種種不時之需，所需銀錢又不知幾倍於此。這些銀錢都要鳳姐、賈璉去籌措運轉，難怪兩人在書中出現時，常常唉聲歎氣，為錢傷腦筋、歎苦經了。

一匹龍緞銀，兩個活人價

除了飲食，賈府每年貴族男女的穿戴，也是一筆巨大的開銷。不過以江南三織造為素材背景的賈家，大概不會為衣料匱乏發愁。在前輯中我們已經注意到，賈府單是所收禮物中，便有不少上等衣料。第五十六回江南甄府送來的高檔緞匹，一次便有七十二匹。而此前鳳姐讓寶玉記錄過一筆緞匹帳，共有「上用」緞紗織物一百八十匹，那還只是不入帳的私藏，「官中」的庫存應遠不止此數。

這些高檔衣料，究竟價值多少？

清宮檔案至今存有雍正元年蘇州織造李煦被查抄的清單，李煦「在京之家產」中，有紡織品若干，估價如下：

龍緞三匹，折銀六十兩；明補緞三匹，折銀四十八兩；金絨蝴蝶緞十匹，折銀一百二十兩；大緞十九匹，折銀一百九十兩；八絲緞七匹，折銀三十五兩；八絲紗二匹、六絲紗一匹，折銀九兩；六絲彭緞四匹，折銀八兩。

舊時抄沒犯罪之家，物資估值往往低於市價。儘管如此，這個被低估的價格也仍高得驚人。清單第一項的「龍緞」，應當就是「滿地風雲龍」之類的上用蟒緞吧。依明代制度，官織緞匹的規格「闊二尺，長三丈五尺」（《明會典》），即寬七十公分，長十二公尺。清代規制相差不多，大致在二丈到四丈之間㉜。而這樣的一匹「龍緞」，竟價值二十兩銀子，相當於六千元，即每公尺五百多元。其他織物，每匹折銀有十幾兩的，也有七、八兩的。最低的「八絲紗」、「六絲彭緞」每匹二三兩，一公尺價格也要幾十元。

我們還可以把這些織物的價格同其他物資做個對比。在同一張清單中，我們看到李煦在草廠胡同有一所大宅院，內有瓦房二百二十五間、遊廊十一間，屬於京城中第一流豪宅，總折銀為八千零九十四兩，即每間平均合銀三十四兩。而這樣的一間上等瓦舍，還換不來兩匹龍緞！

還是這張清單，李煦家的奴僕也被當作財產估價待售。如：

家人鮑子夫婦、其子四貴夫婦、嬰兒一人，折銀五十兩；馬二夫婦，妾一人、女兒五人、嬰兒一人，折銀一百二十兩……楊道夫婦、其子二人、女兒一人、楊道弟楊二獨身，折銀五十兩……

李家在京奴僕有八十多人，折銀最高者十五兩，少的只有九兩。也就是說，兩個大活人的身價，勉強抵得上一匹高檔綢緞！

瞭解了緞匹的價格，再來看賈府所藏，其中既有妝緞、蟒緞之類的頂級織物，也有其他「上用」、「官用」緞紗綢綾，若按每匹十五兩銀的均價計算，僅甄家所送、鳳姐所藏，便值三四千兩銀子，折合上百萬元！賈家「後樓」應當還有大量庫存，尚未計算在內。

鳳姐、寶玉等喜穿進口衣料，價值更高。就拿做披風、禦風雪的羽緞羽紗而言，因物以稀為貴，價格又遠高於妝緞蟒緞。清人王士禛在《皇華紀聞》（卷三）中記述：

西洋有羽緞、羽紗，以鳥羽織成，每一匹價至六七十金，著雨不濕。荷蘭上貢止一二匹。

王士禛所說「以鳥羽織成」，應是耳食之言。然而一匹羽緞、羽紗價至六七十兩銀子，則應是據實記錄。這樣的一匹紗緞，與京城兩間上等的瓦房等值，堪稱天價。而在另一部著作中，王士禛又提到羽緞、羽紗「今閩廣多有之」❸❸，是進口量增加，還是國內仿製的，不得而知。不過價格可能會相應降低些吧。

《紅樓夢》中提到的雀金呢，據賈母說是俄羅斯進口的衣料，更為珍貴，只有寶玉有一件。清人葉夢珠在《閱世編》中提到一種類似的織物，是將孔雀毛織入花緞，因工料昂貴，以至於「每匹不過十二尺，值銀五十兩」。這樣的織物，只需一公尺便可換一個奴隸！

賈府貴族的服飾，除衣料昂貴外，縫製也十分考究，自然需要多付工價。對此，書中也偶有資訊透露。如第二十七回，鳳姐路遇怡紅院的小丫頭紅玉，臨時「抓差」吩咐說：「……你到我們家，告訴你平姐姐：外頭屋裡桌子上汝窯盤子架兒底下放著一卷銀子，那是一百六十兩，給繡匠的工價，等張材家的來要，當面稱給他瞧了，再給他拿去……」

這裡明說一百六十兩（相當於四萬餘元）是「給繡匠的工價」。從時間前後來看，這或許是元妃省親時欠下的舊帳吧？省親大典是在本年的正月十五日舉行，而此時則是四月末。為迎接元妃，府中上下從主子到奴僕都要縫製新衣，大觀園中也要配備大量帳幔簾墊等布藝飾物，都需要繡工。

從歷史上看，清代康乾時期的織工、裁縫、繡匠等工價十分低廉。清宮檔案中有《曹寅李煦奏陳織造事宜六款折》[34]，內中提到蘇、寧織造處的織工工價：

臣等原議誥、帛二項人匠，約計三百七十名，歲需銀二千七百兩，即可贍活群工。將來有無派織，皆需此養匠……如此則窮匠小民鹹沾聖澤，而欽工大典亦無曠誤。

這裡所說的「誥帛二項人匠」，是指江寧織造處「神帛」、「官誥」兩機房的工匠。三百七十名工匠的年薪，僅需二千七百兩銀，人均年薪只有七兩三錢銀，平均一個月才六錢銀子，實在可憐。從奏摺可知，這應是用於「養匠」的最低開支，即無論開工與否，工匠都能支取，目的是使「窮匠」可以藉此糊口，不致「星散」；一旦接到朝廷「訂單」，可以馬上開工。想來開工後大概還有「計件工資」、「績效工資」之類的報酬吧。

織工的工價如此，繡匠的工價是否還要多一些？假使繡工的報酬為每月二兩銀，則鳳姐支付的這一百六十兩銀子工價，是四十名熟練繡匠趕工兩個月的報酬。一次省親大典，繡工活兒的確需要這許多。然而這還僅僅是刺繡工價，至於面料、絲線等原料資金以及衣物、簾幔的剪裁、縫製費用，又是另一筆開支。好在有著如此低廉的人工供主子們驅使，這也正是賈府貴族能夠維持奢華生活的經濟基礎。

生有尊卑，死分貴賤

賈府還有一大花銷，是主僕眾人養生送死、婚喪嫁娶的使費。

《紅樓夢》前八十回很少有嫁娶、生育等事，即便有一兩回納妾之舉，如薛蟠納香菱、賈璉娶尤二姐，也都非明媒正娶，又都與喪亡相伴。而一部《紅樓夢》中，又幾乎沒有新生命問世。只有續書部分暗示「蘭桂齊芳」，似乎寶玉有後，然而這樣的安排是否符合曹雪芹原意，則很難說。

在書中，人們見識最多的，是一個個鮮活生命的隕滅。一開篇，便有兩樁未入正文的死亡描寫。一是第二回回目所示「賈夫人仙逝揚州城」，一是第四回小鄉宦之子馮淵死於薛蟠惡僕的群毆。接下來第十二回又一明一暗寫賈瑞「找死」及林如海病故。緊接著第十三回是秦可卿「死封龍禁尉」（或「淫喪天香樓」），她的弟弟秦鐘也在三回以後死去。

其後喪亡尚多。丫鬟金釧兒被王夫人趕出賈府，投井而死（第三十二回）；僕婦鮑二家的因與賈璉勾搭被鳳姐撞破，自縊而亡（第四十四回），趙姨娘兄弟趙國基病死（第五十五回），朝中老太妃死，唱戲女優葯官病死（第五十八回）。至第六十三回，寧國府家長賈敬誤食丹藥而亡；其後，尤三姐因婚姻不諧自刎而死（第六十六回）。又有尤二姐被鳳姐騙入府中吞金而死（第六十九回），晴雯被王夫人無理逐出，一病而亡（第七十八回）……

單是前八十回，就有十幾人陸續死去。這還不包括續書中更為慘痛的喪亡。司棋死（第九十二回）、元妃死（第九十五回）、黛玉死（第九十八回）、迎春死（第一百零九回）、賈母死（第一百一十回）、鴛鴦死（第一百一十一回），鳳姐死（第一百一十四回）。此外尚有周貴妃死（第八十六回）、馬道婆死（第八十一回）、趙姨娘死（第一百一十三回）、夏金桂死（第一百零三回）、晴雯之嫂死（第一百零二回）、周瑞之乾兒死（第一百一十一回）……死神的魅影始終在書中飄蕩，魯迅先生因此說：「悲涼之霧，遍被華林，然呼吸而領會之者，獨寶玉而已。」說得一點不錯。

伴隨著諸多死亡，喪禮也成為小說中引人注目的情節。如秦可卿、賈敬及賈母之死，書中都細寫了治喪經過。尤其是可卿之死，單是出殯，就鋪陳了三回，從「秦可卿死封龍禁尉，王熙鳳協理寧國府」寫起，中經「林如海捐館揚州城，賈寶玉路謁北靜王」，直至「王鳳姐弄權鐵檻寺，秦鯨卿得趣饅頭庵」才告結束，為讀者展示了一場貴族喪禮的全過程。

書中逐一細述可卿死後如何請「欽天監陰陽司」擇日推算停靈日期，如何「開喪送訃聞」；在停靈的四十九日中，如何請一百零八位和尚在大廳「拜大悲懺，超度前亡後化諸魂，以免亡者之罪」；又如何於天香樓另設一壇，請九十九位全真道士「打四十九日解冤洗業醮」。此外，會芳園靈柩前還另請了五十位高僧、五十位高道「按七作好事」……

喪事規模龐大、千頭萬緒，賈珍、尤氏扶病，諸事照料不周，特請鳳姐來「協理」寧國府。出殯之日，京城「八公」之族及仕宦大家全都來送殯，百餘乘車轎浩浩蕩蕩、如「如壓地銀山」一般，四大王府也在沿途高搭祭棚，令賈府格外風光……

這樣一番大舉動，總共要花多少銀子？書中未提。不過從賈珍那句「如何料理，不過盡我所有罷了」，可知他是要傾囊操辦的。在這段故事中，曹雪芹雖然接受了脂硯齋的意見，隱去秦可卿「淫喪」的情節，但書中極力描摹賈珍的悲痛，仍從側面揭示了他與兒媳間不可告人的尷尬關係。

關於銀錢花費，書中也不是毫無涉及。舊時殯葬，最重視棺木。如晚明小說《金瓶梅》寫李瓶兒病危時曾囑咐西門慶不要花「憨錢」買好棺木，弄一副「十來兩銀子」的普通材板就算了。西門慶聽了，哭著說：「我西門慶就窮死了，也不肯虧負了你！」後來看了幾副都不合意，最終在喬大戶那裡看上尚舉人的父親在四川做官時帶回來的一副「桃花洞」材板，花了三百二十兩銀子的高價買回（《金瓶梅》第六十二回），相當於九萬多元。

賈珍替秦可卿尋棺材，也有類似情節：

看板時，幾副杉木板皆不中用。可巧薛蟠來弔問，因見賈珍尋好板，便說道：「我們木店裡有一副板，叫做什麼檣木，出在潢海鐵網山上，作了棺材，萬年不壞。這還是當年先父帶來，原系義忠親王老千歲要的，因他壞了事，就不曾拿去。現今還封在店裡，也沒人出價敢買。你若要，就抬來使罷。」賈珍聽了，喜之不盡，即命人抬來。大家看時，只見幫底皆厚八寸，紋若檳榔，味若檀麝，以手扣之，玎瑺如金玉。大家都奇異稱讚。賈珍笑問：「價值幾何？」薛蟠笑道：「拿一千兩銀子來，只怕也沒處買去。什麼價不價，賞他們幾兩工錢就是了。」

「幾兩工錢」是薛蟠的謙辭，想來「恨不得能代秦氏之死」的賈珍出手不會太寒酸吧。

另一項大花銷是替賈蓉捐官。因為出殯時靈幡、經榜上要寫誥命官銜，而賈蓉僅僅是個「黌門監」，也就是監生，寫出來不好看；況且沒有官銜儀仗，也不夠風光。於是賈珍走門路，稱了一千二百兩銀子送到太監戴權家中，為兒子買了一張五品「龍禁尉」的官票。於是秦氏靈柩前立起了「防護內廷紫禁道御前侍衛龍禁尉」的「朱紅銷金大字牌」，而出殯時的銘旌上也大書「奉天洪建兆年不易之朝、誥封一等寧國公塚孫婦、防護內廷紫禁道御前侍衛龍禁尉享強壽賈門秦氏恭人之靈柩」。秦氏地下無知，這一切對她已毫無影響，但活人賈珍、賈蓉卻因此賺足了面子，這「面子」的代價是三十六萬元！

賈府的另一次大出殯，也發生在寧國府，是賈敬服丹砂身故的那一回（第六十四回）。彷彿是為了與可卿喪禮做對比，前番因兒媳離世而悲痛欲絕、傾囊操辦的賈珍，這回偏偏不在家，由其妻尤氏「獨豔理親喪」。待賈珍歸來，作者的一支筆卻避開對喪事的正面描寫，著力寫賈珍、賈璉、賈蓉等不顧「家孝」在身，與尤二姐、尤三姐廝混的醜陋場面。這一段，簡直就是對「你們東府裡除了那兩個石頭獅子乾淨，只怕連貓兒狗兒都不乾淨」（第六十六回柳湘蓮語）的生動印證。

及至後來老太太死，已是抄家之後，賈府不但經濟拮据，且眾人各懷鬼胎。鳳姐手中無錢，心力交瘁，受著各方的誤解和埋怨，喪事辦得很不像樣子，與當年「協理寧國府」相比，真有天淵之別。此回回目即「王鳳姐力詘失人心」。這種強烈的對比，也正符合曹雪芹的本來設計。儘管如此，賈母的喪事，總還要花一兩千兩銀子。因為單是朝廷賞銀就有一千兩。

至於書中小戶人家的喪事，就要簡陋得多。如賈瑞之死，「榮國府賈赦贈銀二十兩，賈政亦是二十兩，寧國府賈珍亦有二十兩，別者族中貧富不等，或三兩五兩，不可勝數。另有各同窗家分資，也湊了二、三十兩」。「代儒家道雖然淡薄，倒也豐豐富富完了此事。」（第十二回）這樣的喪儀，大約要花一、二百兩銀子，折合約五、六萬元。然而跟貴族家的喪儀沒法比，賈敬死時，光是「所用棚杠孝布並請杠人青衣」的銀子，便有一千一百一十兩之多（第六十四回）。至於秦鐘之死，「賈母幫了幾十兩銀子，外又備奠儀，寶玉去吊紙。七日後便送殯掩埋了」，比賈瑞的喪事又要儉省許多。

賈府中姨娘過世，待遇要比「正牌」主子低得多。如尤二姐之死，鳳姐只拿出二十幾兩銀子打發賈璉。還是平兒看不過去，「將二百兩一包碎銀子偷出來，悄遞與賈璉」（第六十九回）。賈璉替二姐買棺材，「好的又貴，中的又不要」，最終「抬了一副好板進來，價銀五百兩賒著，連夜趕造」。鳳姐又從中作梗，藉口賈母之命，不許尤二姐的靈柩送往家廟，最後只做了七天法事，便草草埋葬了。

然而總的說來，賈府對待僕婢「下人」還是比較寬厚人道。單身小廝到了二十五歲，府中要資助其「娶妻成房」；丫鬟們到了一定年齡，也都要「發配」（第七十回）。而奴婢本人或家人故去，府中照例要有銀錢資助。在賈府，這一切都由「官中」包下來，納入「體制」。可知「大單位，小社會」的現象，古已有之。

然而一切也都有規矩。如趙姨娘的兄弟趙國基死時，正值探春理家，趙姨娘本打算借著「朝中有人」，多弄幾兩銀子，結果探春鐵面無私，堅持按規定只給二十兩，從而引發一場母女大戰，鬧得不亦樂乎（第五十五回）。

其他奴僕的喪葬補助是：襲人的母親死了，賞銀四十兩，因為襲人屬於「外頭的」，不是家生奴隸；趙國基顯然屬於「裡頭的」，故不能破例。此外從舊帳看，「外頭的」還有過賞六十兩、一百兩的紀錄，都屬於特殊情況：一是「隔省遷父母之柩」，一是「現買葬地」（第五十五回）。而金釧死後，破格賞了五十兩銀子，另有兩套新衣，這是因為金釧之死令王夫人內疚的緣故吧。然而同樣遭到王夫人貶斥，晴雯死後只給了十兩「燒埋銀子」，賈府規矩再大，也終究是「人治」，凡事要服從主子的好惡。

至於婚嫁的花銷，雖然前八十回中沒有實例，然而鳳姐心中卻有盤算。如第五十五回鳳姐與平兒曾談起經濟拮据的話題，順帶說到少爺、小姐們的婚嫁費用：

（鳳姐）又向平兒笑道：「你知道，我這幾年生了多少省儉的法子，一家子大約也沒個不背地裡恨我的。我如今也是騎上老虎了。雖然看破些，無奈一時也難寬放；二則家裡出去的多，進來的少。凡百大小事仍是照著老祖宗手裡的規矩，卻一年進的產業又不及先時。多省儉了，外人又笑話，老太太、太太也受委屈，家下人也抱怨刻薄。若不趁早兒料理省儉之計，再幾年就都賠盡了。」平兒道：「可不是這話！將來還有三四位姑娘，還有兩三個小爺，一位老太太，這幾件大事未完呢。」鳳姐兒笑道：「我也慮到這裡，倒也夠了：寶玉和林妹妹他兩個一娶一嫁，可以使不著官中的錢，老太太自有梯己拿出來。二姑娘是大老爺那邊的，也不算。剩下三四個，滿破著每人花上一萬銀子。環哥娶親有限，花上三千兩銀子，不拘那裡省一抿子也就夠了。老太太事出來，一應都是全了的，不過零星雜項，便費也滿破三五千兩。如今再儉省些，陸續也就夠了。只怕如今平空又生出一兩件事來，可就了不得了……」

嫁姑娘每人要花「一萬銀子」（約合三百萬元），娶親則只需「三千兩」（約合九十萬元），雖然只是一句帶過，卻也從側面點出彼時嫁娶習俗、婚慶經濟的大致情況。此外，鳳姐說這話的時候，賈府經濟雖已現頹勢，然而尚未遭受毀滅性打擊。到後來果然「平空」又生出抄家的事來，鳳姐的算盤，也便落了空！

有貧有富「秀」家當

貧富懸殊是封建時代的普遍現象。動戚富賈家財萬貫、富可敵國，平民百姓貧難立錐、甕無餘米。劉姥姥說鳳姐：「你老拔根寒毛比我們的腰還粗呢！」這話雖然粗鄙，卻形象而準確。

讓我們隨便請出幾位小說人物，查查他們的家當財產。這中間既有貴戚皇商、窮官寒儒，也有管家掌櫃、莊農丫鬟。

劉姥姥未到賈府之前，家中混到沒飯吃的地步，一旦跟榮國府攀上親，頭一回便得了二十兩銀子一吊錢的資助。二進榮國府，因有老太太的青睞，劉姥姥所獲更豐。單是銀子就有一百零八兩：八兩是鳳姐送的，一百兩是王夫人送的，要她拿去「或者作個小本買賣，或者置幾畝地，以後再別求親靠友的」。另有青紗一匹，「實地子月白紗」一匹，繭綢兩匹，綢子兩匹。還有「各樣內造點心」一盒，「御田粳米」兩斗。平兒又單送兩件襖兒、兩條裙子、四塊包頭、一包絨線。這些東西擺了半炕。

再到賈母處辭行，鴛鴦又把老太太的兩套新衣服給了她，另外還有一盒子「麵果子」以及各種成藥。又有兩個荷包，內裝兩個「筆錠如意的錁子」。鴛鴦自己也有衣服送她。最後則是妙玉丟棄不要的那個「成窯鐘子」（第四十二回）。如前所說，此物當年曹家也未必有，放到今天，則價值數百萬。攀上賈府這門闊親戚，劉姥姥可是一步登天，頓時成了鄉間的財主。

當然，這點財產不過是賈家的唾餘而已。賈家單是寄存在江南甄家的現銀，就有五萬兩之多。至於家中的銀錢珠寶、庫府財貨以及宅第、花園、地產莊田等，更是無法計算。鳳姐弄權鐵檻寺，向行賄者要三千兩銀子，說：「這三千銀子，不過是給打發說去的小廝作盤纏，使他賺幾個辛苦錢，我一個錢也不要他的。便是三萬兩，我此刻也拿的出來！」此話固然有誇張的成分，卻也不是毫無根據。

鳳姐娘家本來就是四大家族中最有勢力的王家，鳳姐曾對丈夫誇口說：「……你們看著你家什麼石崇、鄧通。把我王家的地縫子掃一掃，就夠你們過一輩子呢！說出來的話也不怕臊，現有對證：把太太和我的嫁妝細看看，比一比你們的，哪一樣是配不上你們的？」可見鳳姐的陪嫁就不少，再加上管家多年，明拿暗扣，連眾人的月例也都拿去放債牟利，因此她說能拿出三萬兩，洵非虛言。

在續書中，抄家時損失最重的便是賈璉鳳姐，「歷年積聚的東西並鳳姐的體己不下七八萬金，一朝而盡」。此數如非曹雪芹原稿所擬，也應是續寫者的合理推算。「七八萬金」相當於兩千多萬元。而賈家的全部財產，當又數倍於此。

其實，不要說百年旺族賈家，就是賈家的奴僕管家，經數十年積聚，也都大發橫財。書中特別寫了賴嬤嬤一家。賴嬤嬤本是伺候賈家老主子的奶娘保姆，資格老，面子大，在賈母面前也能插言說話。她的兒孫們雖都是「家生子兒」，可是憑著兩三代的效忠出力，也都

「熬」出來了。賴嬤嬤的長子賴大是榮國府的總管，次子賴升是寧國府的總管。賴大的兒子賴尚榮自幼也跟公子哥兒似的嬌生慣養，後來讀書上進，又「蒙主子恩典」脫了奴籍，捐了「前程」，還選了「州縣官」，徹底改換了門庭。

賴家居然也有一座像模像樣的花園，「雖不及大觀園，卻也是十分齊整寬闊，泉石林立，樓閣亭軒，也有好幾處驚人駭目的」（第四十七回）。賴尚榮選官，就是在這個花園裡擺酒慶賀。賴大擅長管理，除了充分利用園中物資，還把園子包出去，「年終足有二百兩銀子剩」（第五十六回）。探春理家時將大觀園承包給老媽媽們，也還是從賴家的管理經驗中獲得啟示。續書秉承前八十回情節線索，設計了賈政向賴家借錢的情節，這種主貧奴富、乾坤顛倒的情形，倒也符合曹雪芹的寫作原旨。

「珍珠如土金如鐵」的薛家，又有多少財產？書中同樣不曾言明。我們只知道呆霸王薛蟠花錢如流水，他在學堂以金錢勾引小學生，光金榮一人，一、兩年裡就從薛蟠處得了七、八十兩銀子的好處（第十回）。薛家的全部家產，當以十萬兩為單位來計算吧。

薛家開著當鋪，所雇「總攬」張德輝，「家內也有二三千金的過活」（第四十八回），折合八、九十萬元。而一個宦囊羞澀的小官僚，全部家當比這位元當鋪掌櫃多些有限。如可卿、秦鐘之父秦業官居「營繕郎」，當年把兒子送到賈家書塾「借讀」時，「東拼西湊」封了二十四兩銀子給賈代儒做贄見禮，足證其經濟拮据。可惜秦鐘不爭氣，書未讀成，卻學了一身紈絝習氣，又因與小尼姑智能偷情，將老父氣死。秦業給兒子留下的遺產是「三、四千兩銀子」，合百萬元上下。秦鐘惦念著這筆銀錢，臨死猶不肯閉眼（第十六回）。

那麼賈府中一個丫鬟又有多少家當？第七十八回晴雯受迫害而死，王夫人吩咐：「即刻送到外頭焚化了罷。女兒癆死的，斷不可留！」晴雯兄嫂依命而行，晴雯身後留下的「衣履簪環，約有三四百金之數」，也就落到兄嫂手中。「三四百金」約合十萬元，這是賈府一個「大丫頭」用她的全部青春換來的家當，不算多，但與衣食難繼的普通百姓相比，又是十分闊綽了。

作者曹雪芹在抒寫人物命運時，一定時時拋筆興歎。他自己的家族在政治、經濟上是翻過跟斗、坐過「過山車」的。他的曾祖父曹璽、祖父曹寅以及父執一輩，都曾經手大量銀錢，有時多達十萬百萬，然而到後來，叔父曹頫獲罪被抄，最終因還不上欠款而受到枷號一年的羞辱式懲罰，且那個欠款尾數僅有幾百兩銀子，也就是小說中一個賈府丫鬟即可應付的數字！

曹雪芹的晚年命運就更淒慘。朋友寫詩說他「舉家食粥酒常賒」，米甕裡的剩米只夠全家喝粥，常常為酒而「狂」的曹雪芹，也只能在小酒鋪裡賒帳。他的最後境地，大概連小說中未曾攀上賈府之前的劉姥姥都不如吧？

賈府巨額財產來源不明

前面說過，賈家的全部家財應有鳳姐「小金庫」數倍之多，合為今天的貨幣，沒有上億，也有數千萬。如此巨額的財富，又是如何得來的？

榮寧兩府的男性貴族，有爵位、帶官銜的不在少數。如賈赦世襲一等將軍，賈政身任工部員外郎，賈珍世襲「三品爵威烈將軍」，賈蓉也花錢捐了個「龍禁尉」。他們身為朝廷命官，每年官俸幾何？書中卻無一字提及。

只是有幾回提到朝廷的額外賞賜。元妃省親時，對賈府上下的賞賜，多半是象徵性的。如賞給賈母的有金玉如意、沉香拐杖、伽楠念珠等等；給眾人的有宮緞、金銀錁、書籍、文具等等。雖也給錢，不過是「清錢」數百串（第十八回）。跟賈府操辦省親大典、建造行宮別墅的巨額花費相比，這些賞賜連個零頭都不夠。

皇家也有一些例行賞賜，如過年時頒發的春祭「恩賞」就是一種。第五十三回寫賈蓉去光祿寺領賞，賞賜裝在一個「小黃布口袋」裡，口袋上印著「皇恩永錫」四個字，另有一行小字是：「寧國公賈演榮國公賈源恩賜永遠春祭賞共二分，淨折銀若干兩，某年月日龍禁尉候補侍衛賈蓉當堂領訖，值年寺丞某人。」下有朱筆花押，另有禮部祠祭司的印記。賞賜的數額，書中未表，不過從包裝來看，也不會太多。

賈珍不是說過嗎：「咱們家雖不等這幾兩銀子使，多少是皇上天恩。早關了來，給那邊老太太見過，置了祖宗的供，上領皇上的恩，下則是托祖宗的福。咱們那怕用一萬銀子供祖宗，到底不如這個又體面，又是沾恩錫福的。除咱們這樣一二家之外，那些世襲窮官兒家，若不仗著這銀子，拿什麼上供過年？真正皇恩浩大，想的周到！」由此可知，「這幾兩銀子」只是個「意思」。

在同一回中，賈珍慨歎無錢過年，莊頭烏進孝問：「……娘娘和萬歲爺豈不賞的？」賈蓉代父親回答，說出「縱賞銀子，不過一百兩金子，才值了一千兩銀子」那段話。這番話頗能道出實情：這個外戚之家從「娘娘」那裡得到的經濟照顧，真的十分有限。

那麼偌大的賈府，在經濟上靠什麼支撐？我們設想，似乎應當還是官俸。賈府中襲爵的是賈赦，按說應當擔負起養家的責任。然而這位「大老爺」似乎整天在家中閑坐，不是盤算著娶小老婆，就是動歪心眼子謀奪人家的古董，並沒有辦過什麼正經差使。所有公事私事，都是由兒子賈璉代勞。倒是府中「二老爺」賈政不時得到委任，多次離家在外，為公務奔忙。對於賈政的官場經歷，小說第二回透過冷子興之口有所介紹：

自榮公死後，長子賈代善襲了官，娶的也是金陵世勳史侯家的小姐為妻，生了兩個兒子：長子賈赦，次子賈政。如今代善早已去世，太夫人尚在，長子賈赦襲著官；次子賈政自幼酷喜讀書，祖、父最疼，原欲以科甲出身的，不料代善臨終時遺本一上，皇上因恤先臣，即時令長子襲官外，問還有幾子，立刻引見，遂額外賜了這政老爹一個主事之銜，令其入部習學，如今現已升了員外郎了。

這裡所說的「主事」，是清代各部司官的最低一級，一般由進士擔任，幹上一段時間，再遞升員外郎。賈政「原欲以科甲出身」，實際上並沒有走科舉之路。他的「主事」官銜，是皇上看在他父祖替皇家出力的份上，額外賜予的。因此賈政的主事身分與眾不同，算是破格提拔，缺少進士「學歷」。

主事在清代的官階序列中屬於正六品，透過學習、實踐，升到員外郎，是從五品。員外郎屬於「郎官」，相當於中央部委的處級幹部吧。在清代，從五品的年薪大約是白銀七十兩。這點兒錢，在賈府給孩子們過個生日都不夠。賈政若賦閑在家，光靠這點工資，上上下下註定是要「喝西北風」的。

在小說前三十幾回中，賈政的員外郎當得頗為清閒，他出場不多，偶爾露面，不是跟清客談文下棋，就是在家待客，處於半賦閑狀態。直到第三十七回，他被點了「學差」，才忙碌起來。

「學差」又叫「學政」，是「提督學政」的簡稱。這是清代獨有的官職，是由中央政府直接委派，到某一特定省份的各府、廳輪流主持童生、生員（俗稱「秀才」）的考試。跟《紅樓夢》同時代的《儒林外史》中，那個老童生周進後來中了進士，就擔任過學政，在廣東番禺主持考試時，還提拔了範進。

不過朝廷點賈政為「學差」，卻有點「小才大用」之嫌。學差是個臨時性職位，一般由侍郎、京堂、翰林、科道及部屬官充任，官職可大可小；但一旦擔任學差，到了地方上，便可跟督、撫大員平起平坐。問題是，賈政身為員外郎，只是個從五品，官階是否太矮了點兒？更令人不解的是，點「學差」者本人一般須是進士，可賈政偏偏不是，甚至連舉人也不是。對此，庚辰本第七十八回有一段敘述，涉及賈政對寶玉的評價，其中也揭示了賈政自己的學歷根底。

本回寫賈政與眾幕友談起林四娘的話題，興之所至，招寶玉、賈環及賈蘭前來，當場命題賦詩。作者於此處先評論三人才學，謂「若論舉業（即科舉）一道」，賈環、賈蘭「似高過寶玉」；然而兩人「若論雜學則遠不能及」。蓋因「他二人才思滯鈍，不及寶玉空靈娟逸，每作詩亦如八股之法，未免拘板庸澀」；「那寶玉雖不算是個讀書人，然虧他天性聰敏，且素喜好些雜書……每見一題，不拘難易，他便毫無費力之處……敷演出一篇話來。雖無稽考，卻都說得四座春風」。接著便說到賈政及賈家的底細：

> 近日賈政年邁，名利大灰，然起初天性也是個詩酒放誕之人，因在子侄輩中，少不得規以正路。近見寶玉雖不讀書，竟頗能解此（指懂得作詩奧妙），細評起來，也還不算十分玷辱了祖宗。就思及祖宗們，各各亦皆如此，雖有深精舉業的，也不曾發跡過一個，看來此亦賈門之數。況母親溺愛，遂也不強以舉業逼他了。所以近日是這等待他。又要環蘭二人舉業之餘，怎得亦同寶玉才好，所以每欲作詩，必將三人一齊喚來對作。

原來賈政「起初天性也是個詩酒放誕之人」，應當也是厭煩科舉、八股的。非但他一人如此，賈家的祖宗們「亦皆如此」，雖有個別用心舉業的，卻「不曾發跡過一個」，這也算是「賈門」的運數了。只是在子侄面前，賈政不能不端起家長的架子，「規以正路」，勉勵他們走科甲正途。不過對於寶玉，他頗能理解，另眼看待，已經放棄了逼他讀書「上進」的念頭。

有意思的是，到程高本中，這段「閒話」被刪得一乾二淨，賈政的「活思想」也因之被掩蓋。刪掉這段話，同時也就模糊了賈家的家族歷史，程高本給讀者的印象，似乎賈家是世代科甲、根基純正，其實何嘗如此？至於程高本為什麼要刪掉這段話，據筆者猜測，可能跟續書部分的寶玉結局有關。在後四十回中，寶玉終於聽從父親的戒勉，參加了科考。這是與前面這段賈政的心思相抵牾的。因此說，續書中寶玉中舉的結局，是違背曹雪芹原意的。

話說回來，以賈政的資歷，被派去主持科舉考試，實在有點兒勉強。程高本也覺得難以說通，便於點學差處加了兩句道：「皇上見他人品端方，風聲清肅，雖非科第出身，卻是書香世代，因特將他點了學差，也無非是選拔真才之意。」但仍不免牽強。

筆者以為，作者讓賈政點學差，很可能是出於小說結構的需要。擔任學差，主持某省人才選拔，是個階段性任務，任期三年。於是我們看到，賈政在第三十七回辭別家人上任，一去兩三年，再回來時，已是第七十回。作者如此安排，無非是要給寶玉留下一段自由空間，可以使他脫離父親的嚴格監管，好與姐妹們在大觀園中悠遊嬉戲，充分發展其個性。父親若擔任別種差事，三五月即回，作者筆下便難得從容。

由此看來，作者的著眼點不在賈政，而在寶玉。試看書中對賈政當官的敘述，簡潔到不能再簡潔，只在第三十七回開篇一語帶過：

> 這年賈政又點了學差，擇於八月二十日起身。是日拜過宗祠及賈母起身，寶玉諸子弟等送至灑淚亭。

> 卻說賈政出門去後，外面諸事不能多記。單表寶玉每日在園中任意縱性的逛蕩，真把光陰虛度，歲月空添……

這裡對賈政做官的敘述，真可謂蜻蜓點水、惜墨如金。只說了兩句，便又轉回到寶玉身上。而作者的創作動機和著眼點，也再明顯不過。

我們多次提到，《紅樓夢》是一部未完巨著，書中還留有不少未及彌合的矛盾。類似賈政「白丁」點學差的瑕疵，一旦被作者注意到，不難補救。重要的是，作者集中筆墨刻畫寶玉、黛玉等一批新人形象，賈政作為配角，本來就是招之即來、揮之可去的。他的生活狀態是賦閑還是做官，他補了實缺後對個人仕途及家族發展有何影響，以及是否會給家庭帶來經濟利益等，則可以完全不在曹雪芹的考慮之中。

不過在書中，賈政另外還有兩次委任，卻都是「肥缺」。有了這些情節，亦足以彌補賈家「巨額財產來源不明」的缺憾。

誰是賈府養家人？

對賈政的另一次升官，小說作了濃墨重彩的大力渲染。

那一次，賈政升了郎中，書中先寫報喜的人聚在府門前哄鬧、討喜錢。寶玉去上學，在路上就聽賈芸報告了喜信兒。一到家塾，老師賈代儒也滿臉堆笑對寶玉說：「我才剛聽見你老爺升了。你今日還來了麼？」寶玉隨機應變道：「過來見了太爺，好到老爺那邊去。」代儒馬上准假：「今日不必來了，放你一天假罷。……」寶玉出門，僕人李貴早已奉賈母之命來接，說是：「剛才老太太打發人出來，叫奴才去給二爺告幾天假，聽說還要唱戲賀喜呢！」及至進了二門，只見滿院裡丫頭老婆都是笑容滿面，見寶玉來了，都笑著說：「二爺這早晚才來，還不快進去給老太太道喜去呢！」

賈政從朝中謝恩回來，先到宗祠裡給祖宗磕了頭，然後來見賈母，磕過頭，站著說了幾句話，又忙著出去拜客。親戚朋友們聞訊紛紛前來祝賀，一時間「車馬填門，貂蟬滿座」。到了正式慶賀之期，金陵王家還特意送來一班戲，在賈母正廳前搭起戲臺，族中有官職的男子都穿著公服陪侍，酒席擺了十幾桌，觥籌交錯、鼓樂喧闐，說不盡的喜慶氣氛。

「郎中」是多大的官，值得賈府上下如此興高采烈？其實郎中只比賈政原任的「員外郎」高半級。員外郎是從五品，郎中是正五品。不過此職位握有實權，是部屬各司的長官，有點近似於今天各部的司長。郎中的職級再往上，就是侍郎（相當於次長）和尚書（相當於部長）了。

前面寫賈政點學差，用筆簡潔到了無以復加的地步。此處寫賈政升郎中，用筆之繁，與前面判然有別。原因何在？原來，「升郎中」是第八十五回的情節，大概已非曹雪芹筆墨。《紅樓夢》後四十回的作者是誰，學術界紛說不一。一說高鶚所續，一說程偉元也參與其中。程高二人則信誓旦旦，說後四十回中大部分為曹雪芹的原稿，他們兩人的工作只是補綴勾連而已。當然，也有人說續寫者另有其人，於是又有許多猜測，不一而足。

不管續作者是誰，賈政前後兩次升官的情節，應出自不同作者的手筆。試看前次出任學差，輕描淡寫、何等灑脫；此番則熱情洋溢，甚至有些過火。讀者不禁發問：賈府中進進出出的，不是王侯勳戚，就是閣老大員，相比之下，升了小小五品官，也值得擺酒慶祝、親朋來賀？這樣的場景，我們只在賈府奴才賴大的兒子選了「州縣官」時才見過（第四十五回）。因為從「奴才秧子」升了「父母官」，那可是改換門庭、一步登天！

從這裡我們看到續書作者的心態，一種對功名利祿格外看重的世俗心態，自然無法跟曹雪芹淡泊名利的瀟灑態度同日而語。不過換個角度看，續書作者所寫，也正是一般官宦之家的常態。郎中官階不高，但實權在握。賈政供職的工部，又是個「油水」很大的衙門，所掌管的事務，包括國家庫府的物資收納，錢幣的鼓鑄發行，礦山的開採，田地的屯墾，軍火軍備的供應，道路、津梁的修築，水利的興修以及壇廟、城郭、倉庫、廨宇、營房、陵墓的營建……過手的物資銀錢不計其數。也許這正是續書作者格外重視的原因所在吧。

不錯，據小說敘述，賈政「自從在工部掌印，家人中盡有發財的」（第八十八回），這自然引來更多人眼紅。例如西廊下五嫂的兒子賈芸，也就是上回買冰片「孝敬」鳳姐而嘗到甜頭的那位，此番自然不甘落後。他知道賈政正在「總辦陵工」，便在外面聯絡了幾個工頭，講好利益分成，然後故技重演，「買了些時新的繡貨」，來走鳳姐的門路。誰知鳳姐的一席話如同兜頭澆了他一盆冷水：

若是別的我卻可以作主，至於衙門裡的事，上頭呢，都是堂官司員定的；底下呢，都是那些書辦衙役們辦的，別人只怕插不上手。連自己的家人，也不過跟著老爺服侍服侍。就是你二叔（指賈璉）去，亦只是為的是各自家裡的事，他也並不能攙越公事……況且衙門裡頭的事差不多兒也要完了，不過吃飯瞎跑。你在家裡什麼事作不得，難道沒了這碗飯吃不成……你的情意我已經領了，把東西快拿回去，是那裡弄來的，仍舊給人家送了去罷！

鳳姐的話說得冠冕堂皇，賈芸無言以對，只好收起禮物，訕訕而退。其實，誰不知鳳姐是在大話欺人！舊時皇家工程陋規最多，如前所說，國帑經費只有「三成到工」，其他七成盡入各級經辦官吏之手。賈政以郎中身分「總辦」皇家陵墓的修建，經手銀子成千累萬，單是名正言順的規費，也不在少數。否則，賈政攜侄率僕終日奔忙，難道就為了那每月幾兩銀子的乾薪不成？而「無利不起早」的賈璉平居在家還要打歪主意弄錢，又怎麼肯跟著叔父在任上「無私奉獻」、賠本賺吆喝？

在賈政受委的另一樁差事中，貪瀆的內幕被明明白白地揭示出來。第九十六回，賈政因在「京察」中被工部「保列一等」，受到皇帝的引見嘉許，並因「勤儉謹慎」而「放了江西糧道」。

「民以食為天」，百姓肚裡有食，方能安居。封建社會以農耕經濟為主，農業豐收，國庫充盈，邦基方能穩固。因此歷代統治者都把糧食的生產、徵收視為頭等大事。在明清兩代，各省設有督糧道、糧驛道、糧儲道等衙門，專掌糧食的徵集、運輸、貯存等事，統稱「糧道」。賈政放了「江西糧道」，便是到江西視察並監督、組織糧食的徵發及運輸、交倉等事宜。

賈政本人「端方正直」、「勤儉謹慎」、「古樸忠厚」，是有口皆碑的。只是他常任京官，不明地方上的官場混沌、吏治腐敗，一心只要做「好官」。因此一到任，便貼出告示，嚴禁舞弊徇私、貪汙受賄，堵塞了貪官汙吏的財路。結果事事掣肘，不但糧務工作一籌莫展，就連跟他來上任的僕役、長隨們，也因撈不到油水而怨聲載道。以致賈政出門拜客，連轎夫、儀仗都難以湊齊。更有甚者，地方長官過生日，衙門裡沒錢，賈政只好自己掏腰包備禮送去。

後來還是聽了「管門的」李十兒的「忠告」，賈政改變了「呆性」、放棄了原則，實行了「民也要顧、官也要顧」的活絡做法，睜一眼、閉一眼，任由屬下胡作非為，反覺事事順手，「漕務事畢，尚無隕越」。

然而畢竟紙裡包不住火，不久就傳來賈政「失察屬員，重征糧米，苛虐百姓」的消息。只是皇上格外開恩，說是「本應革職，姑念初膺外任，不諳吏治，被屬員蒙蔽，著降三級，加恩仍以工部員外上行走，並令即日回京。」（第一百零二回）「清官」賈政的官路歷程，就這樣慘澹收場。

不過你若認為賈政「背了黑鍋」，是無辜的受害者，恐怕又是大錯！賈政為官一任，雖然結局不免灰頭土臉，然其中實惠，卻也應得不少。中國歷代糧食運輸主要靠水路，稱「漕運」。征糧範圍以運河及江河沿岸各省為主，例如清代就規定每年向有水運可資的八個省份徵收漕糧四百萬石，其中賈政任糧道的江西，每年要貢獻漕米五十七萬石。這些米，稱作「正米」。此外，還要負擔「耗米」三十七萬五千四百石。[35]

何謂「耗米」？原來，糧食經過徵集、運輸、驗收等繁瑣程式，不可能顆粒歸倉、毫無損耗。其間或被遺灑，或遭汙染，或經蟲吃鼠齧，或發黴變質，因此一百石米從征收到入庫，總要有幾斗乃至一兩石的損耗。最初，官吏常常因此受罰，於是從五代時起，實權在握的官吏們發明「斗耗」之法，即在徵收米糧時，一石多收一斗，以備損耗。隨著吏治不斷敗壞，耗米數量愈收愈多，從一石收四五斗，發展到「斗錢運斗米」。明末時，浙江山陰的稅糧運到北京通州，「水陸之費凡費三石可致一石」[36]。這給納糧百姓帶來沉重負擔，同時又為官吏開了一條公開的貪瀆之路！

到了清代，耗米之外更加上名目繁多的附加稅，像蘆席稅、楞木松板稅等等。此外，「運丁」押運途中的口糧、津貼，也要納糧戶來負擔，並逐漸形成制度。我們看到，江西一省每年征繳正米五十七萬石，而耗米竟達到三十七萬五千四百石，相當於正米的百分之六十六。若按米價每石一兩計算，耗米可折白銀三十七萬餘兩。這是官方指定的漕運費用，不屬於「重征糧米、苛虐百姓」的範疇。賈政憑藉著本省漕運長官的權勢，只需從中抽取百分之三，已有萬兩之多，折合今天幾百萬元！而其實際所得，大概還要多得多。

想來賈政遭受彈劾、奉調回京時，心情自然是沉重的。但他不必為行李中沉甸甸的銀子心虛，那是他為官一任的「應得」報酬，屬於「陽光」收入，是可以堂而皇之地抬進賈府大門的。

賈政放糧道的情節，可能也是續書作者所加吧，卻也彌縫了前文對賈府財源問題的忽略，可算是續書作者的一個貢獻。儘管作為一部小說，即便對此不作交代，也算不上什麼大失誤。

這八兩銀子省不得

《紅樓夢》第五十五回，探春、寶釵和李紈暫代鳳姐掌家。此前，賈府的經濟已是入不敷出、捉襟見肘。心雄志高的賈府三小姐探春早想有所作為，此番終於有了大幹一場的機會。她準備對府中財務來一番改革，開源節流、興利除弊，一逞才能。

「開源」與「興利」的做法，是挑選幾位老成穩妥的家人把園子承包下來，向花草樹木要效益，一年下來，可以創造幾百兩銀子的效益。「節流」和「除弊」則主要是蠲免幾項不合理的開銷，如由買辦們統一支取的脂粉錢，便在蠲免之列。再如家中學齡男孩兒的「助學金」，也被蠲除。關於後者，書中寫道：

（探春）叫進方才那媳婦來問：「環爺和蘭哥兒家學裡這一年的銀子，是做那一項用的？」那媳婦便回說：「一年學裡吃點心或者買紙筆，每位有八兩銀子的使用。」探春道：「凡爺們的使用，都是各屋領了月錢的。環哥的是姨娘領二兩，寶玉的是老太太屋裡襲人領二兩，蘭哥兒的是大奶奶屋裡領。怎麼學裡每人又多這八兩？原來上學去的是為這八兩銀子！從今兒起，把這一項蠲了。平兒，回去告訴你奶奶，說我的話，把這一條務必免了。」平兒笑道：「早就該免。舊年奶奶原說要免的，因年下忙，就忘了。」那個媳婦只得答應著去了。

興利除弊沒錯，蠲除重複支出的脂粉錢也無傷大雅。可是蠲免「助學金」，卻是有欠考慮。因為教育是賈家的立族之本，鼓勵子弟奮發向學，是賈府家長們的長遠之策。

賈家原是行伍出身，偌大家業是祖上戰場廝殺、不避刀槍、九死一生掙來的。小說第七回，尤氏介紹家人焦大的來歷，說是：「只因他從小兒跟著太爺們出過三四回兵，從死人堆裡把太爺背了出來，得了命，自己挨著餓，卻偷了東西來給主子吃。兩日沒得水，得了半碗水給主子喝，他自己喝馬溺……」從側面揭示了賈家的發跡史。

然而到了賈政這一代，賈家早已棄武習文，向詩禮之家轉型。榮寧兩府的家長中，以寧國府賈敬的「學歷」最高，是「乙卯科進士」。只是他後來迷戀煉丹，不理家業；兒子賈珍、孫子賈蓉無人管束、紈絝成性，寧國府的文脈也由此斷絕。

至於榮國府，書中雖未敘及賈赦、賈政有何功名，然而賈政酷愛讀書，卻是人所共知的。他整日與清客談詩論文，並常拿科舉仕進來勉勵子侄。為了子弟教育，賈家還建有家塾。書中第九回介紹說：

（家塾）原系始祖所立，恐族中子弟有貧窮不能請師者，即入此中肄業。凡族中有官爵之人，皆供給銀兩，按俸之多寡幫助，為學中之費。特共舉年高有德之人為塾掌，專為訓課子弟。

族中子弟無論族支遠近、家境貧富，都有資格到塾中免費讀書，連帶異姓親戚，也可在此附讀，因此又稱「義學」。家塾很注重教學品質，延請了「當今之老儒」賈代儒來主持，名聲在外。

寶玉原本有「業師」專職教誨，因業師回家未歸，賈政又怕荒廢了他的學業，故讓他到家塾中暫讀。剛好秦可卿的弟弟秦鐘也因業師病故而失學，其父秦業早聽說賈府家塾有名師主持，秦鐘若能入學附讀，「學業料必進益，成名可望」。於是也借親家賈珍的引薦，把兒子送入家塾。

然而畢竟不好空手而來。儘管秦業「宦囊羞澀」，怎奈「那賈家上上下下都是一雙富貴眼睛，贄見禮必須豐厚，容易拿不出來，又恐誤了兒子的終身大事，說不得東拼西湊的恭恭敬敬封了二十四兩贄見禮，親自帶了秦鐘，來代儒家拜見了」（第八回）。

「贄見禮」即拜師的見面禮。二十四兩銀子對於寒素之家，是一筆不小的數目。我們從同時期的小說《儒林外史》得知，當時一位鄉村塾師教著十幾個孩子，一年的束脩銀才不過十二兩，還不能準時、足額收取。秦鐘一人的贄見禮，足當一位鄉村塾師兩年的收入。然而瞻念兒子的前途，又要顧及親家的顏面，這又是不能再少了。

其他親戚子弟也都有贄見禮相送。如薛蟠「自來王夫人處住後，便知有一家學，學中廣有青年子弟……因此也假來上學讀書，不過是三日打魚，兩日曬網，白送些束脩禮物與賈代儒，卻不曾有一些兒進益，只圖結交些契弟……」作為四大家族之一的薛家，身分是皇商，家裡開著當鋪，禮物自然不能太寒酸。

紈綺成性的薛蟠並不在乎花錢，他在塾中專以銀錢籠絡學生，單是一個學生，一兩年間便從薛蟠處得了七、八十兩銀子的好處（第十回），相當於兩萬餘元。這些大概都要算在薛家的「教育支出」帳目欄中吧。

賈家子弟讀書，也不是完全免費。他們的學費，已由族中有官爵的父兄們「按俸祿多寡」承擔了。而重視教育的賈政等，一定還出著「大頭」。不但如此，為了鼓勵子弟讀書，寶玉、賈環、賈蘭等親支嫡派的男孩兒，還有這每年八兩的專項資助，供「一年學裡吃點心或者買紙筆」用。八兩銀子數額有限，然而可以購米千斤，吃早點、買紙筆綽綽有餘。這當然是賈府家長深思熟慮的決定，周到細緻又富於人性化，體現了賈府重視教育的一貫傳統。

賈府家長重視教育，還可以從秦可卿的故事中看出。可卿臨終前曾托夢給鳳姐，交代了兩件事，都與家族興衰有關。一件是「目今祖塋雖四時祭祀，只是無一定的錢糧」；另一件是「家塾雖立，無一定的供給」。接下來，夢中的秦可卿道出自己的擔心：

> 如今盛時固不缺祭祀供給，但將來敗落之時，此二項有何出處？莫若依我定見，趁今日富貴，將祖塋附近多置田莊房舍地畝，以備祭祀供給之費皆出自此處，將家塾亦設於

此。合同族中長幼，大家定了則例，日後按房掌管這一年的地畝、錢糧、祭祀、供給之事。如此周流，又無爭競，亦不有典賣諸弊。便是有了罪，凡物可入官，這祭祀產業連官也不入的。便敗落下來，子孫回家讀書務農，也有個退步，祭祀又可永繼。若目今以為榮華不絕，不思後日，終非長策。（第十三回）

我們姑且按小說作者的意思，把這番夢中議論理解為秦可卿的建議（若按現代科學，鳳姐的夢境反映的應是鳳姐的心中所想），我們不能不由衷佩服秦可卿。

以當時人的認識，一個家族能保證祖宗香火不斷，子孫有書讀、有飯吃，即便暫時衰敗，也仍不失復興的希望。賈家如今仰仗有官爵、吃俸祿，自然事事無憂。然而「常將有日思無日」，將來難免有「敗落之時」；一旦俸祿斷絕、家產「入官」，又將何以處之？因此秦氏建議「多置田莊房舍地畝」，以保證將來的祭祀香火和子弟教育，確實是裕家強族、高瞻遠矚的不刊之論。

甲戌本在此回末有脂批道：

「秦可卿淫喪天香樓」，作者用史筆也。老朽因有魂托鳳姐賈家後事二件，嫡（豈）是安富尊榮、坐享人能想得到者？其事雖未漏，其言其意則令人悲切感服。姑赦之，因命芹溪刪去。

脂硯齋的批語常有故弄玄虛之病，這一條也說得不甚明確。但大致可以理解為：

一、本回原來的內容是「秦可卿淫喪天香樓」（而非現在的「秦可卿死封龍禁尉」），初稿中的秦可卿應當是個壞女人，她並非死在病榻上，而是做了什麼不光彩的事（有人猜測是與公公賈珍有染），羞愧自縊而亡。關於此點，在今天的小說中還能見到塗抹未盡的痕跡。在另一個脂評本（靖藏本）中，此條評語的末句寫作「因命芹溪刪去『遺簪』、『更衣』諸文」，更讓人浮想聯翩。

二、脂硯齋說這是「作者用史筆也」，意謂這件醜事有著真實的人、事原型，並非全然虛構。

三、今天我們看到的這一回，「淫喪」的內容被刪去了，代之以秦可卿病死，並享受莫大的死後哀榮。這種大刪大改，跟脂硯齋（批語中自稱「老朽」）有關，是他「命」曹雪芹刪去書中對這些醜事的描寫，赦免了這個女人的過錯。

四、那麼，為什麼要對秦可卿網開一面呢？脂硯齋說，只因秦可卿有「魂托鳳姐賈家後事二件」。而她所建議的兩件事，正是關乎這個百年巨族能否持續發展、經受政治風雨的大事。在脂硯齋看來，一個女人對家族有了如此貢獻，哪怕她犯了最不能被容忍的道德錯誤，也仍是功大於過，應予赦免！脂硯齋的話，顯然帶有家族敗落後痛定思痛的深沉感慨，不僅僅是對秦可卿這個形象的偏愛和袒護。

反觀探春的激進改革，她在蠲免八兩助學金時提出的理由是：「原來上學去的是為這八兩銀子！從今兒起，把這一項蠲了！」她不知道，一年八兩銀子又算得了什麼？哪怕有人沖著這八兩銀子去讀書，又有什麼不好？開卷有益，求學無損；只要走進學堂，就是向善的開端。八兩銀子不多，卻包含了家長循循善誘的苦心和望子成龍的厚望，其精神鼓勵作用，遠大於經濟上的補償。

而探春憑著一股銳氣，把它視為冗費，連同其他幾項一股腦免掉了。從改革者的角度來看，確實勇氣可嘉，也替這個家族節省了一筆不多的開支。然而她不曾意識到，她無意中扭轉了賈家幾代人積澱而成的「教育強族」的家族共識，這不能不說是「揀了芝麻、丟了西瓜」！

至少在見識上，「才自精明志自高」的三小姐賈探春，輸給了行跡可疑、節操有虧的秦可卿。

脂硯齋的一筆糊塗帳

《紅樓夢》第二十五回「魘魔法叔嫂逢五鬼，紅樓夢通靈遇雙真」，寫寶玉受賈環暗害，被蠟油燙傷了臉。寶玉的「寄名乾娘」馬道婆見縫插針，藉機勸誘賈母供奉「大光明普照菩薩」，自己好從中漁利。這裡有一段對話：

賈母道：「倒不知怎麼個供奉這位菩薩？」馬道婆道：「也不值些什麼，不過除香燭供養之外，一天多添幾斤香油，點上個大海燈。這海燈，便是菩薩現身法像，晝夜不敢息的。」賈母道：「一天一夜也得多少油？明白告訴我，我也好作這件功德的。」馬道婆聽如此說，便笑道：「這也不拘，隨施主菩薩們隨心願捨罷了。像我們廟裡，就有好幾處的王妃誥命供奉的：南安郡王府裡的太妃，他許的多，願心大，一天是四十八斤油，一斤燈草，那海燈也只比缸略小些；錦田侯的誥命次一等，一天不過二十四斤油；再還有幾家也有五斤的、三斤的、一斤的，都不拘數。那小家子窮人家捨不起這些，就是四兩半斤，也少不得替他點。」賈母聽了，點頭思忖。

甲戌本《石頭記》於「點頭思忖」處有一則脂硯齋眉批：

「點頭思忖」是量事之大小，非吝澀（嗇）也。日費香油四十八斤，每月油二百五十餘斤，合錢三百餘串。為一小兒，如何服眾？太君細心若是。

脂硯齋說得不錯，以賈府的財力，一日支用四、五十斤香油，原不算什麼，何況寶玉是賈府的獨苗，為了保佑他的安康，再多花些也是肯的。賈母此時「點頭思忖」，恐怕不是從經濟上考慮，主要還是怕小孩子承受不起。

善於察言觀色的馬道婆覺察到這一點，馬上補充道：「還有一件，若是為父母尊親長上的，多捨些不妨；若是像老祖宗如今為寶玉，若捨多了倒不好，還怕哥兒禁不起，倒折了福。也不當家花花的。要捨，大則七斤，小則五斤，也就是了。」賈母聽了，正合己意，便道：「既是這樣說，你便一日五斤合准了，每月打躉來關了去。」馬道婆念了一聲「阿彌陀佛慈悲大菩薩！」她其實是在慶幸自己騙術得逞。

不過這則脂評的後半段不無紕漏：「日費香油四十八斤，每月油二百五十餘斤，合錢三百餘串。」文學鑒賞力頗高的脂硯先生，算術演算能力卻著實不敢令人恭維。日費四十八斤，每月用油怎麼會是「二百五十餘斤」？以三十日計，這個數字當是一千四百四十斤才對。且按脂硯先生的演算法，二百五十斤香油「合錢三百餘串」，價格也未免太高了些。乾隆年間，一兩銀子可換銅錢七、八百文❸⓻，三百餘串銅錢可折合白銀四百兩。即便按一兩銀子換兩串「毛錢」來算，也應有一百五十兩之數；而一斤香油的價格合六錢銀子，相當於今天的一百八十元錢，也實在太高了些。這與七十斤大米等價，世上何曾有這樣貴的香油？

我們從一張古代價目表上看到，一斤香油的價格大約與五、六斤稻米相當❸⓼，不過十幾元錢。即便按日供香油四十八斤、月費一千四百四十斤計算，合白銀七十幾兩或銅錢一百五十串，僅為脂硯齋所說的二分之一。若按脂硯齋的糊塗演算法，得出「每月油二百五十餘斤」的結果，則只需十二、三兩銀子，折合二十四、五串錢，連「三百餘串」的十分之一都不到！

大概脂硯齋（或曹雪芹）及時發現了這一計算錯誤，在隨後的庚辰本中，這條脂評只保留了前半句：「『點頭思忖』是量事之大小，非吝澀也。」後加「壬午夏，雨窗，畸笏」的題署。後半句的糊塗算式則被刪掉了。

在小說的實際描寫中，我們看到，賈母最終決定日用香油五斤為孫子祈禳，月供一百五十斤。按我們的演算法，價值白銀七、八兩或銅錢十四、五串。這個數目還是比較可靠的。

其實不僅脂硯齋不「識數」，曹雪芹在銀錢數目上也有不很精細的時候。事情仍出在這一回，發生在馬道婆身上。馬道婆煽惑賈母出了燈油錢，又去看望趙姨娘。趙姨娘向她發牢騷，抱怨自己受鳳姐欺壓。馬道婆見撈錢的機會來了，豈肯輕易放過？她馬上承諾可用「魘魔」之術暗算鳳姐、寶玉。作為回報，趙姨娘答應她：「……如今我雖手裡沒什麼，也零碎攢了幾兩梯己，還有幾件衣服簪子，你先拿些去。下剩的，我寫個欠銀子文契給你，你要什麼保人也有，那時我照數給你。」書中接著寫道：

馬道婆道：「果然這樣？」趙姨娘道：「這如何還撒得謊！」說著便叫過一個心腹婆子來，耳根底下嘁嘁喳喳說了幾句話。

那婆子出去了，一時回來，果然寫了個五百兩欠契來。趙姨娘便印了手模，走到櫥櫃裡將梯己拿了出來，與馬道婆道：「這個你先拿了去做香燭供奉使費，可好不好？」馬道婆看看白花花的一堆銀子，又有欠契，並不顧青紅皂白，滿口裡應著，伸手先去抓了銀子掖起來，然後收了欠契。

顯然，趙姨娘在這樁「買賣」中當了「冤大頭」！五百兩銀子的代價，相當於今天十五萬元，實在太高了！即便趙姨娘有此財力，不知馬道婆有沒有這樣的胃口？在賈母那裡，她費盡唇舌，也只賺得幾兩銀子。《紅樓夢》在某些情節上曾受《金瓶梅》的啟發，《金瓶梅》中也有類似情節。如書中第十二回，西門慶迷戀妓女李桂姐，潘金蓮為了挽回丈夫的心，曾請神漢劉瞎子「燒神紙」、刻柳木，施魔法。代價是一兩銀子外加兩件不很值錢的首飾，這符合一個民間巫瞽的價值期待。而月例銀不過二兩的趙姨娘竟敢許下五百兩銀子的「潑天」宏願，難免讓人感到離格兒。

《紅樓夢》的整理者大概也發現這個瑕疵，在程甲本中，此處改為「趙姨娘將一個小丫頭也支開，連忙開了箱櫃將衣服首飾拿了些出來，並體己散碎銀子，又寫了五十兩一張欠約遞與馬道婆」。此處欠約由「五百兩」減為「五十兩」，這樣一改，似乎更合乎常理。

說到不同版本對銀錢數目的更改，還有一個例子值得一提。脂評本第四十七回寫賈赦欲納鴛鴦為妾，結果遭到拒絕，顏面大失。然而他慾火難熄，「只得又各處遣人購求尋覓，終久費了八百兩銀子買了一個十七歲的女孩子來，名喚嫣紅，收在屋內，不在話下」。「八百兩銀子」的價碼，諸本皆同，但到程乙本中，卻改成了「五百兩」。想來程、高覺得一個女孩子身價八百兩，未免有些過高吧？我們前邊說過，李煦被查抄時，他家一個奴僕最多不過折銀十五兩。再如明末小說《金瓶梅》中，一個賣身為奴的女孩兒多則幾十兩，少則三、四兩。當然，有些姿色的又另當別論。商人苗天秀納娼妓刁七兒為妾，就花了三百兩銀子。這在當時恐怕已是天價，也還離八百兩甚遠。

不過程、高不知，曹雪芹這樣寫是有典故可依的。比《紅樓夢》稍早的世情小說《醒世姻緣傳》中有個十分經典的情節：紈絝子弟晁源納唱戲的旦角小珍哥為妾，便花了八百兩銀子。人們聽了都詫異：「有八百兩銀子，打不出個銀人來麼？」（《醒世姻緣傳》第十九回）。曹雪芹在此顯然把賈赦比作驕奢昏聵的晁大舍。晁大舍是薛蟠式的紈絝子弟，做這樣的事還可以理解。年過五十的賈赦還如此行事❸❾，則比晁大舍更覺醜陋、荒唐！

註釋：

❶此本有日本內閣文庫及中國社會科學院文學研究所藏本，都不題撰人。又有中國國家圖書館藏本，題「施耐庵集撰、羅貫中纂修」。

❷《羅延室筆記》：「道光季年，《品花寶鑒》未出版時，陳森書挾鈔本，持京師大老介紹書，遍游江浙諸大吏間，每至一處，作十日留。閱畢，更之他處。每至一處，至少贈以二十金。因時獲資無算。半聾少時，隨其父浉江糧道任。陳至，留閱十日，贈以二十四金，彼猶以為菲薄也。」載蔣瑞藻編，《小說考證》，上海古籍出版社，一九五七年。

❸《論語．述而》：「富而可求，雖執鞭之士，吾亦為之。如不可求，從吾所好。」

❹《孟子．梁惠王上》：「孟子見梁惠王，王曰：『叟，不遠千里而來，亦將有以利吾國乎？』孟子對曰：『王，何必曰利？亦有仁義而已矣。王曰：「何以利吾國？」大夫曰：「何以利吾家？」士庶人曰：「何以利吾身？」上下交征利而國危矣。……』」

❺（清）敦誠，《寄懷曹雪芹占》，《四松堂集》抄本，詩集卷上，據一粟，《古典文學研究資料彙編．紅樓夢卷》引，中華書局，一九六三年。

❻關於曹雪芹的生卒年有多種說法，這裡採用西元一七一五至一七六三年的通常說法。

❼清代一石為一百二十斤，然而清代一斤比今天的公斤輕，為五百九十六點八克，故一石約合今天七十二公斤。

❽《石頭記》甲戌（一七五四年）抄本中已有「披閱十載、增刪五次」的話，故曹雪芹的創作約始於十年前，即乾隆甲子年（一七四四年）前後。

❾乾隆十六年至二十五年（一七五一年至一七六〇年）間，一石米的售價達到銅錢一千四百八十三文，按當時一兩銀換八百五十文計算，一石米值銀一點七四兩。至一七六一至一七七〇年，更增為一千六百二十五文，合一點九兩。

❿參見彭信威，《中國貨幣史》，第八章，上海人民出版社，二〇〇七年。

⓫一貫在某些時候也稱一「緡」，緡是用來穿起銅錢的絲繩。不過這在小說中並未出現。

⓬參見彭信威，《中國貨幣史》，第八章。

⓭鄧雲鄉，《增補燕京鄉土記》，中華書局，一九九八年。

⓮《新唐書．張薦傳》卷一百六十一，中華書局，一九七五年，第四九七九頁。

⓯參見彭信威，《中國貨幣史》，第八章。

⓰啟功等校注，《紅樓夢》，中華書局，一九九八年，第二九〇頁。

⓱參見彭信威，《中國貨幣史》，第七六二頁。

⓲甲戌本《石頭記》是公認存世最早的《紅樓夢》抄本。該本中已有「披閱十載、增刪五次」的話頭，據此推算，該書始撰於乾隆九年（一七四四年），確實在乾隆五年（一七四〇年）之後。

⓳魏晉南北朝人撰《孫子算經》，卷下：「今有黃金一斤，直錢一十萬，問兩直幾何？」

⓴參見元雜劇《爭報恩三虎下山》、《羅李郎大鬧相國寺》。

㉑一七三二年一年間，廣州金價約漲百分之五或六。參見彭信威，《中國貨幣史》第八章。

㉒參見彭信威，《中國貨幣史》，第八章「十八世紀中外金銀比價對照表」。

㉓農曆壬午年始於一七六二年，終於一七六三年，曹雪芹逝世於「壬午除夕」，應為一七六三年。

24 報章對眼下「富二代」的生活狀況時有報導。如據二〇〇九年十二月一日《揚子晚報》報導，南京一位十歲小學生在生日宴會上捐款七十萬給四川災區，生日宴的抽獎獎品包括三輛小轎車及翡翠飾品、筆記型電腦等。這又讓賈寶玉等望塵莫及，更不用說秦鐘了。

25 參見鄧雲鄉，《紅樓識小錄》，河北教育出版社，二〇〇四年。

26 參見鄧雲鄉《紅樓識小錄》。

27 襲人與寶玉「初試雲雨」是在小說第六回。參考周紹良，〈紅樓夢系年〉，載《紅樓夢研究論集》。

28 《呂氏春秋．慎勢》，北京大學出版社，二〇〇〇年，第五六九頁。

29 參見鄧雲鄉，《燕山西湖風景畫》，載《增補燕京鄉土記》。

30 西周生輯著，《醒世姻緣傳》，中華書局，二〇〇五年，第一〇一〇頁。

31 西周生輯著，《醒世姻緣傳》，第一一二四頁。

32 如據清代文獻記載：「蘇素緞，每匹長四丈……蘇花緞，每批長四丈……荊花絹，每批長二張六尺……小花錢緞，每匹長二丈三尺……」見《清代檔案史料叢編》第十二輯。

33 《香祖筆記》卷一：「羽紗、羽緞出海外荷蘭、暹羅諸國，康熙初入中國，止一二匹，今閩廣多有之。」。

34 此件署康熙四十七年六月，載《關於江寧織造曹家檔案史料》。

35 關於清代漕運情形，參見李文治、江太新，《清代漕運》，社會科學文獻出版社，二〇〇三年。

36 《明宣宗實錄》卷五十五，臺北歷史語言研究所，一九六八年。

37 據《中國貨幣史》「清代製錢市價表（一）」。清乾隆初年，白銀一兩合製錢數目在七百枚至八百枚之間。

38 《中國貨幣史》第六一四頁注釋中引《明會典》卷一百七十九〈計贓時估〉中洪武元年對各種贓物的估價，其中「粳糯米每一石二十五貫」，而「香油一斤一貫」，由此推出香油與米的比價大致為一比五點七。

39 小說第四十七回，賈母自云到賈家已五十四年，則大兒子賈赦此時也應五十出頭。

第三部

真相曹家

曬曬曹璽、曹寅的「工資單」

從曹雪芹的曾祖父曹璽開始，曹家三代任江寧織造。那麼「織造」是個什麼官？織造官的全稱是「織造監督」，始置於明代。京師及各地設有織造局，歸「尚衣監」太監掌管。朝廷特派「提督織造太監」到江寧（南京）、蘇州、杭州三處監督御用絲織品的織造，那裡是全國絲織業最發達的地方。

至清代，織造衙門改由內務府掌管。內務府是清代獨有的衙門，總管宮中一切事務，取代了太監的大部分職責。內務府設有總管大臣、堂郎中、員外郎、主事等官銜。任職者多為滿族人，大半是皇帝的親信、奴僕。例如曹雪芹的家族，便是滿洲正白旗包衣，入關以後世代供職於內務府。

曹雪芹的曾祖母孫氏曾給幼年的康熙當過保姆，曾祖父曹璽也便成了康熙的「乳公」，頗受信用。祖父曹寅則給康熙當過伴讀，康熙與他的關係既是君臣，又是主僕，還是「同窗」和乳兄弟。有這四層關係，康熙對他的信任也便超過了一般滿漢大臣。同樣，曹雪芹的舅公、擔任蘇州織造的李煦也是正白旗府包衣出身，且與康熙有瓜葛之親：他的一位表妹是康熙的妃子，為康熙生育過三個皇子。

曹璽於康熙二年（一六六三年）擔任江寧織造，直至二十三年（一六八四年）去世為止，前後供職二十一年。曹寅於康熙三十一年（一六九二年）接任江寧織造❶，一幹又是二十年。此前曹寅在蘇州織造任上幹過三年，接任的便是他的內兄李煦。曹寅的妻子李氏是李煦的妹妹（一說堂妹）。紅學家認為，《紅樓夢》中的賈母、王夫人這兩個人物身上，可能有著孫氏、李氏的身影。

曹寅死於康熙五十一年（一七一二年）。第二年，由他的獨生兒子曹顒繼任江寧織造。可惜曹顒短壽，於兩年後（大約一七一四年末或一七一五年初）病故。康熙皇帝特命將曹寅的侄子曹頫（也就是曹顒的堂弟）過繼給曹寅遺孀李氏，仍襲掌江寧織造。曹頫任此職十三年，直至雍正五年（一七二七年）獲罪免職。

織造衙門所營何事？一是本衙設有機房（也就是織造車間），直接為宮中織造御用織物。但產能遠遠不足，因此還要把大量活計包給民間機戶，由織造衙門兼管，並代征機稅。織造衙門責任重大，如供應不及時，或產品出現品質問題，皇上是要問罪的。

例如雍正四年，宮中查出緞庫內的一批御用綢緞粗糙輕薄，還夾有生絲，這是欺君之罪！雍正於是傳諭將江寧、蘇州、杭州三織造「罰俸一年」（即扣除一年薪俸），並包賠損失。第二年，雍正又發現身上穿的石青色褂子掉色，一查問，又是江寧織造所進，於是織造官曹頫又被罰俸一年。也就是在這一年年底，曹頫被奉旨查抄。曹家祖孫四人擔任織造官前後達六十年之久。一段曾經輝煌的家族史，從此落下帷幕。

那麼江寧織造的薪俸又是多少？這些銀兩是否足以維持曹家貴族般的生活？曹頫兩次罰俸，即兩年沒有薪俸收入，他的日子又是如何支撐的？其實大可不必「為古人擔憂」，因為清前期的官員薪俸少得可憐，往往只是象徵性的。做官者人人自有生財之道，沒人等著這幾兩俸祿買米下鍋。

按規定，江寧織造衙門每年的開支，要由安徽巡撫向皇帝彙報、奏銷。我們看康熙十七年（一六七八年）安徽巡撫徐國相向皇帝奏銷的「江寧織造支過俸餉文冊」，上面記錄了曹璽等一千人的薪俸數額：

> 織造官壹員曹璽，每年應支俸銀壹百參拾兩，除奉捐銀陸拾伍兩不支外，實支俸銀陸拾伍兩。又，全年心紅紙張銀壹佰捌兩，俱經議裁不支，理合登明。月支白米伍斗。❷

誰看了這個數字，都會倒吸一口涼氣。曹璽此時的官位是堂堂三品，全年的薪俸只有一百三十兩銀子！就是這一百三十兩，還不能全額領到手，其中有六十五兩「奉捐」不支，實際到手的只有六十五兩。此外，全年還有「心紅紙張銀」一百零八兩，這相當於辦公費吧，也「經議裁不支」，扣掉了。也就是說，曹璽實際拿到手的工資，合到每月，只有五兩四錢二分銀子，另有實物工資——每月白米五斗，至多折銀四、五錢。合起來，曹璽這位三品大員一月收入不足六兩銀，合人民幣一千八百元，只相當於中國今天一個大學生的最低工資，令人匪夷所思。

相比之下，曹璽下屬官吏的薪俸卻不算低。例如織造衙門設有物林達（也就是司庫）、筆帖式（負責滿漢文翻譯及文字抄寫的官員，又分不同級別）、物林人（庫使）等職務。他們的俸祿水準是：

物林達壹員，每年應支俸銀陸拾兩，除奉裁銀貳拾肆兩不支外，實支俸銀叁拾陸兩。月支白米伍斗。

柒品筆帖式壹員，每年應支俸銀肆拾伍兩，除奉裁銀玖兩不支外，實支俸銀叁拾陸兩。月支白米伍斗。

物林人貳員，每員月支廩銀肆兩，白米伍斗。

筆帖式壹員，每月支廩銀肆兩，白米伍斗。

跟役、家口共計玖拾五名口，每名口月各支倉米貳斗伍升……

這裡有個奇怪的現象：由於實行「奉捐」制度，各級官吏的薪俸幾乎被扯平，甚至出現「倒掛」。例如織造衙門最高長官曹璽每月實際所得為六兩銀子，比物林達的實際工資三兩五錢多了不到一半。而物林達的三兩五錢與級別更低的七品筆帖式相等，卻還不如物林人的四兩五錢高。怎麼會有這等事？

如此工資現狀，隱匿著一個可怕的暗示：朝廷鼓勵貪汙！官居三四品的織造大員，掌管著內廷絲織品的生產、供應，經手的銀錢成千上萬，然而月薪卻只有區區六兩，辦公費更是一文皆無！皇上的意思明擺著：俸祿再高，也難阻貪瀆之風，徒然浪費國庫開支，不如象徵性地給一點兒，略表官員與朝廷的隸屬關係。朝廷還要從這少得可憐的俸祿中強行扣除一塊，聚沙成塔，對於皇帝來說，也是一筆可觀的收入。官員們自有生財之道，難道還真有人指著這點俸祿養家不成？

靠著這每月幾兩銀子，官員們自然無法維持養尊處優的生活，更不用說買田購屋、築園納妾。不過有皇上的默許，他們正不乏弄錢的門路。在官場潛規則中，權力和金錢存在著正比關係：權力愈大，撈錢愈容易。替康熙擬定「奉捐」制度的官員深諳此理，因此在規定官吏「奉裁」額度時，注意到權力與奉裁金額的反比關係，即權力愈大，所捐金額反而愈多。如曹璽奉捐比例為百分之五十，物林達為百分之四十，七品筆帖式為百分之二十，地位最低的庫使物林人等，則免於捐裁。這就造成物林人的實際俸祿反超物林達、筆帖式的怪現象。

規則制定者一定是這樣考慮的：官大一級、權重一等，其「搞錢」的路子也就活泛許多。無權無位的物林人是要靠這四兩銀子、五斗米「實實在在」地養家糊口的，克扣掉就沒法兒活。至於大大小小的官吏，又有哪個把這幾兩銀子看在眼裡呢？跟他們從權力中榨取的灰色收入、黑色收入相比，這點俸祿不過是九牛一毛！

二十年後的康熙三十七年（一六九八年），江寧織造處的掌印人已換成曹寅，官吏們的薪俸水準基本未變，只是略作調整。試看這一年安徽巡撫陳汝器奏銷的「江寧織造支過俸餉文冊」：

織造壹員曹寅，每年應支俸銀壹百伍兩外，全年心紅紙張銀壹佰捌兩，奉裁不支，理合登明。月支白米伍斗。

物林達壹員馬寶柱，每年應支俸銀陸拾兩，月支白米伍斗。
柒品筆帖式張問政，每年應支俸銀肆拾伍兩，月支白米伍斗。
物林人壹員戚式，無品筆帖式壹員李巴士，每員月支廪銀肆兩，白米伍斗……跟役、家口陸拾貳名口，每名口月支倉米貳斗伍升……❸

可能是官階不同的緣故，曹寅的年俸銀比曹璽少了二十五兩；一百零五兩是四品文官的年俸。不過由於國家經濟好轉，或朝廷官俸政策有所調整，曹寅的俸銀免於「奉捐」，可以全額支取，反而比父親多拿了四十兩。唯作為辦公費的「心紅紙張銀」一百零八兩，仍舊「奉裁不支」。同樣，物林達、筆帖式的「奉裁」銀兩也被免除，也都能拿到全薪。相比之下，作為底層吏役的物林人及眾跟役，待遇卻沒有提高。

即便如此，曹寅的俸銀也只合到每月九兩；在《紅樓夢》中，李紈的月例銀尚且有十兩之多，賈母、王夫人的月例更多達二十兩，是曹寅月薪的兩倍多！假使曹家女眷每月也都有月例銀，曹寅的工資，還不夠打發太太一個月的零花錢！

顯然，鼓勵貪瀆的官場潛規則在二十年後並沒有發生根本上的變化，皇帝依然默許官吏們從權力中自己「找錢」花。這種情形，直到雍正年間才有所改變。為了治理官場貪瀆，雍正對薪俸制度做了大刀闊斧的改革，建立起一套「養廉銀」制度。這套制度最初只在外省執行，地方官員在正式俸祿以外，可領取數額驚人的補貼，號稱「養廉銀」。例如在江蘇，三四品官員一年的養廉銀約在兩千兩到六千兩之間（約合六十萬到一百八十萬元），比原俸提高了幾十倍。

這筆經費，不是由朝廷頒發，而是由地方財政自行解決。由於地方財政貧富不均，不同地區同級別官吏的養廉銀數額又有所不同，江蘇算是多的。與此相配合，朝廷也加大了對貪汙的打擊力度，在短期內收到了一定的效果。❹

在曹家三代四位織造官中，大概只有曹頫趕上了這一時期。不過養廉銀為地方籌措，曹頫遭到罰俸處分，扣除的大概也只是朝廷發放的部分吧？因而此種處罰也只是象徵性的，對曹家的實際生活不致產生太大影響。

話說回來，即便有這幾千兩養廉銀，對奢侈成性的貴族之家來說，也仍是杯水車薪。何況曹家歷年累積的虧空，多達幾十萬、上百萬，區區幾千兩，又濟得何用？曹家最終被抄，固然有政治方面的原因，但經濟上的巨額虧空，仍是重要的致敗因素。

「裸俸」做官，開支無算

一位月薪六兩，一位月薪九兩，曹璽、曹寅爺兒倆在織造任上幾乎是「裸俸」做官、無償奉獻！錢拿得少，活卻不少幹。他們是皇帝的親信、奴僕，皇帝隨時交辦各種差事，哪一件都需要他們自籌資金去應付。

監製絲羅綢緞是織造官的本職工作，絲、色原料需要購買，織機需要添置，機房需要修理，工價需要償付，而朝廷下發的運營本金，是在清初物價較低時制定的，因此每年都會產生上萬兩的大窟窿，需要織造官想辦法挪借、彌補。❺

另外還有數不清的額外差使需要他們去承擔。康熙四十七年（一七〇八年），江蘇一帶遭受天災，夏糧無收，「萬眾嗷嗷，開口望哺」。曹寅、李煦及鹽運使李斯佺捐銀二萬兩，到江西、湖廣等地買米，運回江蘇平價糶出，以救一時之急。❻這是奉旨之舉，卻要自掏腰包。

皇帝常有各種指示。例如，康熙南巡到江寧，親自祭掃明朝開國皇帝朱元璋的陵墓，並題寫「治隆唐宋」匾額。他發現陵墓圍牆已有多處坍塌，便命曹寅籌資修繕，並將題字製成匾額，懸掛在明陵享殿上。

再如，康熙的老師熊賜履退休後住在南京，日後病故。康熙批示曹寅：「爾還須送些禮去才是。」❼一個月後，曹寅回覆說：「臣於前月已送奠儀二百四十兩祭過。」❽此後康熙又屢次囑咐曹寅照顧熊賜履的家人。

同為織造官，李煦同樣要完成各種額外差使。如皇上要賜一所宅子給大臣孫岳，李煦馬上提供「織造衙門無用舊局空地一塊」並籌資興建，連同門房、廳堂、廂房、後樓，共五進三十七間❾。以上這些「小錢」，當然不勞皇上撥給。

明代中後期，東南一代「倭患」嚴重（指的是日本武裝海匪對東南沿海的長期劫掠與騷擾）。然而到了清代，由於實行閉關鎖國政策，倭患威脅已漸消失。不過康熙對日本人始終懷有戒心，委託江、蘇、杭三織造共議，派專人專船到日本刺探消息，並囑咐「千萬不可露出行跡方好」❿。此類「特務活動」的經費，當然要由三織造共同承擔。

康熙喜歡刻書，曹寅便投其所好，先後刻了兩套大部頭的書：一部是《全唐詩》，一部是《佩文韻府》。刻書雖屬雅事，卻也費力費錢。對此，康熙並非不知情。一次康熙提到一位官員，說此人還算清官，「但其刻書甚多，刻一部書非千金不得，此皆從何處來者？」⓫對此官的清廉表示了懷疑。而曹寅所刻的兩部書，規模要大得多。康熙也頗感興趣，一再發指示、提建議，卻忘了問一句：刻書錢從何而來？那當然要靠曹寅自掏腰包。

老主子忽發雅興，要在京城大興土木，修建御苑。身為親信、家奴，這正是曹家出錢出力、踴躍報效的時刻。曹寅承攬了西花園（有人說就是暢春園）和聖化寺的建造工程，前後蓋造屋宇近五百間，造木橋六座，水閘三座，還包括挖河、堆泊岸、建碼頭、修亭子、壘園牆、造遊船……共用銀十一萬六千餘兩。其中至少有七萬八千兩，是由曹寅墊付的，直到他辭世，也沒結清。

然而曹李家族最沉重的銀錢負擔，還是康熙幾番南巡的接待費用。康熙是一位頗為「勤政」的君主，在位六十年，曾六次親到江南巡視。曹寅在織造任上就曾接駕四次，分別是康熙三十八年（一六九九年）、四十二年（一七〇三年）、四十四年（一七〇五年）和四十六年（一七〇七年）。另外還有一次是在康熙四十一年（一七〇二年），康熙傳諭南巡，曹寅等動身前往宿遷迎駕。結果因太子途中患病，康熙中道返京。而此前為接駕花費的大量金錢，卻已是覆水難收。

迎接皇帝巡視，究竟要花了多少銀子？看看《紅樓夢》貴妃省親一段，就能知道個大概。為了迎接貴妃到來，賈府大興土木，修建了大觀園。園中樓臺壯觀、花木扶疏，與皇家園林無異，書中描寫顯然參考了皇家御苑的規模形制。

修建大觀園是「硬體」準備，此外還需有「軟體」安排。如為了辦好省親大典，賈府還派人到蘇州買優伶、置行頭、聘教師、組戲班；又為園中庵堂招募尼姑女道……至期，則宴飲唱戲、奉獻禮物、招待扈從，都需要花費大量金錢。紅學家一致認為，書中這一段是仿照康熙南巡的排場鋪寫的。

作為元妃省親情節的歷史原型，曹、李兩家的接駕活動，同樣包括硬體、軟體兩方面的準備。硬體便是修造行宮，行宮不只一座，南京、蘇州、揚州等地都有。在南京，康熙沒有另闢住所，僅以織造署為行宮，還算節儉，但是事前肯定要對原有官署、花園進行精心改造、擴建。

揚州行宮卻是新建的。原來，康熙曾降旨，命令在揚州寶塔灣修建一座寶塔。曹寅、李煦心領神會，自掏腰包，又動員了眾鹽商，很快把寶塔建成，還「附帶」在寶塔西邊建起皇帝行宮。康熙入住後，雖然口稱「並未降旨命建朕住宮室……」，內心卻十分滿意，下令：凡捐資築塔建宮者，都給以「虛銜頂戴」，以示獎掖。經內務府議定，曹寅、李煦各捐銀二萬兩，應予重獎，於是曹寅被授予「通政使司通政使銜」，李煦授予「大理寺卿銜」。

「軟體」的預備也不輕鬆。皇帝出巡，照例要跟著一支由朝臣、扈從組成的龐大隊伍，前呼後擁、浩浩蕩蕩。所到之處，要有宴飲、住宿、娛樂、警衛、水陸交通等等種種要求，接待者又豈敢怠慢？這一切加起來，又是一筆龐大的開支。

看看康熙四十四年南巡這一回的情形：

三月十四日，聖駕剛到瓜洲，曹寅便趕去叩接。先是進奉「御宴百桌」，然後獻上「古董等物」。康熙在諸般禮物中只收了「玉杯一隻，白玉鸚鵡一架」，雖屬玩物，但肯定價值不菲。

三月十八日，康熙到蘇州過「萬壽」（生日），收到了百官的禮物。二十九日，又赴浙江巡視。

四月二十二日到江寧，駐蹕織造府行宮。一連五天，日程表上「進宴」、「演戲」如走馬燈般輪轉。曹寅還不時進獻時鮮果品，伺候得無微不至，令康熙十分愜意，有回到家中之感。

四月二十七日，康熙起駕赴揚州。曹寅又馬不停蹄地趕往揚州，率鹽商「叩請帝駕」。此刻他是以巡鹽御史的身分接待皇上的。而揚州新建的寶塔灣行宮，也是第一次啟用。每日的節目單，仍舊是「進宴」和「演戲」。康熙對新建的寶塔和行宮非常滿意，曹寅也就是在此時獲得「通政使司」的榮譽官銜。⓬康熙在江南的巡視活動，直至閏四月初七日才告結束。曹寅、李煦送駕，直至江蘇寶應方回。

在長達近兩個月的接待中，相信曹寅已是身心俱疲。一方面，連日的辛勞與緊張讓年近五十的他感到吃不消；另一方面，在他那本赤字累累的帳簿上，不知又增添了怎樣的一個「大窟窿」？其內心壓力，不知又平添幾何？

康熙南巡的奢侈場面，《紅樓夢》小說也有透露。書中借趙嬤嬤之口說：「……還有如今現在江南的甄家，噯喲喲，好勢派！獨他家接駕四次，若不是我們親眼看見，告訴誰誰也不信的！別講銀子成了土泥，憑是世上所有的，沒有不是堆山塞海的，『罪過可惜』四個字竟顧不得了！」趙嬤嬤作為局外人，只記得那曠世的盛典、熱鬧的場面，只有曹寅等才能體會這繁華背後的沉重與辛酸。

跟歷代帝王相比，康熙還算是開明的。他關心民瘼，對官場的陋習也時有察覺。康熙四十一年（一七〇二年）八月，他告訴李煦：自己不久將南巡，「爾等三處（指蘇州、江寧、杭州織造）千萬不可如前歲伺候。若有違旨者，必從重治罪。」⓭這話無非是說，在前一次南巡中，三織造的奉迎過於奢侈了。兩年後，他再次下諭：

……凡車駕巡幸之處，一切需用，從不取辦於民；而各省不肖官員，指稱修行宮供備器物，並建造御書碑亭等項名色，輒行動用正項錢糧，借詞捐還，究無償補，至虧空數多。複加倍私派，科斂肥己，以致重貽小民之累，重重弊端，不可勝指，嗣後著嚴行禁止。⓮

以康熙的洞察力、理解力，他真的相信南巡費用一切「自理」，沒給百姓帶來額外負擔嗎？或者只是藉此警告各省官員，讓他們藉機斂財時不要太過分？實際情況則是，第二年康熙南巡到江寧，知府陳鵬年因不肯藉機斂財、增加百姓負擔，遭到同僚陷害。跟隨康熙一同前來的皇太子胤礽認為陳鵬年「大不敬」，堅持要殺他。最後還是曹寅冒死跪求，額頭在臺階上磕出血來，才保住陳鵬年一命。⑮

皇帝一個還好對付，還有一大堆皇子也來乘機勒索。例如這位皇太子胤礽，就曾多次派人向曹寅打抽豐，每回沒有一兩萬銀子，就難以打發。

不過有陳鵬年做活教材，曹寅是不會吝惜銀子的。還是趙嬤嬤說得透徹，她跟鳳姐談到當年接駕盛況時說：「告訴奶奶一句話，也不過拿著皇帝家的銀子往皇帝身上使罷了！誰家有那些錢買這個虛熱鬧去？」

曹寅心中有數：自己的月俸銀只有九兩，除此而外，過手銀錢再多，哪怕幾十萬、上百萬，也都是皇家的。「拿著皇帝家的銀子往皇帝（還有皇子）身上使」，絕對沒錯。窟窿再大，有皇上「兜」著呢！

一場「招標」案，肥水落誰家？

小說人物賈璉那句發自肺腑的感歎「這會子再發個三二百萬的財就好了」（第七十二回），大概也是曹家人的口頭禪。

康熙南巡成為曹李虧空的主要原因，康熙皇帝自然心知肚明。曹寅是他安插在江南的耳目，是他最得力的親信。作為補償，康熙也不時把一些賺錢的差事交由曹家去辦，以求「堤外損失堤內補」。曹寅呢，更是主動向皇上伸手要「專案」。

例如，朝廷在京師設有寶泉局和寶源局，負責鑄造銅錢。這需要大量的銅材原料，其中「油水」不少。於是曹寅向皇上申請：全國十四座稅關的「銅斤」採購和供應，能否讓我一人獨自承包？⑯。原來，這十四關「銅斤」總共三百五十萬斤。清代一斤為五百九十六點八克，銅斤總重合兩千餘噸。此前分別由一位張姓官員和一位王姓商人承包，每年向國庫交納五萬兩銀子盈餘（王交三萬兩，張交二萬兩）。

曹寅提出，交給我辦，能為皇上創收更多銀兩。具體做法和目標是：朝廷先借我十萬兩做本錢，我會從各個環節百計節約，每年可向「內庫」上交十二萬五千兩銀子，連辦八年，總共交銀一百萬兩；刨去預支的十萬兩，八年可向皇上貢獻九十萬兩盈餘。與王、張八年交四十萬兩相比，足足多出五十萬兩（相當於今天的一億多元）！

這是個極富誘惑性的計畫，因為這些錢是直接交付「內庫」，即皇帝內務府「小金庫」的。如此一來，皇上每年可以比原來多收入六萬多兩銀子，又怎能不動心？

可是曹寅的提議，立刻遭到對方的反擊。張姓官員（他應當也隸屬內務府）隨即上書說：我家奉旨承辦黑龍江等八關銅斤，初次入手，業務不熟，粗粗估算，承諾一年交銀二萬兩。現在辦了一年，經精打細算，發現裡面還大有潛力可以挖。照新的估算方案，十四關銅斤算下來，一年可省銀十四萬兩，八年連本帶利總共可得銀一百二十二萬兩（其中包括預先借支的十萬兩）。這比曹寅的估算，又多出二十二萬兩。也就是說，按新的計算辦法，皇帝小金庫每年又可比曹寅的承諾多收入近三萬兩，這可不是個小數目！

最終經內務府合計，康熙發話：把銅斤交給一個人辦理，畢竟有風險，一旦出了問題，導致國家鑄幣工程停工，茲事體大。還是交給三人共同辦理比較穩妥。於是把全國十四關銅斤分為三份，張姓官員包辦湖口、揚州等六關，王姓商人包辦蕪湖、北新等三關，餘下龍江、淮安等五關，由曹寅及弟弟曹荃辦理。先由朝廷預支本銀十萬兩，效益則按張姓官員的最後方案，八年共交內庫白銀一百二十二萬兩，一兩也不能少！康熙一錘定音，一場暗流湧動的皇家「工程招標」，至此才塵埃落定。

這一場風波，值得深思。

鑄幣工程本是國家金融的重要組成部分，是推進經濟、促進流通、富國裕民的例行工作。然而在如此莊重嚴肅的國家工程中，皇帝偏偏要來「抽頭兒」，利用手中特權在鑄幣原料上分肥取利，以充實自己的小金庫。此行此舉，不免令人齒冷。鑄幣供銅還只是國家經濟活動的一個小項目，依此類推，皇家獲利的路子還要多得多。號稱勤政廉潔的康熙尚且如此，此前此後的歷代君主，又是如何見縫插針、巧取豪奪，可想而知。

清初遺民學者黃宗羲曾抨擊說：歷代君主「以我之大私為天下之公……視天下為莫大之產業，傳之子孫，受享無窮」；君主們拚命剝奪百姓，以維持驕奢的生活，還自詡「此我產業之花息也（『花息』即利息）」，真是不知羞恥（《原君》）。而康熙的舉動，恰似給黃宗羲的話加了生動的注腳。這是銅斤之爭給帶給我們的第一點思考。

第二點思考是，此事撩起黑幕的一角，令人大概領略了封建時代「國家工程」的貪瀆真相。最初，承包商向皇家許諾的效益盈餘，只有每年五萬兩銀子。精於計算的曹寅深知其中油水豐厚，為了獨吞這塊肥肉，一下子把這個數字提高到十二萬五千兩；去掉借支部分，還比原數額高出一倍以上。不想對方不肯輕易服輸，又提出十四萬兩的高指標，是最初數額的百分之二百八十。即便如此，承辦者也還是有利可圖。張、王等人拚死頑抗，當然不是為了爭一樁賠本生意。

若按第一個方案，這每年多出的九萬兩利潤，便都落入承辦者的腰包，也就是說，奴才比主子賺的還要多！難怪曹寅與張、王等人針鋒相對、接連出招，在主子面前幾乎鬧到失態的地步。

那麼最後的勝者是誰？鷸蚌相爭，坐收漁人之利的，當然是康熙皇帝。奴才互相攻訐，互揭底牌，主子只需穩坐釣魚臺，笑看效益成倍增長就是了。此事的第二個得利者是曹寅。本來鑄幣供銅的肥差與他無關，然而「半路殺出程咬金」，他提出更豐厚的報效指標，逼得原承包者不得不割肉應戰、拚死一搏。最終的結果是曹寅獲得三分之一承包權，張、王等的利益被大大壓縮，僅僅未出局而已。

這同時也是康熙在處理君臣利益分配上的得意之筆，他有意無意地運用「工程招標」的手段，儘量擠壓承包者的獲利空間。跟現代某些工程招標不同的是，發包者康熙也是其中的利益相關人，不會因為貪圖承包者的一點小恩小惠，便放棄更大的利益收穫——因為國家這份「大產業」是他自家的。

某些現代工程發包者是替老闆（國家）打工，在他們的心中，自家錢包的鼓癟，比國庫的盈虧更重要。讓他們來主持這場爭端，他們肯定會在收下張官、王商的大紅包後，把工程仍以五萬兩的低價包給他們。至於曹家，如果沒有更大的紅包「伺候」，判其出局的理由並不難找。

不用說，曹寅能成為贏家，背後少不了康熙的支持。對於他的竭誠效忠，康熙始終記掛在心。眼下剛好有這個機會，在經濟上給以補償，也是順理成章的事。否則，沒有皇上的默許，你曹寅憑什麼插手？

不過康熙送的是「順水人情」，絲毫不降低自家的收益門檻，只是把別人籃中的果子，奪來半籃分給曹寅而已。曹寅因此成了寶泉局、寶源局的供銅商，每年向兩局供「銅斤」一百零一萬一千一百八十九斤，相當於六百噸。

《紅樓夢》第四十五回，李紈等人請鳳姐來做詩社做「監社御史」。鳳姐笑道：

你們別哄我，我猜著了，哪裡是請我作監社御史，分明是叫我作個進錢的銅商！你們弄什麼社，必是要輪流作東道的。你們的月錢不夠花了，想出這個法子來拗了我去，好和我要錢。可是這個主意？

在鳳姐的話語中，「進錢的銅商」即含有「替老闆埋單」的意思。這大概正是曹家對這一差使的認識吧？

鹽課——皇上的大「撲滿」

《紅樓夢》的續作者大概對「糧道」一官有著特殊興趣，在後四十回裡不止一次提到。除了賈政「放了江西糧道」，還有一次寫黛玉在夢中聽說父親升了湖北糧道（八十二回），那雖然只是南柯一夢，但續作者一再提及此官，說明他對這一官職是熟悉的，他自己或親朋中是否有人當過此官？或許他本人便在糧道衙門當過差？這些都無從考索了。

小說前八十回卻從未提及此官。翻翻曹家的歷史，曹雪芹的父祖親戚中似乎也沒人擔任過糧道。不過前八十回中似不經意地提到「巡鹽御史」一職，卻是江寧曹家、蘇州李家一再擔任的官場角色。

小說第二回，寫被困揚州的賈雨村「聞得今歲鹺政點的是林如海。這林如海……本貫姑蘇人氏，今欽點出為巡鹽御史，到任方一月有餘」。「鹺政」即鹽政，是國家經濟命脈的重要分支，負責全國食鹽的生產、交易、稅收等政策制定及監管、執行事宜，鹽政部門也是歷來的「納稅大戶」。

「巡鹽御史」則是朝廷委派到地方督辦鹽政的專職官員。後面寶玉戲稱黛玉是「鹽課林老爺的小姐」，也是指林如海的鹽官身分。林如海上任的揚州，屬於兩淮鹽區，也正是曹、李兩家督辦鹽政的區域。因此紅學家多半認為，林如海欽點鹽官一事，是對曹、李兩家輪流擔任兩淮巡鹽御史的史實影射。

食鹽主要取自海水（另有井鹽、岩鹽等），成本低，易獲取，故經營食鹽是一本萬利的買賣。歷代官府都壟斷其利，施行食鹽官賣，鹽課也成為最重要的國家收入之一。在明代，鹽政一般由戶部尚書直接監管，下設都轉運鹽使司和鹽課提舉司，還不時委派專門的御史巡視。在明代小說《金瓶梅》中，西門慶就曾用重金收買兩淮巡鹽御史蔡蘊，從而獲利巨萬。

到了清代，鹽政基本延續明朝制度。全國鹽政由戶部山東司掌管，後來則由戶部尚書親兼督辦鹽政大臣，可見朝廷的重視程度。向下則派遣巡鹽御史到各鹽區督辦鹽務。全國除了蒙古、新疆自行解決食鹽供應外，其他地域則劃分成十一個鹽區，如奉天、山東、兩淮、浙江、福建、廣東、四川等等。小說中的林如海擔任巡鹽御史，衙門設在揚州，那裡屬於兩淮鹽區，下轄二三十個鹽場。沒有這裡的食鹽供應，江蘇、安徽、江西、湖北、湖南、河南等六省的百姓，就只能吃「白食」、「淡飯」了。

林如海在小說中是前科探花，蘭臺寺大夫，「雖系鐘鼎之家，卻亦是書香之族」。他的形象在書中雖只是寥寥幾筆，卻給讀者留下溫文爾雅、兩袖清風的印象。其實這跟巡鹽御史的歷史形象大相逕庭。

巡鹽御史官階不高，最初只是六品，卻是個「肥得流油兒」的闊差事。他們利用朝廷頒給的絕對權力，把食鹽的收購、運輸、銷售等環節高價轉包給鹽商巨賈。轉包的方法，是發放「鹽引」，那是一種官方頒發的食鹽經營憑證，有了鹽引，商人才能到鹽場支鹽，運到指定的地點販賣。這叫販「官鹽」，是光明正大、受法律保護的。沒有鹽引，偷著購銷食鹽，那叫販「私鹽」，是違法行為，官府捉住是要治罪的。

小說抄檢大觀園時，從惜春的丫鬟入畫箱子裡搜出金銀錁子及男人靴襪等物，據入畫解釋，那都是賈珍賞給她哥哥，讓她代為保管的。東西的來路沒問題，可是私下傳遞，卻違反了大宅門的規矩，因此尤氏評論說：「如今官鹽竟成了私鹽了！」（第七十四回）這樣一句市井俗語，出自鹽政世家曹雪芹的筆底，卻也別有意味。

話說回來，鹽商怎樣才能領取鹽引、販賣官鹽呢？在明代，他首先要向邊關輸送糧草，然後才有資格獲得一定數額的鹽引，販鹽牟利。到了清代，規矩有所變更，不必向邊塞輸糧，只需向鹽政衙門交納鹽稅，即可換取鹽引。但前提是，你先得有「引窩」才行。「引窩」是指商人花了大筆銀子從鹽政衙門購買的壟斷經營權，這個「窩」，只有富商巨賈才築得起。

大鹽商為了造「窩」，花了「血本」。在後面的收購、運輸、銷售過程中，一路還得應付各級官吏的層層剝削和刁難。可是一轉身，他們便把更沉重的負擔轉嫁給鹽丁灶戶、下層商販，尤其是廣大百姓。酸甜苦辣鹹，五味當中百姓須臾不能離的，就是這個「鹹」。就因為這點兒與生俱來的生理需求，普天下老百姓都被官府和大鹽商「綁架」了！

因為是壟斷，鹽官、鹽商的胃口也就愈來愈大。看看這幾個數字就明白：順治初年，清政府始征鹽課，那時全國的鹽課銀加在一塊兒，也只有五十六萬兩銀子。經過康熙、雍正兩朝，到了乾隆十八年，這個數字就增長了十多倍，達到七百萬兩。再過一百多年，因同治年間鎮壓太平天國大幅加稅，到光緒時鹽課銀已增加到二千四百萬兩。清末宣統時更達到登峰造極的四千五百萬兩，是最初的八十倍！即便刨去人口膨脹、用鹽量激增等因素，漲幅也相當驚人。

鹽官和鹽商之間，是沆瀣一氣、相互利用的關係。鹽官利用官權官勢，盡可能從鹽商身上榨取金錢，多多益善、永無饜足。除了國家規定的鹽課、錢糧，還有花樣繁多的種種捐款和規費。在鹽官眼裡，鹽商就是一群會下金蛋的雞。然而要雞多下蛋，就不能吝惜飼料。好在「飼料」不用鹽官自己掏腰包，全是「慷」國家、百姓之「慨」。他們許給鹽商各種好處，如允許他們提高鹽價（這叫「加價」），支鹽時每引多給分量（這叫「加耗」），而鹽商資金不足時，鹽官又把國庫的銀子借給他們（這叫「借帑」）；不過這是替皇帝放債，照例是要收利息的。

鹽商貪婪，鹽官貪婪，最貪婪的是皇帝。鹽課幾乎成了皇上的大「撲滿」！每逢遇到征戰、慶典、工程、賑災、巡幸等大事，銀錢周轉不開，皇帝首先想到的便是鹽政衙門的庫府和鹽商的銀窖。而每逢此時，鹽官、鹽商們也總是「踴躍」捐輸，一湊就是幾十萬、上百萬。因為他們知道，忍耐這片刻的「割肉」之痛，贏得龍心大悅，就意味著更多的銀子滾滾而來。

鹽商對鹽官也不含糊。他們從收穫的暴利中分出一大股來「孝敬」鹽官。兩淮鹽區後來甚至形成不成文的規定：鹽商每年要以辦公費的名義向鹽政衙門奉送八萬兩銀子，再以「薪水」之名向鹽政官員送上四萬兩！

「吃人嘴軟，拿人手短」，鹽官把如此大禮揣進腰包，對鹽商惡意加價、拖欠課稅等種種不法行為，只能睜一眼、閉一眼。甚至夥同鹽商欺上瞞下、通同作弊。不用說，如此鹽政，也只能愈辦愈糟。其結果往往是虧了國家，苦了百姓，肥了他們自己。

也正因如此，「鹽課林老爺」若想在巡鹽御史任上「混」下去，恐怕也只能放下清高的身段，跟鹽商們同流合汙了！

壓垮曹寅的最後一根稻草

康熙三十八年（一六九九年），康熙皇帝第三次南巡，也是曹寅、李煦在織造任上第一次接駕。這次接駕兩處花了多少銀子，已無從考查，但想來一定數額巨大。因為緊接著第二年，李煦就張手向朝廷借銀子。奏摺大致是說：聽說皇上顧念「包衣下人」生活艱難，答應借錢給他們經營，利息從輕。我想借十萬兩銀子「營運資生，以圖報效」，每年本利還一萬一千兩，分十年還完。

一年還本一萬兩，外帶利息一千兩，這確實是「利息從輕」。當時的民間借貸一般為月息二三分，年息則高達百分之二十四到百分之三十六；而皇家借貸的年息卻只有百分之十（這當然不能跟今天銀行貸款相比）。不過康熙並沒有正面回答，只是批示說：「內務府大臣事件，應呈內務府大臣。」把「球」踢給了內務府。李煦的十萬兩銀子到底借到沒有，清宮檔案裡沒提，不得而知。不過李煦既然大膽向皇帝借錢，肯定有著充足的理由。這理由就是去年接駕拉下了大筆「饑荒」。這一點，康熙又豈能不知？

同樣，曹寅請求接辦「銅斤」，也是在這次接駕後提出的。這個請求看來有點唐突，不大符合曹寅忠誠謹厚的性格。然而皇上心裡明白：這是臣僕向自己要補貼啊！掂量再三，康熙還是批准了他的請求。曹寅從此當了八年「進錢的銅商」，經濟上得到了一定的補償。然而這一點補償，又哪裡夠用？就在曹寅辦銅的八年裡，康熙又三次下江南。為了接駕，曹、李的「債窟窿」愈捅愈大，竟成了無底洞！

終於，在康熙第四次南巡後，曹寅、李煦得到「巡視兩淮鹽課監察御史」的肥缺，期限為十年，由兩人輪流擔任，一年一換。兩淮鹽政除了每年要上繳國課，總還能有幾十萬兩銀子的盈餘。有了這筆錢，曹、李該不會向皇上頻頻伸手了吧。

康熙四十三年（一七〇四年），由曹寅首先擔任巡鹽御史。上任之前，他向皇上表忠心，說深知此官「上關國計，下濟民生」⑰，責任重大。他也估計到任務的艱巨性，因為鹽政弊病很深，自己早有耳聞。織造處跟鹽政關係密切，江寧織造每年所需經費，都是由兩淮鹽政撥給的。

一到任，曹寅就把前任官員狠狠參了幾本，向康熙彙報兩淮鹽政的混亂現狀，提出整改方案。他揭發說，前任御史留下「陋規」，收鹽時每引要多加二十斤，名為「院費」，一年下來，光這一項就多摟了三十萬兩銀子。最近更在二十斤外又多加七斤⑱，鹽民苦不堪言。

另外，各種「浮費」名目繁多，如鹽商一年中要給鹽差衙門送的規費，就有「壽禮」、「燈節」、「代筆」、「後司」、「家人」等各種名目，加起來有八萬六千一百兩之多。

此外還有「省費」三萬四千五百兩，那是給省內督撫司道各地方衙門的；另有「司費」二萬四千六百兩，是給運道衙門的；更有「雜費」六萬二千五百兩，是用於官場交際、招待「過往士夫」的……[19]總之，朝廷正式稅款一文未收，「規費」包袱已壓得鹽商喘不過氣來。這一切最後都被轉嫁到百姓身上。在曹寅看來，所有這些「浮費」，都該一律革除！

曹寅還揭發前任總督阿山貪贓枉法、欺騙朝廷，又抨擊前任御史「怠忽」職責、敷衍差使。據他查實，眼下鹽課已有八十萬兩虧空，而朝廷借給兩淮商人的一百萬兩庫銀，也被克扣了二十萬兩，不知去向……[20]

面對駭人聽聞的官場黑幕，康熙倒顯得十分冷靜。他在曹寅十月十三日「禁革浮費」的奏摺上批示：

> 生一事不如省一事，只管為目前之計，恐後尾大難收，遺累後人，亦非久遠可行，再留心細議。

同年十月二十二日，曹寅又有禁革「院費」、「省費」等各種浮費的奏摺，康熙在禁革「省費」一條下特意批示：

> 此一款去不得！必深得罪於督、撫，銀數無多，何苦積害？

已經在皇帝寶座上坐了四十多年的康熙，對於滿漢臣工們的貪婪無度及陽奉陰違，大概早已見慣不驚了。熟練掌握控馭之術的他深深懂得「水至清則無魚」的道理。不過事情也再明顯不過，他撥給官員的那點兒微薄薪俸，純粹是象徵性的。例如曹寅重點參奏的這位前總督阿山，身為正二品大員，年薪只有一百五十五兩銀子，若砍掉他的那份「省費」，他還有什麼心思替皇上支撐東南局面？

天下的滿漢大臣們，有幾個有曹寅式的「覺悟」？曹寅的祖上是漢人，但他對滿洲族屬的認同，卻超過了一般的「旗人」。他是皇上最忠實的家奴，一旦發現主子的利益被臣下肆無忌憚地鯨吞蠶食，他的怒火是發自內心的。他相信皇上這次的委任找對了人，他有決心廢除一切陋規，把兩淮鹽務整頓一新，以報答皇上的恩寵。

曹寅的人生經歷比較簡單，骨子裡始終有一股「書生氣」。他從小給康熙當伴讀，後來又做過侍衛，始終未脫離錦衣玉食的優越環境。他曾參與博學鴻儒科的組織工作，所接觸的也大抵是文人。以後到織造任上做官，看他的日常起居，除了公務，大量閒暇時間是用來跟同城官員及文人墨客詩歌唱和、觀劇聽曲。這一點，與《紅樓夢》中的賈政倒有幾分相似。賈政也頗為「呆氣」，初任糧道，又何嘗不想做個清官，對汙濁的官場弊政來一番改革？然而理想如雞卵，一遇到堅硬如磐的現實，立刻被擊得粉碎！

曹寅的理想還未付諸實施，康熙的批示先給他澆了一瓢冷水。此後再不聞曹寅整頓鹽政的訊息。嗣後幾年，康熙接二連三南巡，曹寅前後奔忙，幾乎透不過氣來。接駕的經費自然是從鹽稅中挪借的。曹寅又不忍向鹽商施壓，有時反而替他們求情，懇請朝廷寬免稅費和貸款。鹽商們感激涕零，替他建起生祠。[21]可鹽政的虧空卻愈來愈大，已遠遠超出前任的水準。幾年前那個慷慨激昂、發誓肅貪的改革家，如今卻成了憂心忡忡、日夜擔心受人彈劾的驚弓鳥。

轉眼到了康熙四十九年（一七一〇年），這已是曹、李輪流巡鹽的第七個年頭。鹽政歷年虧欠過多，已是千瘡百孔、難以遮掩。康熙屢次在曹、李奏摺上做批示、發警告。如本年五月，康熙給李煦的批示是：

已後凡各處打點費用，一概盡除，奉承上司部費都免了，亦未必補得起鹽差之虧空。若不聽朕金石良言，後日悔之何及。爾當留心身家性命、子孫之計可也！[22]

八月，康熙又在李煦奏摺中批道：

風聞庫帑虧空甚多，卻不知爾等作何法補完？留心、留心、留心、留心、留心！[23]

康熙的批示，歷來有些「婆婆媽媽」，四詞連用的情形很常見，但五個「留心」連用，卻是少有的，足見李煦真的要「留心」了！緊接著在九月的奏摺中又批示說：

每聞兩淮虧空甚是利害。爾等十分留心。後來被眾人笑罵，遺罪子弟，都要想到方好！

㉔九月給接任鹽差的曹寅做批示，態度稍微溫和一點：

> 兩淮弊情多端，虧空甚多，必要設法補完，任內無事方好，不可疏忽，千萬小心、小心、小心、小心！㉕

語氣上雖然緩和，但最後的四個「小心」，卻也足以令曹寅頭皮發麻。

關於兩淮鹽政的虧空情形，康熙一再說「風聞」、「每聞」，到底從何而聞？有人考證，是曹寅當年揭發過的大貪官阿山在幕後作祟，指示御史參奏兩淮鹽政虧欠國帑。康熙對虧空原因本來清清楚楚；他讓曹、李兼此鹽政肥缺，就是要把兩淮鹽課當成朝廷的提款機，用以彌補南巡的靡費。可如今虧空太多，政敵又死死盯住不放，連康熙也有些「罩」不住了。

那麼鹽務的虧空到底有多少呢？此後第二年（康熙五十年，一七一一年），曹寅在奏摺中有詳細說明：連新帶舊，共欠鹽課庫銀二百八十六萬二千餘兩！這個數字，是曹寅前任虧空（八十萬兩）的三倍半！

不過據曹寅彙報，經過「並力催征」，本年已補交了九十萬兩。曹寅很有信心，說剩下的一百九十萬兩中，「易完者十分之九，不能完者十分之一」㉖。不過這只是舊欠，不包括本年該征的二百三十八萬餘兩新課。也就是說，若要補齊虧空，兩淮鹽商要在一年中交納五百二十餘萬兩白銀，這幾乎是不可能的。

由於虧欠太多，新上任的兩淮鹽運使不肯辦交接。李煦上本請求將補欠日期寬限三年，康熙的回答很乾脆：「斷斷使不得！」[27]

又是一年過去了。康熙五十一年七月，曹寅在揚州偶感風寒，不久「輾轉成瘧，竟成不起之症」，發病後短短二十幾天即病故身亡。在他身後，留下三十多萬兩巨額債務——織造任內虧空的九萬餘兩，外加「奉旨官商分認」的鹽課欠款二十三萬兩。然而曹家此時已是「無貲可賠，無產可變」。本來今年十月，該輪到曹寅巡鹽。李煦乘機向皇上請求，自己再替曹寅「代管」鹽差一年，所得餘額全部用來替曹寅還債。[28]康熙只好答應。

一年以後的十一月，李煦向康熙皇帝交差：本年鹽務共得餘銀五十八萬六千兩，除供給江、蘇兩織造經費外，已代曹寅補足織造衙門虧欠的九萬二千兩，以及與兩淮鹽商共欠的鹽課二十三萬兩。此外尚餘三萬六千兩，交給曹寅之子曹顒收存[29]。曹寅死後，康熙特命曹顒繼承父業，繼續擔任江寧織造。

清宮檔案裡至今還保存著曹顒的謝恩奏摺，內中提到，「奴才無有費用之處」，願把鹽差餘額三萬六千兩獻給皇上「添備養馬之需，或備賞人之用」。康熙回答說：

當日曹寅在日，唯恐虧空銀兩不能完。近身沒之後，得以清了。此母子一家之幸。餘剩之銀，爾當留心。況織造費用不少，家中私債想是還有，朕只要六千兩養馬。[30]

康熙與曹寅有主僕之分、「同窗」之誼，他對曹家，始終是十分照顧的。得知曹寅生病後，他特派專人乘驛馬星夜給曹寅送去治療瘧疾的進口特效藥「金雞納霜」，可惜曹寅沒有等到。

曹寅之死，固然緣於肉體上的病患，然而心病更是致他於死命的罪魁禍首。一年前，他向康熙彙報虧空情況時曾說：

臣自黃口（指少年）充任犬馬，蒙皇上洪恩，涓埃難報，少有欺隱，難逃天鑒！況兩淮事務重大，日夜悚懼，恐成病廢，急欲將錢糧清楚，脫離此地。31

其精神壓力之巨大，見於字裡行間。一年以後，巨額赤字尚遠遠未能償清。這一年中，曹寅內心的焦灼不安，是可以想見的。由此看來，是經濟因素引發的巨大心理負擔，最終壓垮了這位康熙皇帝的忠實臣僕。

「賣油的娘子水梳頭」

曹、李兩家除了辦銅、課鹽，還曾替皇上賣過人參。這大概是曹、李榷鹽後期康熙補貼兩位親信的又一條管道吧。

人參是名貴的中藥材，李時珍《本草綱目》有載人參可「補五臟，安精神，定魂魄，止驚悸，除邪氣」，開心明目，益智強身，久服可令人身輕體健，益壽延年。古人甚至形成一種迷信，將人參視同救命的仙草、長生的神藥。加之人參長得有頭有身、四肢俱全，酷似人形，更添了幾分生命的徵兆、神祕的色彩。

然而人參對環境的要求十分嚴苛，野生參只產於我國東北的深山老林、人跡罕至之處。又兼生長極其緩慢，故稀少難覓。東北是滿族的發祥地，最早進山挖參的，有不少滿族好漢。他們千辛萬苦挖來人參，長途跋涉、販往關內，往往能賣得好價錢。滿清開國領袖努爾哈赤未發跡時，就曾往來關內外販賣人參、貂皮等土產。相傳他還發明了熏曬之法，延長了人參的保質期，由此獲利無算。

清朝立國後，統治者怕百姓亂挖人參傷了「龍脈」，嚴厲限制入山挖參，市面上的人參因此更加稀少，導致價格倍增。上等參只有宮廷及豪貴之家才享用得起。甲戌本《石頭記》中有一則脂批，講述一個民間笑話：

一莊農人進京回家，眾人問曰：「你進京去可見些個世面否？」莊人曰：「連皇帝老爺都見了。」眾罕然問曰：「皇帝如何景況？」莊人曰：「皇帝左手拿一金元寶，右手拿一銀元寶，馬上稍著一口袋人參，行動人參不離口……」（第三回）

此笑話雖然意在諷刺莊農的愚昧可笑，卻無意間透露了百姓眼中人參的價值。

《紅樓夢》中曾多次提到人參。如身體孱弱的黛玉便常年要吃「人參養榮丸」（第三回），日後大夫給她開出的湯劑中，也有人參（第五十七回）。再如色膽包天的賈瑞「癩蛤蟆想吃天鵝肉」，竟敢打鳳姐的主意，結果被鳳姐整治得很慘，寒冬臘月在窄巷中凍了大半夜，還被澆了滿身屎尿穢物，回家後一病不起（第十二回）。老爹賈代儒忙著請醫診治，大夫開出「獨參湯」的方子。

賈代儒一介寒儒，哪裡負擔得起？只好來求王夫人。王夫人命鳳姐「秤二兩給他」。鳳姐搪塞說：「前兒新近都替老太太配了藥，那整的太太又說留著送楊提督的太太配藥，偏生昨兒我已送了去了。」王夫人讓她到別處去問問，鳳姐答應著，卻並不去尋，只把一些「渣末泡鬚」湊了幾錢送去，說是：「太太（指王夫人）送來的，再也沒了。」事後回覆王夫人，謊稱：「都尋了來，共湊了有二兩送去。」

人參以頭、幹、枝、鬚完整者為貴，尤以「軀幹」部分藥效最佳。但保存日久，難免頭斷須落，這裡所說的「渣末泡鬚」，就是指脫離軀幹的頭、尾、鬚毛等藥效較低的部分。「泡」即「蘆泡」，是指人參頂端長葉處類似人頭的那部分，稱「泡」，也稱「蘆」，懷疑是「顱」的代字。到了程高本中，將原稿中「只得將些渣末泡鬚湊了幾錢」改為「只將些渣末湊了幾錢」，可能整理者已不知「泡鬚」為何物了。

賈瑞生病，鳳姐抱著幸災樂禍的態度，又哪肯真心相助？不過從她的話中也可看出，即便在賈府這樣的貴族之家，人參也是稀罕之物。「整的」人參甚至可以作為貴重禮物送給權勢者；至於寒士，不要說享用「獨參湯」，就是勉強弄些「渣末泡鬚」，也還要叨念感激呢。

書中有條件用人參的還有秦可卿。她患病時，太醫開出「益氣養榮補脾和肝湯」，其中第一味藥就是「人參二錢」。賈珍聽說，馬上吩咐：「她那方子上有人參，就用前日買的那一斤好的罷。」（第十回）隔日鳳姐來看可卿，寬慰說：「……咱們若是不能吃人參的人家，這也難說了，你公公婆婆聽見治得好你，別說一日二錢人參，就是二斤也能夠吃的起……」（第十一回）

鳳姐是在說寬心話。此時的賈府已經開始走下坡路，不要說二斤人參，就是二兩，也不容易拿出來。日後鳳姐生病，大夫開方子配「調經養榮丸」，須用「上等人參二兩」。王夫人翻找了半日，「只向小匣內尋了幾枝簪挺粗細的」。王夫人嫌不好，命人再找，也只找出「一大包鬚末」來。王夫人焦躁道：「用不著偏有，但用著了，再找不著。……你們不知他的好處，用起來得多少換買來還不中使呢！」丫鬟又找出幾包藥材，裡面「並沒有一枝人參」。再派人去問鳳姐，回答說：「也只有些參膏，蘆鬚雖有幾枝，也不是上好的，每日還要煎藥裡用呢。」（第七十七回）

鳳姐這裡所說的「蘆鬚」，應是指帶蘆、鬚的整參吧，雖然頭尾兼具，但「不是上好的」，不符合「上等人參」的方劑要求，只可煎藥用。不過也有校點本把此句斷為「也只有些參膏蘆鬚，雖有幾枝也不是上好的」，則「蘆鬚」在這裡意同「渣末泡鬚」。只是這樣點斷，後半句有些文氣不接，似乎還是以前面的點斷為宜。

人參遍尋不見，最後只好去問賈母，倒是拿來一大包，「皆有手指頭粗細的，遂稱二兩與王夫人。王夫人出來交與周瑞家的拿去令小廝送與醫生家去」。不一時，周瑞家的又拿了回來，說：「這一包人參固然是上好的，如今就連三十換也不能得這樣的了，但年代太陳了。這東西比別的不同，憑是怎樣好的，只過一百年後，便自己就成了灰了。如今這個雖未成灰，然已成了朽糟爛木，也無性力的了。請太太收了這個，倒不拘粗細，好歹再換些新的倒好。」王夫人聽了，低頭不語，半天才說：「這可沒法了，只好去買二兩來罷。」

這話剛好被寶釵聽到了，笑著說：「姨娘且住。如今外頭賣的人參都沒好的。雖有一枝全的，他們也必截做兩三段，鑲嵌上蘆泡鬚枝，摻勻了好賣，看不得粗細。我們鋪子裡常和參行交易，如今我去和媽說了，叫哥哥去托個夥計過去和參行商議說明，叫他把未作的原枝好參兌二兩來。不妨咱們多使幾兩銀子，也得了好的。」寶釵在此揭露了人參作偽的伎倆：把較大的人參截作數段，搭配以價值不高的「蘆泡」、「鬚枝」，偽造成多支「整參」以牟取暴利。

最終，還是寶釵把事情辦妥。王夫人欣喜之餘，感慨道：「『賣油的娘子水梳頭』，自來家裡有好的，不知給了人多少。這會子輪到自己用，反倒各處求人去了。」說罷長歎。寶釵開解道：「這東西雖然值錢，究竟不過是藥，原該濟眾散人才是。咱們比不得那沒見世面的人家，得了這個，就珍藏密斂的。」庚辰本《石頭記》行文至此，有三字批語道：「調侃語。」試想，從賈母那裡拿來的人參正因年深日久「珍藏密斂」而失去藥性，寶釵所針砭的，不正是賈府所為嗎？

我們從書中情節可以發現，曹雪芹對人參的應用、效力、價值乃至商人的造假手法等等都有所瞭解。原因無他，曹家曾跟人參打過交道，替皇上賣過人參，經手的人參上千斤。

曹雪芹的祖父曹寅對人參藥效格外迷信，據說他的死，便與誤服人參有關。曹寅臨死，曾託付內兄李煦為他代寫奏摺，向康熙祈求治療瘧疾的特效藥。康熙在李煦奏摺上批示：

爾奏得好。今欲賜治瘧疾的藥，恐遲延，所以賜驛馬星夜趕去……南方庸醫每每用補劑，而傷人者不計其數，須要小心。曹寅元肯吃人參，今得此病，亦是人參中來的。32

看來康熙是不贊成多吃人參的，他批評曹寅的話，正中曹家迷信人參的要害。只是不知頗通醫術的曹雪芹是否知曉康熙的上述批示，並進而對祖父之死做過病理、藥效上的反省？

人參，曹李兩家的傷心話題

曹家、李家都曾替皇家賣過人參。在某些歷史學家眼中，康熙皇帝是一代雄主；其實他還是個精明的商人，是天下最大的人參「囤積商」。他對人參情有獨鍾，不但對人參藥性瞭解透徹，對宮中人參的儲藏、使用及去向，也時刻記掛在心。宮中凡動用庫中人參，哪怕只有一兩，也要向他彙報。

清宮檔案中就有內務府的奏報：

據查，去年（指康熙四十七年，一七〇八年）十一月折內奏聞，二十四日，副總管太監劉進忠、李進朝遣清茶房大太監孫國安、明自忠來，稱取去內用參鬚一兩；二十八日，副總管太監劉進忠、李進朝遣清茶房大太監孫安國、明自忠來，稱取去內用參鬚一兩……[33]

「清茶房」來取參鬚，當是給皇上、後妃等熬參湯用吧。對於這樣的微末小事，康熙也認真批示：

知道了。此後各處取參，著將蘆、鬚摻合發給，若僅給參鬚，沒有力量……[34]

康熙不僅簽閱，還提出具體意見，要求今後將「蘆」、「鬚」摻合發給，因為蘆泡的藥性雖比不上軀幹，但畢竟比參鬚「勁兒」大。在同一條批示上，康熙還諭令曹寅替他發賣人參：

……再將庫存人參，除留二百斤外，其餘著發交曹寅變賣。所得價銀，俟伊冬季回京時帶來可也。欽此。[35]

曹寅奉旨後如何運作，檔案中未提。不過想來曹寅幹得不錯，因為曹寅死後，康熙繼續命曹家替他賣參，這回擔子落在曹頫身上。

一七一八年初（康熙五十六年臘月），康熙向曹頫垂詢貂皮、人參在南方有無銷路。曹頫稟告說，貂皮已經過時了，人參在南方卻是「購買者多，確是有利」。經過此番「市場調研」，康熙決定將「連同蘆鬚之人參一千零二十四斤十兩五錢」，交給時任江南三織造的曹頫、李煦和孫文成售賣。[36]

皇上如此重視，臣僕豈敢輕忽？內務府制定了周密的計畫。在北京，由內務府官員親自監督人參的稱量、裝箱並加封，出具憑證交給來接貨的曹頫。貨到南方後，則由李煦、孫文成共同監督開箱。如此嚴密，一是防止人參被盜受損，另外也防止有人夾帶私貨。

這次售賣活動進行得頗為順利，至康熙五十七年十二月，一千多斤人參銷售一空，共得價銀「二萬九千六百十三兩餘」，全部上交內庫收訖。[37]

康熙在諭令三家賣參時，同時指示說：售賣所得銀兩若長途運來京城交納內庫，要花費腳錢，很不划算。不如將所售銀兩直接交付當地「藩庫」（即地方國庫），由當地布政司查收後報告戶部，用來抵銷戶部撥給地方的經費，再由北京戶部把相同數目的銀兩直接交納「內庫」。[38]利用國家機器的周轉，康熙又節省出一筆運送「私房錢」的開支。康熙的精於算計，由此可見一斑。

三年後，康熙再次將庫存人參「二千二百十六斤二兩二錢」（另一文獻記錄為「二千三百六十八斤一兩五錢」）交由三織造發賣。此次發售卻不很順利。當年四月，三織造在南方接貨，到第二年八月，只有杭州織造孫文成售罄，將價銀一萬七千多兩上交。曹頫只賣出不到一半，價銀只交了八千兩。李煦乾脆「分厘未交」。朝廷為此大為惱火，嚴令曹李二人務必於年內交齊，否則「嚴加議處」[39]。然而降旨不到一個月，康熙皇帝就「龍馭賓天」了。

李煦到底老謀深算，受朝廷申斥後，深知其中利害，即刻採取行動，到年底已將價銀補齊納畢。曹頫卻一直拖到第二年（雍正元年，一七二三年）夏天才納完。此番售參，朝廷共收到參銀「五萬一千八百十五兩九錢三分二厘五毫」，精確到戥子上標不出來的「毫」。

雍正皇帝可不如康熙好「糊弄」，他事後質問說：「人參在南省售賣，價錢為何如此賤？早年售價如何？著問內務府總管。欽此。」[40]

人參售價其實並不低。表面上看，康熙五十七年所售人參均價為二十九兩，六十一年所售均價為二十三兩。但實際上，康熙六十一年所售人參總的品質不如前次，也就是好參少，次參多，故按質論價，均價低於前次。其實本次各等級的參價是由朝廷按前次的實際售價硬性規定的。

不過雍正皇帝的發問帶有明顯的傾向性，內務府的調查結果，自然也就不利於三織造。他們回覆說：康熙五十三年、五十四年、五十五年，由崇文門關監督尚志傑經手，也曾賣過三次人參，其中品質好的「頭等參」每斤曾賣到八十二兩的高價；「次參」也曾賣到三十二兩。而三織造在南方賣參，「頭等參」最高只賣到六十兩二錢，「次參」最高只賣到十七兩二錢。雍正聞奏大為惱火，傳旨說：

人參在京時人皆爭購，南省價貴，且系彼等取去後陸續出售者，理應比此地多得價銀。

看來反而比此地少者，顯有隱瞞情形。[41]

雍正又轉而訓斥內務府官員：「此等事爾等理應先行查出參奏，今當朕詢問時，始將緣由奏出……此後如仍如此，遇事不查出參奏，只等朕降旨，朕斷不容許也！著將此明白查奏。」

其實人參在「南省」售價低廉，其原因不難理解，只是內務府在雍正面前不好替三織造辯說。一來，人參雖來自宮廷，但品質參差不齊。據文獻記錄，其中又分「頭等參」、「二等參」、「上等普通參」、「普通參」、「次參」和「蘆鬚」六等。另有「特等參」不賣，留在宮中做「特供」。而售賣的參中，又有儲存日久、藥效不佳的陳年貨色，並有「稍有蟲蛀」的壞參混雜在內。因此，均價不可能太高；二來，人參作為貴重藥材，本來用量有限，而數千斤人參在短短幾年內傾銷於「南省」，只會造成滯銷；三來，三家織造替主子賣參，也不會白白效力，價格中肯定留有一定的利潤空間。康熙皇帝睜一眼閉一眼，本也有讓利於親信的意思。

這個道理，雍正皇帝不是不明白。然而「欲加之罪，何患無辭」。三織造都是康熙的親信，深受老皇帝的信任恩寵。然而三家與眾皇子的關係，卻是有親有疏的。疑忌心重的雍正對曹頫等人本來就有成見，在賣參這件事上，曹頫、李煦又給他留下壞印象。此事當時似乎不了了之，實則醞釀著曹、李兩家罷官查抄之禍。

康熙剛死，賣參最不得力的李煦便率先遭到清洗。內務府衙門於雍正元年（一七二三年）四月初九奏報：

李煦因奏請欲替王修德等挖參，而廢其官，革其織造之職……❹❷

大概李煦錯估了形勢，想趁雍正登基、萬機待理之時，搶先把挖參、售參的肥差抓到手。不想恰恰讓精明過人的雍正皇帝抓住把柄，藉故罷了他的官，令他賠償虧空帑銀四十五萬兩。李煦在京城及蘇州兩地的房地產及店鋪、財物等，均被查抄一空，家眷僕役二百多口，也被變賣為奴。本人在幾年後被發遣黑龍江，兩年後悲慘死去。

曹頫是在李煦獲罪的四年後被查抄的，罪名是「行為不端，織造款項虧空甚多」❹❸。當年拖欠參款，是否也是導致今日落敗的誘因之一呢？積極售賣人參的杭州織造孫文成也於這一年卸任。不過唯獨他沒被查抄。他的免職，應該是出於年齡原因。

三家織造的結局，恰好跟當年售參的態度遙相映照，這也許只是巧合，但也不能排除二者間存在著聯繫。雍正皇帝是不允許任何人在皇家買賣上「揩油」的。他在給孫文成的最後朱批中說：

凡百奏聞，若稍有不實，恐爾領罪不起。須知朕非生長深宮之主，系四十年閱歷世情之雍親王也！❹❹

這話說得何等自信滿滿、殺氣騰騰！這是說給孫文成聽的，也是說給當時尚未下臺的曹頫聽的。

人參成了曹、李兩家的傷心話題。曹雪芹熟知人參的藥理、行情，但在小說中小心翼翼地讓賈家與人參保持著距離。如東府裡拿來給秦可卿配藥的那「一斤好的」，賈珍強調是「前日買的」。而賈家舊存的參，送人的送人，糟朽的糟朽，真到用時，還要靠親戚關係到參行去高價購買。王夫人的一句「賣油的娘子水梳頭」，意味深長，傳達出的書外資訊似乎是：我曹家雖然經手的人參上千斤，但那是皇上的，我們一兩未動！

附表：康熙年間人參售價一覽

售參人	售參時間（康熙）	頭等參價（兩/斤）	二等參價	上等普通參價	普通參價	次參價	蘆鬚價
尚志傑	五十三年		72	64	48	32	7
尚志傑	五十四年	82	58	48	32		7
尚志傑	五十五年	59	46	37	31	20.5	2.4
曹頫等	五十七年	61.2	49.2	37.2	29.2	17.2	1.8
曹頫等	六十年	61.2	49.2	37.2	29.2	17.6	1.8
內務府派員銷售	六十一年			60	40	18	4.8

按：此表系根據雍正二年閏四月二十六日〈內務府總管來保奏三織造售參價銀比歷年均少折〉所提供資料製作。尚志傑是崇文門稅關監督，前三次售參都是由他主持的。可以看出，由於連年拋售，導致市場飽和，康熙五十五年的參價已大大低於前二次，甚至比曹頫等三織造在南方的售價還低。而曹頫等康熙六十年的參價，應是官方按五十七年的售價硬性規定的，並非市場價格（其中「次參價」略有不同，疑為傳抄之誤）。曹、李推銷困難、久售難罄，當與此有關。而三織造最後按數繳齊，內中自不免有割肉賠付情形。而康熙六十一年內務府派員銷售的參價畸高，大概因為沒有中間環節，或銷售較少等故。至於康熙四十八年曹寅所售參價，因文獻不足，暫缺。

至於清代人參價格，在《紅樓夢》第七十七回，王夫人曾向眾人說：「你們不知他（指人參）的好處，用起來得多少換買來還不中使呢！」其後周瑞家的又轉述太醫的話：「這一包人參固然是上好的，如今就連三十換也不能得這樣的了。……」這裡所說的「換」，是指人參與銀兩的比價。「三十換」就是一兩人參值三十兩銀子。照此推算，一斤人參價值四百八十兩。這個價格遠遠高於康熙、雍正時上等參一斤八十二兩銀的最高價！

然而《紅樓夢》所記錄的，正是清乾隆時期的真實參價。人參在乾隆年間價格暴漲（這種趨勢很可能從雍正後期就開始了），至曹雪芹著書時已漲到康、雍時期的五、六倍！然而這還遠遠未達到參價的峰值。經乾隆年間半個多世紀的狂漲，至嘉慶初，參價已漲至三百換，即每斤高達四千八百兩銀，甚至更高！

清代乾嘉學者趙翼有《人參詩》，其詩序猶如一篇考證參價漲跌的小論文：

偉兒（趙翼的兒子趙廷偉）久病，需用參劑，市價甚貴，白金三百兩易一兩，尚不得佳者。曩閱國史，我朝初以參貿高麗，定價十兩一斤。麗人詭稱明朝不售，以九折給價。而我朝捕獲偷掘參者皆明人，以是知麗人之詐，起兵征服之。迨定鼎中原，售者多，其價稍貴，然考查悔餘（清代詩人查慎行）壬辰、甲午兩歲俱有《謝揆愷功（揆愷功為清代權臣納蘭明珠之子，曾師從查慎行）惠參》詩。一云「一兩黃參直五千」，一云「十金易一兩」，皆康熙五十年後事也。其時參價不過如此。乾隆十五年，余以五經應京兆試，恐精力不支，以白金一兩六錢易參一錢。二十八年，餘病服參，高者三十二換，次亦僅二十五換，時已苦其難買。以今較之，更增十餘倍矣。市值愈貴，購之益艱，詩以志慨。[45]

趙翼此詩作於嘉慶元年（一七九六年），這一年他的兒子趙廷偉患病，趙翼以三百兩銀子購得人參一兩，還不是質地最好的。趙翼因而考證有清一代的參價史，發現滿族最初在東北與高麗進行人參貿易，一斤人參只賣十兩銀子，還因高麗人壓價而引發爭戰。

滿族入主中原後，參價漸高，但從康熙詩人查慎行的詩中可以推知，壬辰（康熙五十一年，一七一二年）、甲午（康熙五十三年，一七一四年）的參價大致為五換到十換（「一兩黃參直五千」的「五千」是指銅錢，康熙末年京城製錢與白銀比價是七百八十比一；「十金易一兩」則直接說一兩參值十兩銀了）。

詩的語言是模糊的，容或有所誇飾，但康熙末年一斤參賣到一百多兩銀子，還是可信的。在清代，人參奇貨可居，是皇家壟斷的特殊物資。皇家賣出一斤好參能收入七、八十兩銀子，下面層層剝皮，到購買者手中加價一倍，是不難理解的事。

參價此後又不斷上漲，到乾隆十五年（一七五〇年）趙翼赴京城應考時，已漲至一斤售價二百五、六十兩銀。再至乾隆二十八年（一七六三年），參價「高者三十二換，次亦僅二十五換」，也就是一斤高達白銀四百兩至五百兩。這一年剛好是曹雪芹去世的那年。三年前的《石頭記》庚辰本即記錄了「三十換」的上等參價，那個價格有可能是在小說最後定稿時添入的吧。

參價高達三十換時，賈家已難得享用了。三十年後，參價又狂升十倍，就是賈府這類瀕臨破產的貴族之家，有了病也只能弄些「泡鬚渣末」來對付了吧？曹雪芹地下有知，不知又作何感想？[46]

一張寒酸的查抄清單

《紅樓夢》第一〇五回題為「錦衣軍查抄寧國府」，這個回目概括得並不準確。錦衣軍確實查抄了寧國府，但同時也查抄了榮國府。而且本回的「鏡頭」始終對準榮國府，寧國府那邊的情況，包括「珍大爺、蓉哥兒都叫什麼王爺拿了去了」、「木器釘的破爛、瓷器打得粉碎」，只是透過焦大的幾句話側面概述而已。

榮國府這邊也沒全抄。最初西平郡王傳旨逮捕賈赦、「查看」家產，趙堂官領著眾番役摩拳擦掌、來勢洶洶，一副把榮國府抄個底兒朝天的架勢。幸虧北靜王及時趕到，制止了趙堂官，又向賈政問明家產情況，最終只重點查抄了賈赦的家產，連帶賈璉、鳳姐夫婦的財物。老太太及賈政這一面損失不大。因此，小說隨後展示的一張抄沒物品清單，所列多半是賈赦的東西。

儘管知道這只是榮府財產的一部分，但看上去仍覺得有點兒寒酸。且看程甲本中的這張清單：

赤金首飾共一百二十三件，珠寶俱全。珍珠十三掛，淡金盤二件，金碗二對，金搶碗二個，金匙四十把，銀大碗八十個，銀盤二十個，三鑲金象牙箸二把，鍍金執壺四把，鍍金折盂三對，茶託二件，銀碟七十六件，銀酒杯三十六個。黑狐皮十八張，青狐六張，貂皮三十六張，黃狐皮三十張，猞猁猻皮十二張，麻葉皮三張，洋灰皮六十張，灰狐腿皮四十張，醬色羊皮二十張，猢狸皮二張，黃狐腿二把，小白狐皮二十塊，洋呢三十度，嗶嘰二十三度，姑絨十二度，香鼠筒子十件，豆鼠皮四方，天鵝絨一卷，梅鹿皮一方，雲狐筒子二件，貉崽皮一卷，鴨皮七把，灰鼠一百六十張，獾子皮八張，虎皮六張，海豹三張，海龍十六張，灰色羊四十把，黑色羊皮六十三張，元狐帽沿十副，倭灰色羊四十把，黑色羊皮六十，刀帽沿十二副，貂帽沿二副，小狐皮十六張，江貉皮二張，獺子皮二張，貓皮三十五張，倭股十二度，綢緞一百三十卷，紗綾一百八十卷，羽線縐三十二卷，氆氌三十卷，妝蟒緞八卷，葛布三捆，各色布三捆，各色皮衣一百三十二件，棉夾單紗絹衣三百四十件。玉玩三十二件，帶頭九副，銅錫等物五百餘件，鐘錶十八件，朝珠九掛，各色妝蟒三十四件，上用蟒緞迎手靠背三分，宮妝衣裙八套，脂玉圈帶一條，黃緞十二卷。潮銀五千二百兩，赤金五十兩，錢七千吊。

此外一切「動用傢伙」也都「攢釘登記」，大概包括桌椅床架等大件傢俱，連同榮國府的「賜第」（住房），都開列明白。另有「房地契紙、家人文書」（指房契、地契及奴僕的契約等），也都封存，其中應當包括前面提到過的「一箱借票」，那是鳳姐放高利貸的鐵證。

單看清單，作為百年望族、貴戚之家，似乎所抄物品檔次不高、數量太少；例如赤金首飾只有百多件。賈赦所住的東院及賈璉屋內，女眷至少也應有一、二十位，包括邢夫人、鳳姐兒及赦、璉父子的侍妾並眾使女，難道總共只有這百多件首飾？在小說《金瓶梅》中，潘金蓮是外省土財主西門慶的小老婆，「體己錢」最少，但逛燈節時，手上還戴著六個「金馬鐙戒指兒」呢。

大概程甲本剛一問世，就有人提出這一問題：抄家清單跟賈府的富貴氣象不合，多半是沒進過大宅門的窮書生閉門造車擬寫的。即如金器吧，只有「淡金盤二件，金碗二對，金搶碗二個」，另有幾件鍍金的執壺、折盂之類，擺起筵席來，能襯托出滿堂生輝的貴族氣派嗎？餘下的各種皮革、綢緞、布匹，種類倒是不少，數量卻都不多，東一卷，西一捆，如同進了雜貨鋪、小倉房。至於金、銀、銅錢，也都數量有限。一個因「交通外官、依勢淩弱」被革職查辦的官員，只有這點兒財產，也著實可憐。

大約是接受了這番質疑，隨後出版的程乙本，對這張清單做了較大改動：

伽楠壽佛一尊，伽楠觀音像一尊。佛座一件，伽楠念珠二串，金佛一堂，鍍金鏡光九件，玉佛三尊，玉壽星八仙一堂，伽楠金、玉如意各二柄，古磁瓶、爐十七件，古玩軟片共十四箱，玉缸一口，小玉缸二件，玉碗二對，玻璃大屏二架，炕屏二架，玻璃盤四件，玉盤四件，瑪瑙盤二件，淡金盤四件，金碗六對，金搶碗八個，金匙四十把，銀大碗、銀盤各六十個，三鑲金牙箸四把，鍍金執壺十二把，折盂三對，茶托二件，銀碟、銀盃一百六十件。黑狐皮十八張，貂皮五十六張，黃白狐皮各四十四張，猞猁猻皮十二張，雲狐筒子二十五件，海龍二十六張，海豹三張，虎皮六張，麻葉皮三張，獺子皮二十八張，絳色羊皮四十張，黑羊皮六十三張，香鼠筒子二十件，豆鼠皮二十四方，天鵝絨四卷，灰鼠皮二百六十三張、倭緞三十二度，洋呢三十度，嗶嘰三十三度，姑絨四十度，綢緞一百三十卷，紗綾一百八十卷，線縐三十二卷，羽緞羽紗各二十二卷，氆氌三十卷，妝蟒緞十八卷，各色布三十捆，皮衣一百三十二件，棉夾單紗絹衣三百四十件。帶頭兒九副，銅錫等物五百餘件，鐘錶十八件，朝珠九掛，珍珠十三掛，赤金首飾一百二十三件，珠寶俱全。上用黃緞迎手靠背三分。宮妝衣裙八套，脂玉圈帶二條，黃緞十二卷。潮銀七千兩，淡金一百五十二兩，錢七千五百串。

仔細比較，太費精神。概括地說，這番修改主要有四個方面：一是增，二是減，三是改，四是調。

「增」主要是在清單開頭增加了一批貴重物件，如佛像、觀音像、壽星、八仙、如意等，都是金、玉或伽楠（伽楠：一種香木）質地的；此外還有名貴的古瓷、玉缸、瑪瑙盤、屏風擺件及名人字畫（軟片）等，都是價值很高的文玩。這樣一來，便把抄沒物品的檔次大大提升了一格。

「減」是指減去一些價值不高、過於瑣碎的物品，如「鴨皮七把」、「獾子皮八張」、「貓皮三十五張」及各色「帽沿」等等。再如老清單中各種狐皮有九種之多，不免疊床架屋，新清單只保留了三種。

所謂「改」，主要是改數量。如金碗「二對」改為「六對」，金搶碗「二個」改為「八個」，鍍金執壺「四把」改為「十二把」，貂皮「三十六張」改為「五十六張」，妝蟒緞「八卷」改為「十八卷」，各色布「三捆」改為「三十捆」。幾乎清單中每一項的數量都有所增加，直至最後的「潮銀五千二百兩，赤金五十兩，錢七千吊」改為「潮銀七千兩，淡金一百五十二兩，錢七千五百串」。

最後是「調」，即調整順序。如老清單開篇的「赤金首飾一百二十三件」，被挪到後面不那麼顯眼的地方。再如老清單的歸類比較雜亂，說完皮革說織物，織物說罷又說皮革。新清單在這些地方都作了調整，使之井然有序。

經過這樣一番增刪調整，這張清單上所顯示的財力，確與賈家「鮮花著錦、烈火烹油」的富貴氣象更為接近。但是跟歷史上幾張著名的抄家清單相比，賈家的這一張仍然是相形見絀了。

舉兩個例子：一個是明代大奸臣嚴嵩家的抄沒清單，另一個是清代巨貪和珅的抄沒清單。這兩張清單篇幅之長，都可以單獨抄訂成冊。內中不厭其煩、鉅細靡遺地羅列著成千上萬件物品，並註明數量、估明價值。那又是賈府這張單薄的清單難以望其項背的。

嚴嵩父子抄沒物品的清單為無名氏所錄，裝訂成冊，取名《天水冰山錄》，含有「太陽一出冰山頹」之意。該冊長達一百四十多頁。清單中單是金錠、金條、金餅、金葉、金沙、碎金等純金，就有一萬三千餘兩，這還不算數量龐大的金制器皿。相比之下，程甲、程乙本中的「赤金五十兩」、「淡金一百五十二兩」，真是太寒酸了。

嚴嵩清單「首飾」類下又分細類，如：

「金鑲珠玉首飾」二十三副，共二百八十四件；
「金鑲珠寶首飾」一百五十九副，共一千八百零三件；
「頭箍圍髻」二十一條；
「耳環耳墜」二百六十七雙；
「墜領墜胸事件」六十二件；
「金鑲珠寶簪」三百零九根；
「雜色金首飾」七百七十六件……

金首飾總共三千五百多件，一件件都有詳細的名稱和重量。相比之下，《紅樓夢》中的「赤金首飾一百二十三件」，更是小巫見大巫。再如單是玉帶，嚴嵩家就有三百多條，全都質地上乘、工藝精湛。《紅樓夢》中則只有「脂玉圈帶一條」（程甲本），後增為「二條」（程乙本）。需要說明的是，《天水冰山錄》所列，還只是從嚴嵩江西老家抄出的物品，其在京師的大量財產，尚不包括在內。

至於清人薛福成《庸盦筆記》所載〈查抄和珅住宅花園清單〉，因系抄自民間，數字可能被大大誇張了。如清單中有「金元寶一千個，每個重一百兩……銀元寶一千個，每個重一百兩」，就值得懷疑。和珅貪得無厭、搜刮無度，確是事實。然其所藏金銀，大概連自己也不知準數，他自然也不會刻意追求整數，將百兩重的金銀元寶各藏一千個。這很像是來自民間的想像之辭。

此外，清單中還另有「赤金」、「生沙金」共七百八十萬兩，加上一千個金元寶，和珅擁有的黃金總量達七百九十萬兩，約合白銀一億兩以上。而這裡說的還僅是黃金數量，還不包括上千萬兩的白銀及不計其數的珠寶玩物、豪宅良田。網上有號稱出自中國第一歷史檔案館的《和珅犯罪全案檔》，內容更為離奇，謂和家所藏金銀中有「赤金元寶一百個（每重一千兩，估銀一百五十萬兩）、白銀元寶一百個（每重一千兩）」。重一千兩的金銀元寶，簡直就是金山、銀山了。同一清單中尚有「人參六百八十餘斤（估銀二十七萬）」，依此估價，一斤人參折價三百九十兩銀子，實則嘉慶初年人參已漲至每斤四、五千兩銀子。這份文件大概也不甚可靠。這個數目，顯然過於龐大。清代中前期每年的國庫收入也不過白銀四、五千萬兩，乾隆年間，國庫存銀最多時，也只有八千萬兩。[47]

關於和珅的財產，清代文獻中還另有記述。如據清人王先謙《東華續錄》記載，和珅二十大罪狀之一，是「夾牆藏金二萬六千餘兩，私庫藏金六千餘兩」，兩項加起來，也只有黃金三萬多兩，折合白銀不及五十萬兩。這個數字，大概更接近事實吧。

總之，與嚴嵩、和珅等巨貪相比，賈家的抄沒清單太過寒酸，這不由得令人生疑：賈家號稱望族，到頭來難道只有這一點點財產？莫非續書作者是位「窮措大」，盡其所能也想像不出貴族生活的奢華靡費？

我們帶著這個疑問，來看看歷史上的曹家。

窮途末路歎曹家

從曹璽初任江寧織造至曹頫被抄，曹家三代人在南京經營了六十多年，按理說，所累積的財富，包括金玉服玩、良田甲第，數量應當是驚人的，然而事實並非如此。

在清宮檔案中，雖找不到曹家被抄的清單原件，但有關曹家財產的資訊，還是能找到一些。早在康熙五十四年（一七一五年），曹頫初任江寧織造，就曾向康熙彙報過家產狀況。內中說道：

奴才到任以來，亦曾細為查檢，所有遺存產業，唯京中住房二所，外城鮮魚口空房一所，通州典地六百畝，張家灣當鋪一所，本銀七千兩，江南含山縣田二百餘畝，蕪湖縣田一百餘畝，揚州舊房一所。此外並無買賣積蓄。奴才問母親及家下管事人等，皆云奴才父親在日費用狠（很）多，不能顧家。此田產數目，奴才哥哥曹顒曾在主子跟前面奏過的，幸蒙萬歲天恩，賞了曹顒三萬銀子，才將私債還完了等語……㊽

京中及揚州房屋四所，應當都是大宅第，房屋總要有幾百間吧。而南京的房屋卻未算在內。大概織造府官署和行宮花園都屬於國家資產、皇家園林，並不歸曹家所有。至於地產，南北幾處加起來，也不足十頃，其中北京通州的六百畝還是「典地」，是沒有產權的。此外，除了一家本銀七千兩的當鋪，曹家也沒有別的產業。總之，這份產業並不算多。

十幾年後，曹頫被免職查抄，繼任的江寧織造隋赫德曾有奏摺向雍正報告曹家財產情況，提到：

及奴才到後，細查其房屋並家人住房十三處，共計四百八十三間。地八處，共十九頃零六十七畝。家人大小男女共一百十四口。餘則桌椅、床杌、舊衣零星等件及當票百餘張外，並無別項，與總督所查冊內彷彿。又家人供出，外有所欠曹頫銀，連本利共計三萬二千餘兩。奴才即將欠戶詢問明白，皆承應償還。㊾

這份頗為籠統的財產清單，跟曹頫當年的彙報有些出入。例如住房多至十三處，地畝也增至近二十頃。是不是當年曹頫的彙報有所隱瞞呢？當時他初登官場，大概還沒這個膽量。而且他在奏摺中一再向康熙皇帝保證：「今蒙天恩垂及，謹據實啟奏。奴才若少有欺隱，難逃萬歲聖鑒。倘一經察出，奴才雖粉身碎骨，不足以蔽辜矣！」

那麼兩張清單的差距又是如何形成的呢？據筆者分析，首先，因兩次統計相隔十二、三年，曹頫後來又有所添買購置，故房屋、地畝等都有所增加；其次，兩回統計的標準大概也不盡相同。前次曹頫所說的住房，大概僅指曹家自己所居。而隋赫德計算的，應當包括「家人」住房。像《紅樓夢》中的賴大便是賈府的「家人」，他不但自己有獨立的住宅，還有一所不小的花園，大概還擁有自己的土地。而這類房屋地產，大概也都被算在曹頫名下。

不過除了這些，曹家便只剩些「桌椅、床杌、舊衣零星等件」，此事頗令人生疑。一個經營皇家織造半個多世紀，其間又兼任巡鹽御史等許多闊差事的皇家「製造商」，到頭來怎麼會淪落到這般田地？

曹頫給康熙的奏摺披露了其中的部分原因。他說：父親曹寅忠公體國，錢都花在公事上，「不能顧家」，故清貧如此。此話即便有給曹寅臉上貼金的成分，大概也總能反映出六、七分事實吧。

曹家所餘財產不多，大概還有事前轉移、藏匿的原因。對此，雍正有所察覺。他諭示江南總督范時繹查封曹頫家產時就說過：「……然伊不但不感恩圖報，反而將家中財物暗移他處，企圖隱蔽，有違朕恩，甚屬可惡！」這類情形，我們在前文中已有所討論。參見本書第一部之「緞匹清單的背後祕密」。

再就是織造處在曹頫任上又出現了新的虧空。曹寅死後，由於康熙的豁免以及李煦等人的幫忙，織造及鹽務上的虧空本已補完。曹顒接手後，還餘銀三萬六千兩，康熙將其中的三萬兩賞給曹顒貼補家用。然而曹顒接任一年許，曹頫又繼任十年，新的虧空再度出現。雍正二年，曹頫曾有謝恩奏摺，感謝朝廷寬限時日，允許自己分三年將織造所欠銀錢補齊，指的就是新的虧空。他在奏摺中說得十分淒慘：

奴才實系再生之人，惟有感泣待罪，只知清補錢糧為重，其餘家口妻孥，雖至饑寒迫切，奴才一切置之度外，在所不顧！凡有可以省得一分，即補一分虧欠，務期於三年之內清補全完，以無負萬歲開恩矜全之至意！[50]

看來虧欠數目不小。然而「屋漏偏逢連夜雨」，此後的三年中，先是朝廷催交參價；接著因緞匹落色、跳紗，被連年罰俸。估計直到曹家被抄，虧欠也未能補足。「織造款項虧空甚多」[51]，也便成為曹頫被抄的重要由頭。

其實，查抄曹家時搜出的「當票百餘張」，已經很能說明問題。為了補償庫欠、維持家人生活，曹家的一些值錢之物，大概已被陸續送進當鋪。如前所說，《紅樓夢》中多次描寫了典當的情景：不但寄人籬下的岫煙姑娘當棉衣，賈府的上層主子們也隨時典當。老太太的幾箱子「金銀傢伙」，賈府庫房中「沒要緊的大銅錫傢伙」、鳳姐的金項圈，都曾經被送進當鋪、換錢救急。鳳姐還曾預言：「明兒再過一年，各人搜尋到頭面衣服（去典當），可就好了！」

王熙鳳所言不虛，這樣的事大概真的在曹家發生過。織造上的虧空、賣參的欠款以及一大家子的衣食需求，都是擺在面前、無從迴避的現實。唯一的公開進項——薪俸，又被一再扣罰。曹頫在江寧織造任上的最後幾年，真的瀕於「家口妻孥」「饑寒迫切」了！大凡值錢的古玩、字畫、鐘錶、首飾等等，或變賣，或典當，大概早已處理一空。難怪查抄時只剩「桌椅、床杌、舊衣零星等件」。

另據清人筆記《永憲錄續編》記述：

（曹頫）因虧空罷任，封其家貲，止銀數兩、錢數千、質票值千金而已。上（指雍正皇帝）聞之惻然。

文人筆記，本不足信，但恐怕也不是空穴來風。當然，到了這個地步，曹頫也不會老老實實挨餓，他總還保留一些弄錢的手段，例如放債。他的家人即供出，「外有所欠曹頫銀，連本利共計三萬二千餘兩」，這也成為支撐曹家經濟的唯一支柱。不過這類活動只能在暗中進行，正如《紅樓夢》中鳳姐放債總是鬼鬼祟祟、極力避開眾人眼目一樣。

然而覆巢之下，安有完卵？到了大廈傾倒時，父子夫妻尚不能相保，何況主僕。此事終被「家人」供出。因為事涉欽案，借債人一一承諾償還本利——不是還給曹頫，而是上交國庫，以補曹頫的虧空與罰金。

曹頫最終遭受彈劾的罪名之一，是「騷擾驛站」。這一項罪過的罰銀是四百四十三兩二錢。然而曹頫只交了一百四十一兩，還欠三百零二兩二錢未能交齊，曹頫因而被罰在崇文門枷號一年。這三百兩欠銀，直至八年之後的雍正十三年也沒有補齊。[52]

想當年曹寅榷鹽時，過手的銀錢常常以十萬、百萬計，區區三百兩又何足掛齒？不要說曹寅，從《紅樓夢》看，當時貴族府第的一個丫鬟，也還有「三四百金」的家當。看來曹家到被抄時，真的窮了。

回頭再看《紅樓夢》的描寫。我們發現，除了那張清單略顯寒酸外，抄家這一回寫得還是很成功的。人物的表現活靈活現，如趙堂倌的幸災樂禍、眾番役的窮凶極惡、西平郡王的愛莫能助，賈府眾人則是魂飛天外、手足無措。落墨不多，卻都生動如見，有「頰上三毫」之妙。此後又因北靜王的出現，令一場無從收拾的塌天大禍戛然而止，也都顯示了作者舉重若輕的筆力。抄家這類情節，未曾經過者是難以想像、無從下筆的。因而筆者傾向於認為，這些描寫很可能出自曹雪芹之手，至少有曹雪芹的殘稿作依據。

順此思路來看，程甲本中那張頗為寒酸的查抄清單，或許更能反映曹家在江寧末期的真實經濟現狀：為數不多的金銀錢物、一些不很值錢的擺設、器皿，連同各色衣料裙服等，頗為零星瑣碎，此外還有一大疊當票。這也正符合歷史文獻對曹家末日狀態的描述。如此說來，程乙本的修飾增刪，卻又是可有可無的了。

也有「反攻倒算」時

當年的曹、李家族不但要應付皇上無盡無休的差遣支使，朝中的皇子、權貴乃至有勢力的太監，也常來「打抽豐」。這種情形，在小說中有著生動描述。前舉鳳姐典當金項圈那一回，就是宮裡的夏太監藉口買房，派小太監來「暫借一二百」銀子。夏太監還捎話說：「上兩回還有一千二百兩銀子沒送來，等今年年底下，自然一齊都送過來。」可見此類事在他已是輕車熟路，而且始終是有「借」無還的。難怪賈璉感歎：「這一起外祟何日是了！……昨兒周太監來，張口一千兩。我略應慢了些，他就不自在。將來得罪人之處不少。……」（第七十二回）

清宮檔案中有不止一篇文獻，記錄曹李家族被權貴勒索、揩油的情形。一件康熙諭旨〈朱諭曹頫今後若有非欽交差使著即具折奏聞〉，便透露了個中消息：

近來你家差事甚多，如瓷器法琅之類，先還有旨意件數，到京之後，送至御前覽完，才燒法琅。今不知騙了多少瓷器，朕總不知。已後非上傳旨意，爾即當密折內聲名奏聞。倘瞞著不奏，後來事發，恐爾當不起，一體得罪，悔之莫及矣。即有別樣差使，亦是如此。[53]

康熙的話，當事人聽著心下明白，旁人聽了就不免有些糊塗。誰騙了康熙皇帝的瓷器琺瑯？「非上傳旨意」又是誰下達的？有的學者認為，康熙這是在指斥曹頫「借外事工作之便，私受貢物」。這位學者論證說：

此處（指康熙朱批）所謂「差事」即暗指「欽交」之「外事」，「你家差事甚多」，即「曹府外事活動頻繁」。……上述《朱批》中之「琺瑯瓷器」（enamel）即系入貢物。此等貢物必須按照「件數」送至北京，進呈御覽。但若曹家與洋人私人往還，而「非欽交差事」，則「琺瑯瓷器」變成私相授受之贈品，而非「貢品」矣。……曹家藉外事工作之便，私受貢物……故抄家革職，乃意料中事也。54

這位學者的上述理解是不準確的，根源在於他把《朱批》中的「琺瑯瓷器」（原件作「瓷器法琅」）錯當作外國「入貢之物」。我們在前輯中已經解釋過，所謂「琺瑯瓷器」，是指康熙朝宮廷作坊中發展起來的一種「琺瑯彩」瓷器，其具體製作流程是由景德鎮燒製上等素白瓷器，送入宮中後，再由御用匠人繪以琺瑯彩畫，重行燒製而成。此工藝雖由海外傳來，至此則完全演變成一種民族工藝。由於製作和鑒賞幾乎局限於宮中，因此這種瓷器也格外名貴，覬覦者大有人在。

康熙「朱諭」所說的「差事」，即指在景德鎮燒製上等素白瓷器送來京城等事，此事大概一直由曹家負責辦理，按指定「件數」送呈「御覽」後，再交由宮中匠作燒製琺瑯。然而很可能有人瞞著康熙皇帝，另外命曹頫訂製素白瓷，送到宮中作坊燒製，這也就是康熙所說「非欽交差使」、「非上傳旨意」吧？聯繫上下文意，「今不知騙了多少瓷器」等語，顯然說的不是曹頫，而是另有其人。否則曹頫膽敢騙取皇家瓷器，又安能不被追究嚴懲，僅僅落得「瞞著不奏」的罪名呢？

那麼是誰騙走了瓷器？大概除了諸皇子，別人沒這個膽量。而諸皇子命令曹家運作此事，曹頫肯定也不敢拒絕。就是康熙，也不好窮追深挖、「小題大做」，只好諭令奴才：再有這種事，你必須「密折」奏聞，否則「一體治罪」！此事是個突出的例子，說明曹家在支應皇差之外，還要經常應付一起起「外祟」。即如燒琺瑯瓷這類的事，曹家不但要出錢出力，還要擔著蒙蔽「聖聽」的罪名，其惶惶然的心態，不問可知。

曹頫被革職後，在審查中還查出他的另一樁「罪行」，即替皇子胤禟收貯一對「鍍金獅子」。我們知道，雍正繼位後，為了鞏固自己的皇位，視同胞兄弟為寇仇，對胤禟、胤禩等尤其痛恨，甚至給他們改名為「塞思黑」、「阿其那」，以示侮辱。而據隋赫德奏報，這對鍍金獅子被收藏在江寧織造衙門左側的萬壽庵內，是康熙五十五年「塞思黑」派護衛到江寧鑄造的，因鑄得不滿意，所以交給曹頫，寄頓在廟中。55

鍍金獅子為什麼要到江寧來鑄造？鑄造不滿意，為什麼要交曹頫藏貯？大概這又是一件「非欽交差使」吧？所需費用，當然要由曹頫承擔。這一對「鑄得不好」，是否又鑄了一對好的送去？總之，對於曹頫而言，這很可能又是一起「外祟」，不但當時令曹頫頭疼，事後又成為曹家暗中結交皇子的罪證。

其實曹李兩家受皇子盤剝的事，早已有之。太子胤礽就曾派自己的乳公靈普向江寧、蘇州二織索要銀兩，三年間共勒索八萬五千兩，曹家一家就貢獻了五萬三千兩（相當人民幣一千多萬）。[56]後來胤礽被廢，這也是罪行之一。

此外，曹家遭勒索的事情尚多。如雍正十三年內務府奉旨了結一批賠款案件，將案中該賠未賠的銀錢一筆勾銷。其中涉及曹家的有三件，都是別人欠曹家的：

一件、雍正八年三月內，正黃旗漢軍都統諮送，原任散秩大臣佛保收受……原任織造曹寅家人吳老漢開出饋送銀一千七百五十六兩。……

一件、雍正十三年七月內，廂黃旗滿洲都統諮送，原任織造郎中曹寅家人吳老漢供出銀兩案內，原任大學士兼二等伯馬齊，欠銀七千六百二十六兩六錢。……

一件、雍正十三年十一月內，正黃旗滿洲都統諮送，原任織造郎中曹寅虧空案內，開出喀爾吉善佐領下原任尚書凱音布收受饋送銀五千六十兩……[57]

這些案件的詳盡始末已不得而知，然而從清單中透露的資訊看，均是權勢者接受饋贈或拖欠借款，也都形同勒索，均屬《紅樓夢》中賈璉所說「這一起外祟何日是了」的範疇。

自然，蘇州織造李煦也難逃勒索。李煦被參後，曾供出他給皇子「阿其那」買過蘇州女子等事：

李煦供稱：康熙五十二年，閻姓太監到蘇州說，阿其那命我買蘇州女子，因為我受不得阿其那的威脅，就妄行背理，用銀八百兩，買五個女子給了。[58]

作為權勢者，皇子並不親自出馬，而是派手下太監來傳達消息，這與《紅樓夢》中夏太監派小太監來「借」錢的模式一模一樣。

「大魚吃小魚，小魚吃蝦米」，封建社會的官場財富，始終是依照這一規律流動著。而這類事在曹頫的繼任者，江寧織造隋赫德身上同樣發生。有意思的是，向隋赫德勒索錢財的，卻是曹家的親戚、曹寅的女婿納爾蘇郡王。

我們知道，曹寅的一個女兒、也就是曹雪芹的一位姑媽，嫁給多羅平郡王納爾蘇為「嫡福晉」（也就是正室嫡妻）。納爾蘇曾管理內務府「上駟院」事務，於雍正四年「因罪革退王爵」，待罪在家。王爵則由長子福彭所襲，福彭即曹雪芹的姑媽所生，曹雪芹還應該叫他一聲「表哥」。曹雪芹的這位表哥在雍正、乾隆朝很受器重，任職頗多，還曾受委「協辦總理事務」。

事情出在被廢郡王納爾蘇在家待罪期間。這位老王爺大概閒居無聊，忽然想到內弟曹頫革職後，老丈人家的財產都歸繼任者隋赫德所有，於是打算派人去隋赫德那裡弄幾兩銀子花花。他先派兒子「六阿哥」同一名府中太監到隋赫德家以買古董為名，拿走一支玉如意、一個瓷瓶和一件銅鼎，這些大概都是曹家舊物吧。此後又提出向隋赫德借銀子。隋赫德不得不分兩次「借」給他三千八百兩。這是一起很明顯的「反攻倒算」。大概也正因財產原來是曹家的，納爾蘇才如此理直氣壯。

事後雍正委派和碩親王允祿審問此事，審訊中各方供詞不一。一開始，隋赫德對借銀一事堅不承認，只說納爾蘇從他那裡拿走兩件古董，欠了四十兩價銀。後來六阿哥供稱：自己因買古董，與隋赫德有來往。隋赫德派了兩名婦女到他家，主動要借銀給父親，還免去利息。最終隋赫德不得不承認：自己將「官賞的揚州地方所有房地」（應即曹家財產）賣了五千兩銀子，準備拿回家養老。納爾蘇派人來借，「奴才一時糊塗，只將所剩三千八百兩送去借給是實」。

事情被小王爺福彭知道後，曾派人警告隋赫德：「你若再要向府內送甚麼東西去時，小王爺斷不輕完！」[59]因為私下給權勢者送銀錢，便有「鑽營」嫌疑，雙方都吃罪不起。何況納爾蘇又是戴罪之身，這種往來就更是干犯法紀。

審訊的結果，遭勒索的隋赫德反被定以「鑽營」罪名，「發往北路軍臺效力贖罪。若盡心效力，著該總管奏聞；如不肯實心效力，即行請旨，於該處正法」！

老王爺納爾蘇如何處置，雍正的批示中未曾提及。所「借」三千八百兩銀子是否勒令償還，也都沒有下文。至於這些銀子是老郡王自己花用，還是資助了曹家親戚，更是無從查考。不過估計納爾蘇並未受到嚴懲，因為這位垮臺的郡王畢竟是當權者福彭的父親，這點面子皇上還是要給的。何況小王爺已「自糾」在先。於是一場「反攻倒算」的鬧劇，也便糊里糊塗、不了了之收了場。

黛玉的巨額遺產哪兒去了？

林黛玉是最受讀者喜愛與同情的書中女性，她自幼喪母，七歲時又離開父親，獨自一人來到賈府。這裡雖不乏外祖母的疼愛、舅舅舅媽（賈政夫婦）及表嫂表哥（鳳姐賈璉）的關心照料，更有青梅竹馬的表兄寶玉陪伴左右。但對於自幼體弱敏感的黛玉來說，畢竟難脫「寄人籬下」的自卑。小說第三回為「托內兄如海薦西賓，接外孫賈母惜孤女」，在甲戌本中的回目則是「金陵城起複賈雨村，榮國府收養林黛玉」。此回標題尚有「賈雨村夤緣復舊職，林黛玉拋父進京都」（己卯、庚辰等本）等不同擬寫。「收養」二字旁有朱筆側批云：「二字觸目淒涼之至！」看來這是作者、批者的共同感受。

有人曾質疑黛玉的自我定位：她並不是什麼窮親戚家的女孩兒，她家祖上也曾「襲過列侯」，至父親這一代猶有爵位。父親還是前科探花，在所有親戚中學問最大，官做到「蘭臺寺大夫」，更欽點了巡鹽御史，雖不能比肩四大家族，卻也是「鐘鼎之家」、「書香之族」，因此黛玉完全不必有邢岫煙式的卑怯心理。跟大觀園中其他女孩子相比，她至多是缺少父母怙恃，在這一點上，「襁褓之間父母違」的史湘雲比她更值得同情。因此，黛玉的不良感覺，簡直是有點兒無病呻吟、咎由自取了。

書中另一令人疑惑的情節是「林如海捐館揚州城」（第十四回）[60]。此前林如海病重，修書來接黛玉，賈母派表哥賈璉護送前往。至本回消息傳來，林如海已於九月初三日病故。賈璉、黛玉治喪完畢，到年底回來，已是第十六回。書中並未描寫黛玉如何悲戚，兄妹二人到揚州後如何看護病人、死後如何發喪、如何送靈至蘇州葬入祖墳，也都略去不提，只是寫「黛玉又帶了許多書籍來，忙著打掃臥室，安插器具，又將些紙筆等物分送寶釵、迎春、寶玉等人」。

於是有人發問：林如海身為士大夫，又兼巡鹽御史的差事，在蘇揚兩地都應置有良田甲第，少說也有幾十萬家私。這樣一大筆財富，在他故去後是如何處置的？都搬到哪裡去了？莫非林如海真的兩袖清風，死後只留下些「書籍」、「器具」、「紙筆」不成？

不能排除這樣一種可能，即黛玉年紀尚幼（有一種演算法，認為這一年她才九歲）❻❶，對成人眼中的這些「大事」毫無興趣，更不過問。小說家的一支筆追隨黛玉的心靈軌跡，對這些「俗務」自然也可以忽略不提。不過作為一部現實風格的作品，書中對此不做交代，確實有點奇怪。這就引起人們許多猜想。

例如有人就由此聯想到，鳳姐曾對寶、黛的戀愛抱著樂觀其成的態度，為什麼後來一變而為棒打鴛鴦的元兇？她明知此事對黛玉性命攸關，卻仍積極參與調包計，其間是否有「干沒」林家遺產的企圖？❻❷賈璉常感歎：「這會子再發個三二百萬的財就好了！」（第七十二回）這回他替林家善後，不正趕上「發個三二百萬財」的好機會嗎？他難道會輕易放過？

想弄清這一疑問，不能不看看小說的素材背景。《紅樓夢》作為小說，多少帶有曹雪芹「自傳」、「家傳」的性質，書中許多人和事，總能與歷史上的曹家李家沾邊、掛鉤。這一觀點已為眾多學者、讀者所接受。那麼小說中的林家，又與現實生活中的哪一家更接近？

照書中講述，林黛玉「本貫姑蘇」，其父林如海因點「鹺政」而到揚州上任。且林如海有功名在身，又與賈家有親戚關係。這一切，都與作為曹家姻親的蘇州李家頗為近似。

歷史上的蘇州織造李煦，是曹寅的內兄，比曹寅年長三歲。他本人是「蔭生」，也就是憑藉父親做官的「餘蔭」所獲得了監生資格。其父李士楨是康熙朝名臣，曾做過布政使、巡撫之類的省級高官。他的生母文氏跟嫁到曹家的孫氏一樣，也給幼年時的康熙當過保姆。他的一個表妹還是康熙的妃子，在這個意義上，李煦是康熙的乳兄弟兼內兄。

李煦仕途頗為通達，二十四歲即出任韶州府知府，後又調任寧波府知府及北京皇家暢春苑總管。三十八歲那年（康熙三十一年，一六九二年），他接任蘇州織造，在任三十年，與妹夫曹寅「視同一體」。他還與曹寅同時被任命為兩淮巡鹽御史，二人輪流任職，任所就在揚州。凡此種種，都隱約指示黛玉形象的生活原型，很可能與李家有關。如果這位小姐真的是李家的晚輩女孩兒，她肯定能從家族中獲得大筆遺產，因為與曹家相比，李家還要闊得多。

不過有的讀者會說：小說中王家與賈家的關係，似乎更接近李、曹兩家。你看，王家與賈家同屬四大家族，「一損俱損、一榮俱榮」，這才是「視同一體」的關係。且王夫人的哥哥是王子騰，他與賈政的關係，正是「大舅哥」同妹夫的關係，與李煦、曹寅相同。

說這話的朋友過於認真了。小說不同於「報告文學」，《紅樓夢》也非曹家的家族傳記。文藝心理學者指出，文學創作更像是做夢，在夢中，現實的碎片可以被任意打亂、拼接，形成新的形象和情節鏈條。張三的素材可以用在李四身上，王五的親屬關係又可帶著趙六的家族特點；一個人的資訊可能被幾個文學形象分頭接納，幾個人的資訊又可集中在同一個文學形象身上，千變萬化，真如萬花筒一般。

不要說賈王、賈林關係中同時有著曹李關係的影子，就是《紅樓夢》中的史家，也與李煦家有相似之處。如小說中的史家有史鼎、史鼐兩個名字（見第十三回、四十九回），而李煦的兩個兒子恰恰就叫李鼎、李鼐。不過這些並不影響賈、林關係對於曹、李關係的借鑒。

問題是，假如黛玉與賈家的親戚關係真的有曹、李關係的影子，那麼這位來自姻戚家的姑娘，能否得到家族遺產呢？答案恐怕是否定的。因為歷史真相是，李家的敗亡先於曹家，小說中所謂林如海病亡，似應影射李家失勢。

李家與曹家同病相憐，也存在著巨大的任內虧空。康熙在日，李煦就曾向康熙討稅關差事，以彌補織造及鹽務的虧空。他在奏摺中稟告：

奴才因歷年應酬眾多，家累不少，致將存剩銀兩借用。今曉夜思維，無術歸還，縱粉骨碎身，亦難抵補……[63]

這裡所說的「應酬眾多」，無疑是指南巡接駕等事。康熙南巡，李煦與曹寅同樣接駕四次。李煦為此請求康熙皇帝將「滸墅關差」賞辦十年，以填補三十萬兩銀子的巨額虧空。在此之前，「滸墅關差」大概一直由李煦辦理[64]，此次則是請求得到繼續任命吧。康熙是否答應，因文獻缺失，不能確知。然而即便答應，李煦也無法再辦十年。因為就在本年十一月，康熙駕崩，雍正即位。緊接著轉過年來，李煦即因申請挖參及虧空等罪名遭到革職查辦，本人及家屬、奴僕俱被逮捕，家財全部抄沒。

李煦在京家產抄沒的詳細清單被完整保留下來，內容包羅萬象，既有房屋、地產、衣物、器具，又有奴僕、牲口等等。如在京房產有多處，總計五百九十餘間，地畝有十七頃零一畝，另有奴僕八十二人，馬九匹、騾子兩頭。還有一千四百多兩銀子的債券。這裡面還包括「辦理李煦產務之奴才馬二」的家產，總共估銀一萬九千多兩。

李煦在蘇州、揚州的家產更多，根據隨後的統計，南方家財估銀十萬九千多兩。兩項相加，共計「十二萬八千四百七十七兩餘」，折合今天的貨幣約為三千多萬元，不啻是天文數字！不過這些銀子，仍不能賠補李煦的任內虧空，因為鹽務虧空高達三十八萬兩，將家財全部賠補，還欠「二十五萬一千五百二十三兩餘」65，折合七千多萬元！

李煦無貲可賠，以抄家斂財為能事的雍正皇帝又怎肯善罷甘休？於是辦理該案的大臣突然改口，說經查明，李煦虧欠的帑銀中，有三十七萬八千八百四十兩是兩淮鹽商拖欠的，理應由鹽商共同賠補！

在此情勢下，兩淮鹽商又怎敢說個「不」字？於是雍正的小金庫中又穩穩收入三十八萬兩白花花的紋銀。至於李煦被抄沒的十二萬八千兩，已是肉入狼口，自然沒有再吐之理。

李煦的罪責，似乎已經得到緩解。雍正二年，李家被拘的二百多名奴僕被作價變賣，但先前一同被拘的十名家眷，卻被放回。然而四年後，隨著曹頫革職，孫文成下臺，江南三織造再次受到沉重打擊。這次李煦遭受的打擊是致命的。他在任時，曾買了五名女孩子，送給雍正的政敵、八弟「阿其那」（胤禩）。事情一旦被發現，李煦再下「詔獄」。刑部以「奸黨」罪名將他議為「斬監候」，秋後斬決！後來雍正傳諭「寬免處斬，發往打牲烏拉」效力。

打牲烏拉位於今吉林市松花江畔，屬內務府管轄，設有「打牲烏拉處」，實為皇家莊園。該處負責採摘、捕獵等莊屯事務，每年要向皇家上繳大量蜂蜜、松塔、松子、魚及東珠等。此處地處北國，冬季嚴寒，在清代成為要犯發配的目的地。兩年以後，李煦在饑寒交迫中死於流放地，時年七十五歲。

也就是說，《紅樓夢》第十六回寫林如海之死，應帶有李家落敗的影子。作為「視同一體」的織造同僚及姻親，曹家未被皇上要求連帶賠償，已是燒高香、謝天地了，又怎敢奢望去拿什麼燙手的遺產？而黛玉回南的情節若真的基於這樣的歷史事實，也就難怪作者對林家巨額遺產不著一字了。

瞭解了這個背景，也有助於理解小說人物黛玉的心理感受：家族敗亡、親人零落，自己多愁多病、孤苦伶仃、寄人籬下。這種境況顯然還不如史湘雲，甚至比起邢岫煙也好不到哪去。這又讓林妹妹如何不終日以淚洗面，深感「一年三百六十日，風刀霜劍嚴相逼」呢！

曹李「燒錢」為哪般？

觀劇聽曲，是賈府貴族不可或缺的生活內容。每逢年節壽誕，筵席前總免不了要演戲。戲班有時是外請的，大多時候則是由府中的「家樂」搬演獻藝。賈府的家樂戲班是為迎接元妃省親而組建的，由賈薔負責「下姑蘇聘請教習，採買女孩子，置辦樂器行頭等事」。女孩子共十二個，藝名分別是文官、寶官、玉官、齡官、葯官、藕官、蕊官、茄官、芳官、葵官、荳官和艾官。

明清南戲（傳奇）演員的舞臺腳色分工有十二種，如正生、巾生、正旦、貼旦、末、淨、丑等等，號稱「江湖十二腳色」66。因此，戲班再小，至少也要由十二人組成。為了組建戲班，賈家動用了寄存在江南甄家的三萬兩銀子，相當於今天的九百萬元，真可說是不惜血本！

或許有人不信：組建一個小小戲班，哪裡用得了這許多銀子？不就是幾個女孩子嗎？李煦為「阿其那」買了五個蘇州女孩子，也不過用了八百兩而已。質疑者只知其一，不知其二。貴族之家畜養家伶，本身就是一項「燒錢」活動，帶有炫富比闊的意味。如曹家的姻親李煦家就有家班，為了「串戲」，李煦不惜一擲萬金。據《蘇州府志》記載：

> 康熙三十一年，織造李煦，蒞蘇三十餘年，管理滸關稅務，兼司揚州鹺政，恭逢聖祖南巡四次……公性奢華，好串戲，延名師以教習梨園。《長生殿傳奇》衣裝費至數萬，以致虧空若干萬。67

李家戲班單是演出《長生殿》一劇，衣裝道具之費就高達白銀「數萬」兩。方志作者甚至把李煦的任內虧空也算在「好串戲」的帳上，聽起來雖然好笑，卻也不是毫無根據。眾所周知，李煦的任內虧空多半是由南巡接駕造成的，《蘇州府志》也提到李煦「恭逢聖祖南巡四次」的光榮歷史。而李煦對「串戲」的偏好，可能正與「聖祖」康熙有關。康熙酷愛聽戲，南巡時無論走到哪裡，晚間定要看戲，夜夜笙簫、樂此不疲。

上有好者，下必效之。李煦二十四歲就在官場上「混」，練就一副察言觀色、暗中逢迎的本領。他早就注意到康熙的這點愛好，剛到蘇州上任，他就投其所好，提出要進奉幾個唱戲的「女孩子」「以博皇上一笑」。蘇州、昆山一帶是昆曲的發祥地，專出唱戲的「女孩子」，《紅樓夢》中賈家的「女孩子」，不也是從「姑蘇」採買的嗎？

李煦在奏摺中向康熙彙報說：

> 念臣叨蒙豢養，並無報效出力之處，今尋得幾個女孩子，要教一班戲送進，以博皇上一笑。切想昆腔頗多，正要尋個弋腔好教習，學成送去。無奈遍處求訪，總再沒有好的。今蒙皇恩特命葉國楨前來教導，此等事都是力量作不來的……今葉國楨已於本月十六日

到蘇。[68]

由奏摺可知，李煦這一手，剛好搔到康熙癢處。康熙不但不反對，還特派戲曲專家前往「教導」，可謂一拍即合。這也讓我們明白，李煦串演《長生殿》為何「衣裝費至數萬」。在某種意義上，他是在為皇上排戲，又怎能不精益求精、極盡奢華呢！

曹家也不落後。曹雪芹的曾祖父曹璽早就知道康熙愛聽戲。為了迎合皇上，他積極在南方採買戲裝、道具，並用織造府的官船專程運往京城[69]曹璽的舉動，比李煦還要早上十年。

到了曹雪芹祖父這一代，曹寅不但愛看戲，還能寫戲。他親自撰寫了多個劇本，如《北紅拂記》、《續琵琶》、《太平樂事》、《虎口餘生》等等。跟李煦一樣，曹家也有家伶戲班，自導自演，水準不低。在《紅樓夢》中，賈母曾提到《續琵琶》（第五十四回），那就是曹寅的作品。

曹寅還有不少戲曲家朋友，如洪昇、尤侗等。有一年曹寅特地把洪昇請到南京來，在織造府內上演他的名劇《長生殿》，連演了三晝夜，洪昇也因此賺足了面子。[70]然而樂極生悲，就在歸途中，洪昇酒醉落水，不幸辭世。織造府戲臺上的《長生殿》，也便成了絕響。

曾祖父、祖父都是「戲迷」，曹雪芹對戲曲的興趣與修養也就不問可知。《紅樓夢》中涉及戲曲的筆墨尤多。我們看到，不僅賈家有家樂戲班，史家、薛家、李家（李紈家）也都是「有戲的人家」（第五十四回）。書中還有大量的情節跟戲曲及伶人有關，單看回目即可了然：

「聽曲文寶玉悟禪機」（第二十二回）

「《西廂記》妙詞通戲語《牡丹亭》豔曲警芳心」（第二十三回）

「蔣玉菡情贈茜香羅」（第二十八回）

「椿靈畫薔癡及局外」（第二十九回）

「識分定情悟梨香院」（第三十六回）

「史太君破陳腐舊套，王熙鳳效戲彩斑衣」（第五十四回）

「杏子陰假鳳泣虛凰茜，紗窗真情揆癡理」（第五十八回）

「柳葉渚邊嗔鶯叱燕，絳芸軒裡召將飛符」（第五十九回）

「茉莉粉替去薔薇硝，玫瑰露引來茯苓霜」（第六十回）

「壽怡紅群芳開夜宴」（第六十三回）

「美優伶斬情歸水月」（第七十七回）

這還只是前八十回的內容。

賈府中第一個愛戲、懂戲的人是史太君。她的戲曲修養得益於「童子功」。小時候她們史家有著格調不俗的家樂，耳濡目染，養成了她非同一般的鑒賞力。在她的親自調教下，紅樓十二官的品位自是不凡，跟東府那些「鑼鼓喊叫之聲聞於巷外」的演出不可同日而語。

聽聽賈母對十二官的吩咐：「薛姨太太、這李親家太太都是有戲的人家，不知聽過多少好戲的……咱們好歹別落了褒貶，少不得弄個新樣兒的。」聽話聽音，賈母很為這幫女孩子們驕傲。那次元宵演出，她讓芳官唱《牡丹亭．尋夢》，伴奏只用琴簫，不用笙笛（第五十四回），別開生面，獲得眾人一致讚歎。

然而好花不常開，好景不常在。花費了如此財力精心打造的第一流戲班，不久就被解散了。原因是朝中有位「老太妃」薨逝，按國喪規定，「有爵之家一年內不得筵宴音樂」（第五十八回）。許多官宦人家都遣散了家樂。賈府本也打算把女孩子們放出，不料十二官倒有一多半不願出去的。賈府主子不得不採取折中辦法：願意走的任其乾娘領出，不願走的「分散在園中使喚」。結果走了四人，留下八位，分別是：文官（留賈母處）、芳官（寶玉）、蕊官（寶釵）、藕官（黛玉）、葵官（湘雲）、荳官（寶琴）、艾官（探春）和茄官（尤氏）。

此後，這幾個吃盡苦頭、備受約束的女孩兒，猶如出籠之鳥，在大觀園中度過一段悠遊自在的日子，幾乎忘了自己的本來身分。然而，兩年之後❼❶，打擊再度降臨。抄檢大觀園時，王夫人親臨怡紅院，先發落了晴雯、四兒，話鋒一轉，直指芳官：「唱戲的女孩子，自然是狐狸精了！」不問青紅皂白，硬給芳官安了幾條罪名：「調唆著寶玉無所不為」、「你連你乾娘都欺倒了」……立命趕出園子。又吩咐：「上年凡有姑娘們分的唱戲的女孩子們，一概不許留在園裡，都令其各人乾娘帶出，自行聘嫁！」

此事頗為奇怪。其一，前次收留女孩子時，王夫人親口說過「她們也是好人家的兒女」，怎麼時隔未久，「好人家的兒女」一變而成了一窩「狐狸精」？

其二，賈府的家樂是因元妃省親大典而組建，即便要遣散，也須經過合族老爺、太太共同商議，王夫人怎能一人作主、獨斷專行？且十二官深得元妃賞識，吩咐「好生教習」，如今戲班遣散，元妃一旦再有省親之舉，將如何應付？

其三，十二官是賈母的最愛，賈母為戲班的教習訓導付出不少心血。這一點王夫人不是不知。然而在賈母眼中「可憐見的、不大說話、和木頭似的」（第三十五回）王夫人，這回竟然性情大變，來個先斬後奏，不但把老太太派給寶玉的丫鬟晴雯趕走，還同時轟走賈母由衷喜愛、引為自豪的「女孩子」們，連分配到賈母屋中的文官也未經請示一併趕出。王夫人究竟想幹什麼？

其四，戲班初建即費銀三萬兩，此後的教習排練、添置戲裝，不知又要花費幾何。這從李煦家的戲班情況可以推知。而王夫人藉口整頓風化，將女優全部趕出，使戲班重建的可能化為泡影。如此巨大的經濟損失，王夫人承擔得起嗎？

有此四大疑點，我們不能不考慮，在紅樓十二官兩次被遣的背後，是否有著什麼不便言說的家族隱祕？

抄檢背後的歷史隱祕

其實疑點還不止上述那些。

賈府家樂初次解散的原因，是朝中「老太妃」薨逝，「凡有爵之家，一年內不得筵宴音樂，庶民皆三月不得婚嫁」。然而想一想，這個喪制規定是不是有點過於嚴苛？「老太妃」即已故老皇上（或健在的太上皇）的妃嬪。皇帝妃嬪眾多，如果接連有太妃、太后乃至本朝的皇后、妃子去世，天下官民豈不是常年不得「筵宴音樂」、連年不得「婚嫁」了嗎？

太妃的級別低於太后。即便是太后薨逝，按照清代皇家禮儀，也僅僅是「內外各官二十七日除服，百日不作樂，不嫁娶；軍民二十七日不作樂，不嫁娶」72。若為當今皇后去世，級別又低一等：「內外官員二十七日不作樂，不嫁娶，皆百日剃髮。軍民素服七日，不作樂，不嫁娶」73。也就是說，天下官民為後妃一級人物守喪，最多不超過百日。仕宦之家也沒必要為這三個多月的禁樂期遣散家班。

由此我們不禁生疑：小說中的「老太妃」之死，真的像某些學者所猜測，是影射清代某位太妃去世嗎？劉心武在〈老太妃之死〉一文中認為這位老太妃是影射康熙的一位姓陳的妃子。74根據朝廷規定，長達一年的禁樂期，是皇帝的喪儀規定。據《皇朝通志．禮略》：

> 列聖大喪儀：……京朝官二十七月不作樂，期年不嫁娶……直省官期年不作樂，百日不嫁娶，不剃髮……75

也就是說，皇上駕崩，京官兩年零一季不得「作樂」。但外省官員就寬鬆得多，只是「期年（即一年）不作樂」而已，與小說中的描寫正同。至於「軍民」，則無論京城還是外省，一律「素服二十七日，百日不作樂，一月不嫁娶」，比小說中的「三月不得婚嫁」，還要寬鬆許多。因此我們完全有理由推斷，書中老太妃之死，恐怕是在影射某位皇帝駕崩，如康熙皇帝。

稍稍瞭解一點兒曹家舊事的讀者，都不難理解康熙駕崩對曹家意味著什麼。那意味著天塌了！康熙死後留下了一個紛爭激烈的宮廷亂局，康熙的眾多子嗣人人都有資格繼承皇位。但又有哪位新主子還能像老皇上那樣照顧曹家，給曹家以無所不至的呵護與包容？

只是這樣一件「塌天」大事，在小說中竟然沒有反映。真的沒有反映嗎？如果曹雪芹想對這樣一件關乎家族興衰的大事作出暗示，那麼朝中「老太妃」薨逝的情節，大概是書中唯一的契機。這也符合曹雪芹活用素材的手法：真的寫成假的、老大變身老二、太妃影射先皇……

假如這個推斷不錯，我們又可順推，小說中賈家因太妃之死而解散戲班，是在影射康熙晏駕後曹家對家樂的處置方式。作為外省官員，曹家理應遵守「期年不作樂」的喪儀規定，戲班自然不能再笙歌演練。不過戲班一旦解體，優伶勢必星散，萬一新皇帝也仿效康熙來個南巡，曹、李之家又如何應付？穩妥之計，莫若解散戲班後將眾優伶養在府中，一旦再有皇差，只要家伶舊人還在，重組戲班是手到擒來的事。小說中對家樂的第一次處置，背後是否便有著這樣的史實？

然而曹、李若真的抱著「等等看」的態度，他們很快就等來了答案。李家在康熙晏駕的第二年即被查抄。在抄查清單中，有「隨李煦前來之孤兒十五人，該男女童皆在蘇州」[76]。

這些蘇州男女「孤兒」，十有七八便是李家的家伶吧？這下子，李家的家樂戲班是徹底「沒戲」了。而曹家若遣散戲班，似應在此後的雍正二年。

跟酷愛戲曲的康熙皇帝正相反，雍正對演戲看戲始終十分反感。他曾多次傳諭限制民間的演戲活動。77他尤其反對仕宦之家畜養戲班。雍正二年（一七二四年）十二月十八日，雍正下嚴旨，要對「外官畜養優伶」進行徹查、清理。文曰：

外官畜養優伶，殊非好事。朕深知其弊，非倚仗勢力，擾害平民，則送與屬員鄉紳，多方討賞，甚至借此交往，夤緣（夤緣：攀附、巴結、拉關係）生事。二三十人，一年所費，不止數千金……夫道員以上官員，事務繁多，日日皆當辦理，何暇及此？家有優伶，即非好官。著督、撫不時訪查。至督撫提鎮，若家有優伶者，亦得互相訪查，指明密摺奏聞。雖養一二人，亦斷不可徇隱（徇隱：包庇隱瞞），亦必即行奏聞。其有先曾畜養，聞此諭旨，不敢存留，即行驅逐者，免其具奏。既奉旨之後，督撫不細心訪察，所屬府道以上官員，以及提鎮家中尚有私自畜者，或因事發覺，或被揭參，定將本省督撫照徇隱不報之例從重議處。78

這樣一篇聲色俱厲的上諭，足以使家畜優伶的官員大起恐慌，並立即遣散家班，不敢少怠！因為雍正已定性在先——「家有優伶，即非好官」，「雖養一二人」，也罪在不赦！雍正還祭起「連坐」的撒手鐧，「府道以上官員以及提鎮家中」一旦發現「私自畜者」，不但自身受罰，連本省督撫也要「照徇隱不報之例從重議處」！

此刻曹家所能做的，就是立即把家伶趕出府去，愈快愈好！這大概正是《紅樓夢》中抄檢故事的背後真相吧？那應是曹家在嚴酷政治鬥爭中的一次自檢行動，其核心內容即徹底遣散戲班，撲滅來勢兇猛、已經燃著眉毛的政治烈焰。

在小說中，從老太妃之死到抄檢大觀園，相隔為兩年。翻看歷史，從康熙駕崩到雍正二年傳諭整頓優伶，恰恰也是兩年！這或許並非巧合。如此一來，小說中王夫人的表現，也就不難理解了。

受命於危難之際，背負著拯救家族的重任，一向「佛爺似的」王夫人，此刻必須橫下一條心，扮演起一個冷酷無情、專橫跋扈的角色！她此刻發號施令，既無須向族中的老爺們請示，也不必顧及賈母的感受。她早已得到家族上層的授權：在滅頂之災面前，沒什麼不能捨棄的，包括幾代人精心培育的藝術果實、大量財力物力的付出，而幾個「下三等奴才」都不如的女孩子的命運，更不在話下！

換個角度看，王夫人此來的目的，很像是專為八個女孩子而來。因為此刻晴雯已是「死老虎」，她幾天前即被王夫人叫去訓斥，被驅逐的命運早已註定，眼下只需派兩個婆子將她押出園子就是了，又何勞王夫人親臨坐鎮？書中將王夫人此舉解釋為到怡紅院「親自閱人」、整肅風紀，然而八個女孩子中除了芳官，另七個並不在怡紅院服侍，王夫人也不曾將她們傳來一一面訊。顯然，「整頓風化」只是個幌子，藉故驅趕眾家伶，才是實質。

當年曹家遣散家樂，或許正是以此為藉口的。貴族主子的內心恐慌和真實目的，又豈能讓奴隸瞭解？而在一切罪名中，「整頓風化」又是最容易找的藉口。

只是幼年的曹雪芹很可能也被蒙在鼓裡。按曹雪芹生於康熙五十四年（一七一五年）年計算，康熙皇帝升遐之時，他只有七歲，兩年後雍正皇帝傳諭禁戲，他也不過年方九齡。作為一位天才文學家，在這個年齡上固然已能敏銳感知周圍的世界，但事關家族覆亡的政治內幕，又有誰會向一個稚齡兒童透露？即便講，又怎能講得清？

多年以後，曹雪芹著書西山黃葉村，刻印在他童年記憶中的，恐怕只有家族中某位女性家長那張因蠻橫而扭曲的面孔，以及女優、丫鬟遭受無理打壓時委屈倔強的眼神……他對記憶中的素材片斷作出自己的理解，站在一貫的人文立場，寫下這篇浸透著同情與不平的生動文字，打動了一代代讀者的心。

然而故事背後的歷史，則可能完全是另一個樣子。君主的不同好惡，決定了臣下對同一門類藝術「後恭前倨」的態度。當一個人不能作出獨立判斷，只能以他人好惡為好惡時，哪怕他錦衣玉食、身為貴族，也仍舊是奴才！

這才是封建時代最大的悲劇。

註釋：

❶據學者考證，江寧織造在曹璽死後、曹寅繼任之前，是由桑格擔任。見周汝昌，《紅樓夢新證》。

❷康熙十七年七月十二日〈巡撫安徽徐國相奏銷江寧織造支過俸餉文冊〉，載《關於江寧織造曹家檔案史料》。又，一六七八年前後，糧價較低，每石製錢六百五十枚左右（實六百四十四），折白銀零點七兩。

❸康熙三十七年五月二十二日《巡撫安徽陳汝器奏銷江寧織造支過俸餉文冊》，載《關於江寧織造曹家檔案史料》。

❹「養廉銀」的有關情況，參見陳樺，〈清代財政與社會經濟發展〉一文，載郭成康等，《康乾盛世歷史報告》，中國言實出版社，二〇〇二年。

❺參看周汝昌，《紅樓夢新證》，康熙四十七年曹寅與李煦會陳織造事宜。

❻康熙四十七年七月〈蘇州織造李煦奏前與曹寅捐買平糶米未到並揚州風雨折〉，載《關於江寧織造曹家檔案史料》。

❼康熙四十八年九月〈江寧織造曹寅奏報熊賜履病故折〉，載《關於江寧織造曹家檔案史料》。

❽康熙四十八年十月〈江寧織造曹寅奏報熊賜履臨終情形折〉，載《關於江寧織造曹家檔案史料》。

❾康熙四十年三月〈蘇州織造李煦奏與曹寅等議得莫爾森可去東洋折〉，載《關於江寧織造曹家檔案史料》。

❿康熙四十年三月〈蘇州織造李煦奏與曹寅等議得莫爾森可去東洋折〉，載《關於江寧織造曹家檔案史料》。

⓫參見《紅樓夢新證》「史事稽年」康熙五十年三月。

⓬《振綺堂叢書．聖祖五幸江南全錄》。

⓭康熙四十一年八月〈蘇州織造李煦奏前奉諭旨已欽遵妥辦折〉朱批，載《關於江寧織造曹家檔案史料》。

⓮參見《紅樓夢新證》「史事稽年」康熙四十三年十一月「諭大學士等」引。

⓯ 關於陳鵬年案，一種說法是他不肯向老百姓加征賦稅，故資金缺少，導致所建江寧行宮標準不夠（「規制頗草創」），激起太子胤礽的惱怒，堅持要殺他（見《耆獻類征》卷一百六十四《陳鵬年傳》）。另一說法是南京用來宣講「聖諭」的南市樓原為妓院，陳鵬年不肯加賦改建，因遭彈劾，幾乎被殺。參見《四焉齋文集》卷七，〈光祿大夫總督河道兵部右侍郎兼都察院右副都御史謚恪勤陳公神道碑〉。

⓰ 康熙四十年五月二十三日〈內務府題請將湖口等十四關銅斤分別交與張鼎臣王綱明曹寅等經營本〉，載《關於江寧織造曹家檔案史料》。

⓱ 康熙四十三年七月二十九日〈江寧織造曹寅奏謝欽點巡鹽並請陛見折〉，載《關於江寧織造曹家檔案史料》。

⓲ 康熙四十三年十月十三日〈兼管巡鹽御史曹寅奏報禁革浮費折〉，載《關於江寧織造曹家檔案史料》。

⓳ 康熙四十三年十一月二十二日〈江寧織造曹寅奏為禁革兩淮鹽課浮費折〉，載《關於江寧織造曹家檔案史料》。

⓴ 康熙四十三年十一月二十日〈江寧織造曹寅奏陳鹽課積欠情形折〉，載《關於江寧織造曹家檔案史料》。

㉑ 參見《紅樓夢新證》「史事稽年」康熙四十四年。

㉒ 康熙四十九年五月二十六日李煦〈謝弟李炆免養教習並賜〈資治通鑒〉刻板折〉批，載王利器《李士楨李煦父子年譜》，北京出版社，一九八三年。

㉓ 康熙四十九年八月二十二日李煦〈造言生事之徒今已斂跡折〉批，載《李士楨李煦父子年譜》。

㉔ 康熙四十九年九月十一日李煦〈蘇揚田禾收成折〉批，載王利器《李士楨李煦父子年譜》。

㉕ 康熙四十九年九月初二日〈江寧織造曹寅進晴雨錄折〉批，載《關於江寧織造曹家檔案史料》。

㉖ 康熙五十年三月初九日〈江寧織造曹寅奏設法補完鹽課虧空折〉，載《關於江寧織造曹家檔案史料》。

㉗ 康熙五十年六月十三日〈蘇州織造李煦奏江蘇地方官員情形及設法補完庫欠折〉批，載《關於江寧織造曹家檔案史料》。

㉘ 康熙五十一年七月二十三日〈蘇州織造李煦奏請代管鹽差一年以鹽余償曹寅虧欠折〉，載《關於江寧織造曹家檔案史

料》。

㉙康熙五十二年十一月十二日〈蘇州織造李煦奏代理鹽差所得餘銀盡歸曹顒補帑折〉，載《關於江寧織造曹家檔案史料》。

㉚康熙五十二年十二月二十五日〈江寧織造曹顒奏請進鹽差餘銀折〉批，載《關於江寧織造曹家檔案史料》。

㉛康熙五十年三月初九日〈江寧織造曹寅奏設法補完鹽課虧空折〉，載《關於江寧織造曹家檔案史料》。

㉜康熙五十一年七月十八日〈蘇州織造李煦奏曹寅病重代請賜藥折〉批，載《關於江寧織造曹家檔案史料》

㉝康熙四十八年三月二十四日〈內務府郎中倭和等奏清茶房太監領內用參鬚折〉，載《關於江寧織造曹家檔案史料》。

㉞前註朱批。

㉟同前註。

㊱康熙五十七年正月初三日〈內務府奏請將人參交曹頫李煦孫文成售賣折〉，載《關於江寧織造曹家檔案史料》。

㊲參看康熙五十七年十二月十一日〈內務府奏請將曹頫等售參銀兩撥交內庫折〉，載《關於江寧織造曹家檔案史料》。

㊳參見康熙五十七年十二月十一日〈內務府奏請將曹頫等售參銀兩撥交內庫折〉，載《關於江寧織造曹家檔案史料》。

㊴康熙六十一年十月二十三日〈內務府奏請嚴催李煦曹頫送交售參銀兩折〉，載《關於江寧織造曹家檔案史料》。

㊵雍正二年閏四月二十六日〈江寧織造曹頫等奏售參銀兩已解交江南藩庫折〉，載《關於江寧織造曹家檔案史料》。

㊶雍正二年閏四月二十六日〈內務府總管來保奏三織造售參價銀比歷年均少折〉，載《關於江寧織造曹家檔案史料》。

㊷王利器，《李士楨李煦父子年譜》。

㊸雍正五年十二月二十四日〈上諭著江南總督范時繹查封曹頫家產〉，載《關於江寧織造曹家檔案史料》。

㊹《朱批諭旨》第四十七冊「孫文成卷」，轉引自王利器，《李士楨李煦父子年譜》。

45 （清）趙翼，《甌北集》卷三十八。

46 野生人參的價格到今天已達天價。報載，五年前有人以人民幣十萬元購得五十年生的野山參一支，到二〇一〇年以五十萬元售出。（《廣州日報》2010 年 1 月 19 日）

47 參見陳樺〈清代財政與社會經濟發展〉，載郭成康等《康乾盛世歷史報告》。

48 康熙五十四年七月十六日〈江寧織造曹頫覆奏家務家產折〉，載《關於江寧織造曹家檔案史料》。

49 雍正朝〈江寧織造隋赫德奏細查曹頫房地產及家人情形折〉，載《關於江寧織造曹家檔案史料》。

50 雍正二年正月初七日〈江寧織造曹頫奏謝准允將織造補庫分三年帶完折〉，載《關於江寧織造曹家檔案史料》。

51 雍正五年十二月二十四日〈上諭著江南總督范時繹查封曹頫家產〉，載《關於江寧織造曹家檔案史料》。

52 雍正十三年十月二十一日〈內務府奏將應予寬免欠項人員繕單請旨折〉，載《關於江寧織造曹家檔案史料》。

53 此件原附於康熙五十九年二月初二日曹頫報雨水折內，載《關於江寧織造曹家檔案史料》。

54 黃龍《紅樓夢涉外新考》，東南大學出版社，一九八九年。

55 雍正六年七月初三日〈江寧織造隋赫德奏查織造衙門左側廟內寄頓鍍金獅子情形折〉，載《關於江寧織造曹家檔案史料》。

56 康熙四十七年九月二十三日〈八貝勒等奏查報訊問曹寅李煦家人等取付款項情形折〉，載《關於江寧織造曹家檔案史料》。

57 雍正十三年十二月十六日〈內務府奏查各處呈報賠款案均符恩詔請予寬免折〉，載《關於江寧織造曹家檔案史料》。

58 雍正五年二月二十三日〈內務府總管允祿等奏訊過李煦及赫壽家人為胤禩買女子送銀兩情形折〉，載《關於江寧織造曹家檔案史料》。

59 雍正十一年十月初七日〈莊親王允祿奏審訊綏赫德鑽營老平郡王折〉，載《關於江寧織造曹家檔案史料》。

60 此節程高本標題為「林如海靈返蘇州郡」。

61 參見周紹良〈紅樓夢系年〉，載《紅樓夢研究論集》。

62 例如有的學者作出這樣的判斷：「其實她（黛玉）的痛苦是來自外界。那是種種遠不為她理解的陰謀：為了怕她追查她父親遺留的財產的緣故，為了怕她不能容許寶玉有別的寵幸的緣故，為了怕她將影響舅媽王家在賈家的統治地位的緣故……」見應錦襄、林鐵民、朱水湧，《世界文學格局中的中國小說》，北京大學出版社，一九九七年。

63 康熙六十一年三月八日〈請再賞滸墅關差折〉，載王利器《李士楨李煦父子年譜》。

64 據道光四年《蘇州府志》記載：「康熙三十一年，織造李煦涖蘇三十餘年，管理滸關稅務，兼司揚州鹺政，恭逢聖祖南巡四次。」

65 參見王利器《李士楨李煦父子年譜》。

66 關於十二腳色，有不同說法。明王驥德《曲律》謂：「今之南戲，則有正生、巾生（或小生）、正旦、貼旦、老旦、小旦、外、末、淨、丑（即中淨）、小丑（即小淨），共十二人，或十一人，與古小異。」清人李斗《揚州畫舫錄》：「梨園以副末開場，為領班，副末以下，老生、正生、老外、大面、二面、三面七人，謂之男腳色；老旦、正旦、小旦、貼旦，謂之女腳色；又有打諢一人，謂之雜。此『江湖十二腳色』。」

67 道光四年《蘇州府志》卷一百四十八「雜記四」。

68 參見王利器，《李士楨李煦父子年譜》，康熙三十二年。

69 陸隴其，《三魚堂日記》，康熙二十二年八月十九日：「會徐勿箴，眼附龍衣船北來，船中所進，乃優人之具也。此亦時事之可憂者。」

70 金埴，《巾箱說》：「昉思之遊雲間、白門也……時督造曹公子清（寅）亦即迎致白門。曹公素有詩才，明聲律，乃集江南北名士，為高會，獨讓昉思居上座，置《長生殿》本於其席，又自置一本於席，每優人演出一摺，公與昉思讎對其本以合節奏，凡三晝夜始闋。兩公並極盡其興賞之豪華，以互相引重，且出上帑兼金贐行，長安傳為盛事，士林榮之。」

71 《紅樓夢》第五十八回寫眾女優第一次安置，到第七十七回的全部驅逐，相隔十九回。其間情節甚多，但歲月標識卻很模糊。第七十七回王夫人說：「上年凡有姑娘們分的唱戲的女孩子們，一概不許留在園裡。」似乎這中間只有一年時間。但「上年」也可泛指此前的一兩年，而且在第七十六回中，賈母對尤氏還說過：「我倒也忘了孝未滿，可憐你公公已是（死了）二年多了。」賈敬之死在第六十三回，是在老太妃薨逝之後。可知兩次處置應相隔兩年。

72 《四庫全書》卷八十一，《皇朝通志》卷四十七「禮略．列後喪儀」。

73 《皇朝通志》卷四十七「禮略．列後喪儀」。

74 見劉心武，《紅樓望月》，書海出版社，二〇〇五年。

75 《皇朝通志》卷四十七「禮略．列後喪儀」。

76 參見王利器，《李士楨李煦父子年譜》，雍正元年。

77 關於雍正嚴令禁戲的情況，參見王利器，《元明清三代禁毀小說戲曲史料．清世宗朝》，作家出版社，一九五八年。

78 轉引自王利器，《元明清三代禁毀小說戲曲史料．清世宗朝》。

跋

食貨銀錢，小說中不離場的導演

讀《紅樓夢》，人人關注的是「二玉」的愛情、「二寶」的婚姻，也就是「飲食男女」中的「男女」；至於「飲食」，那是人類乃至動物最基本的生存需求，還用多談嗎？

其實不然。讀者喜歡《紅樓夢》，固然有人物鮮活、故事淒美的因素，但若把鐘鳴鼎食、水榭歌臺的貴族背景，換成布衣蔬食、野店茅簷的市井環境，還有誰會為不勞而食、無病呻吟的這對男女一灑同情之淚呢？

中國文化有著重精神、輕物質的傳統。討論文學作品，也大都注重精神層面，忽略衣食住行。開口談「紅」，若不探討個性解放、婚姻自由、女權萌芽、奴隸反抗，只關注鳳姐的項圈進了幾回當鋪、黛玉的遺產落於何處，便有被人嗤笑的危險。

然而不弄清鳳姐的項圈當過幾回，便無法窺見賈府「百足之蟲死而不僵」的經濟困境；不追究黛玉的遺產下落，便無法理解黛玉「風刀霜劍苦相逼」的心病成因；再多的討論，也只是沙灘樓閣、根基不固。

回溯重義輕利文化傳統的形成原因，其實仍離不開物質基礎。《韓非子》中有一則寓言：紂王讓人做一副象牙筷子。箕子見了就擔起心來，用上象牙筷子，肯定不會滿意盛湯的陶罐，必定要換成犀角碗、美玉杯。而犀玉之杯還會用來盛豆葉羹嗎？肯定要拿象肉豹胎等山珍海味來配。而口食如此美味，又怎麼甘心穿粗布短衣、坐在茅簷下呢？必定又會巴望錦繡華服、高臺廣廈的生活。照這個路子下去，天下的財貨可就不夠用了（「稱此以求，則天下不足矣」）！

箕子反對紂王追求享樂，根本原因是社會生產力低下、物質財富有限。假如人人都能過上錦衣玉食、高樓廣廈的日子，誰還會將物質享受視為洪水猛獸？

以世俗生活為題材、熱衷於物欲描寫的通俗小說，起步於宋元，興盛於明清，那也正是生產快速發展、物質漸趨豐富的近古時代。人們印象中「積弱積貧」的宋代，在物質生活方面遠遠領先於當時的世界。一幅《清明上河圖》，是北宋都市繁華的最佳註腳；而南宋臨安有「銷金鍋」之稱，經濟之發達亦可想見。

明清兩代，世界上的白銀有一多半流向中國。在曹雪芹生活的十八世紀上半葉，中國的製造業獨占世界生產份額的三分之一，比整個歐洲還多近十個百分點！

儘管中國人口眾多，百姓生計依然艱難，但透過文學作品滿足一下讀者的物欲需求、讓他們在文學想像中圓一個財主夢、過一把貴族癮，已不是什麼可怕的事。這也是《金瓶梅》《紅樓夢》等世情小說相繼問世並廣受歡迎的背景與底色。

瞭解文學發展的歷史脈絡，探悉小說作者與讀者的心態，方知研讀小說而避談吃喝、恥言物質，是多麼不合時宜。食貨銀錢，是通俗小說中不計名的角色、不離場的導演，無視它的存在，再漂亮的分析文字也總顯輕飄，少了應有的厚重。

向賈寶玉學做上流人
看紅樓夢中的物質世界

作者／侯會

主編／林孜懃
特約編輯／張毓如
編輯協力／陳懿文
封面設計／謝佳穎
行銷企劃／鍾曼靈
出版一部總編輯暨總監／王明雪

發行人／王榮文
出版發行／遠流出版事業股份有限公司
臺北市南昌路 2 段 81 號 6 樓
電話／（02）23926899　傳真／（02）23926658　郵撥／0189456-1
著作權顧問／蕭雄淋律師
□ 2018 年 3 月 1 日　初版一刷

定價／新臺幣 320 元（缺頁或破損的書，請寄回更換）

ISBN 978-957-32-8220-4

YL遠流博識網 http://www.ylib.com　E-mail: ylib@ylib.com
遠流粉絲團　https://www.facebook.com/ylibfans

原著名：物欲紅樓夢——清朝貴族生活
本書中文繁體字版由中華書局（北京）授權出版

國家圖書館出版品預行編目 (CIP) 資料

向賈寶玉學做上流人：看紅樓夢中的物質世界／
侯會著 . -- 初版 . -- 臺北市：遠流，2018.03
面；　公分

ISBN 978-957-32-8220-4（平裝）
1. 紅學 2. 研究考訂

857.49　　107001176